Arthur Schurig

Seltsame Liebesleute

Verone

Arthur Schurig

Seltsame Liebesleute

1st Edition | ISBN: 978-9-92500-155-2

Place of Publication: Nikosia, Cyprus

Erscheinungsjahr: 2016

TP Verone Publishing House Ltd.

Arthur Schurig

Seltsame Liebesleute

Eine deutsche Amitié amoureuse

Erstes Buch

Georg, Freiherr von Rockau, an Frau Agathe von Uechtritz

Dresden, 12. November 1909.

Gnädige Frau,

ich bitte, Ihnen übermorgen zur Teestunde meinen Besuch machen zu dürfen. Ich möchte Ihnen das Buch persönlich bringen, von dem ich Ihnen gestern vorgeschwärmt habe. Sie waren willig, es mir zuliebe auch zu lesen. Tun Sie es! Ich bringe es Ihnen, wenn Sie es mir erlauben. Eben, ehe mir Niklas, mein treuer Diener, den ich aus dem Vaterhause übernommen, die Lampe auf dem Schreibtisch anschaltete und anknipste und zurechtrückte, mit behutsamer, ganz leiser, umständlicher Sorglichkeit, die mich an dem alten Mann immer von Neuem rührt, (ahnt er, wie köstlich mir meine Träumereien sind?)–eben hatte mir die heure tendre der Dämmerung den ganzen gestrigen Abend zurückgezaubert. Einen lieben unvergesslichen Abend! Ach, wie viele Abende bin ich gezwungen, mich an die große Gesellschaft zu verlieren, und am Tage darauf erinnert mich nichts daran! Ich habe eben gesagt: gezwungen. Nein, das wäre unaufrichtig. Denn ich bin ein freier Mann, vielleicht ein viel-zu-freier. Ich verachte jedwede Knechtschaft, auch die der Gesellschaft, und lege wenig Wert drauf, den mir zukommenden Platz in ihr einzunehmen. Gleichviel brauche ich Menschen, soignierte Menschen, innerlich wie äußerlich verwöhnte Leute um mich herum – wie der Fisch sein Wasser. Manchmal vermag ich bis zum Enthusiasmus lebhaft zu reden. Aber schon ein paar Minuten später begnüge ich mich wieder damit, still und bescheiden zu beobachten. Und es ergreift mich etwas wie tiefe Sehnsucht nach Weltflucht. Das ist keine Komödie vor mir selber. Wie soll ich es Ihnen erklären? Ich gehe immer von Neuem in die Welt, aber nie verschenke ich mich mehr denn halb. Diese Hälfte jedoch muss ich dieser Sirene als Tribut zollen. Sonst ginge ich an Melancholie zugrunde. Die lachende Lebenslust der Andern, ihre heimlichen oder offenbaren Leidenschaften, ihre Schönheit oder Scheinschönheit, ihre Schwächen und Heucheleien bringen mein einsames Herz in feine Schwingungen, in eine Art Musik. Ich muss es greifbar vor mir haben, dieses tolle volle Leben der Andern. Selber aber zugreifen, derb zugreifen? Nein. Es ist doch tausendmal süßer, sich die Augen, das Gehör, die schlummernden Nerven vom Leben nur leise streicheln zu lassen, leise wie die gespannte Saite vom Violinbogen, – aber immer ohne dem wirklichen Leben allzu nahe zu kommen.

Verzeihen Sie mir, verehrte gnädige Frau, dass ich Ihnen so unbefangen mein Herz ausschütte. Ich war ins Plaudern geraten. Und nun mag ich den Brief nicht durch einen andern – konventionellen ersetzen. Was geschrieben ist, sei geschrieben! Ich wage zu hoffen, dass

Sie alles das nicht als aufdringlich empfinden. Nichts liegt mir ferner. Ich stehe im Banne unserer Seelenverwandtschaft. Bereits gestern, während unserer Unterhaltung bei dem Diner, habe ich mich der entzückenden Einbildung nicht erwehren können, dass wir schon seit langer, langer Zeit gute Freunde seien. Ich weiß es wohl: Es ist ein seltenes Glück, von solch feiner, vager, sehnsüchtiger, in gewöhnliche Worte kaum fassbarer Melodie in der Seele eines Andern den vollen Widerhall zu finden. Vielleicht treibt meine Fantasie ein loses Spiel mit mir, während Sie den gestrigen Abend, das Buch – und mich bereits vergessen haben. Wenn dem so wäre, gnädige Frau, dann lassen Sie es mich nicht allzu hart erfahren. Ich würde unsagbar darunter leiden.

Agathe von Uechtritz an Georg von Rockau

Loschwitz, Rosenhof, Sonnabend den 13.

Sehr geehrter Herr von Rockau!

Es wird mir eine Freude sein. Sie morgen Nachmittag bei mir zu sehen. Den gestrigen Abend beim Oberhofmarschall, der etwas langweilig begonnen hatte und dank Ihrer liebenswürdigen Art zu plaudern so angenehm verronnen ist, habe ich in viel zu lebhafter Erinnerung, als dass ich zaudern könnte. Sie sind willkommen! Auch auf das Buch freue ich mich. Ich habe den Titel keineswegs vergessen: Das Leben des Grafen Frederico Gonfalonieri. Von der Ricarda Huch. Das war es doch? Eine Apotheose der Resignation haben Sie es genannt.

Gerade darum wird es mir vielleicht viel zu sagen haben.

Georg an Agathe

15. November.

Verehrteste gnädige Frau,

namenlos froh bin ich darüber, dass der geheimnisvolle Drang, der mich unwiderstehlich zu Ihnen geleitet, keine unselige Täuschung war. Glauben Sie mir, wir sind dazu geschaffen, einander gute Freunde zu sein. Ich bin glücklich, dass wir uns gefunden haben. Offen gestanden, als ich gestern die Diele Ihres lieben Landhauses betrat, war ich im Zauber dieser mir neuen Umgebung ein wenig, ich muss sogar bekennen, stark unruhig und unsicher. Der heitere Gleichmut, auf den ich mich unter geselligen Menschen ziemlich selbstbewusst zu verlassen gewohnt bin, der war gänzlich weg. In alle vier Winde verflogen. Ich hatte Herzklopfen. Lachen Sie mich ruhig aus, mich, der ich ein Dutzend Jahre Soldat war, sogar ein sogenannter kecker Reitersmann! Ich verdiene das wirklich.

In jenem Augenblicke hatte ich das Gefühl, vor dem jähen unabwendbaren Verlust eines schon lange im Herzen getragenen und längst lieb gewonnenen Glückes zu stehen. Kennen Sie dieses seltsame schwere Gefühl? Es ist mit der Feigheit verwandt. Am liebsten möchte man wieder umkehren, aus Herzensnot und banger Angst, das Geliebte verlieren zu können. Wäre es so gekommen und hätte ich Sie, kaum gefunden, schon wieder verloren, – ich gestehe Ihnen: Ich hätte den bitterlichsten Schmerz meines Lebens erfahren. Gewiss hätten Sie Ihrem Gaste sein Herzeleid angemerkt, und er, der sich mit weltmännischer Leichtlebigkeit bei Ihnen angesagt, wäre in lächerlicher Weise, seiner schönen Selbstbeherrschung bar, von Ihnen gegangen.

Nach dieser ehrlichen Beichte können Sie sich vorstellen, wie glückselig ich darüber bin, dass Sie mich so gütig aufgenommen haben. Sie waren entzückend, froh gelaunt und doch ernst; zwanglos und dabei in gewissen Ihrer Bewegungen wundervoll feierlich, zum Beispiel, als Sie den Tee bereiteten. Dolcessa feminile! Und alles das im Rahmen der reizendsten Häuslichkeit, die ich je kennengelernt. Ich begreife, dass Sie sich ungern, sei es auch nur für kurze Stunden, davon trennen.

Ich brauche bloß die Augen ein paar Augenblicke zu schließen, und es steht wieder vor mir: Ihr Landhaus, so wie man es von Weitem schaut, unten vom Strom oder vom andern Elbufer aus, ein Abbild eines der alten träumenden Bozener Herrensitze, in die ich seit Jahren verliebt bin. Wenn ich Ruhloser einmal wer weiß wo weilen sollte, fern in Afrika oder in einem der Hochgebirge Asiens, und schon jahrelang: Ihr Haus stünde bei jedem Gedanken an die Heimat im Geiste vor mir, frisch und lebendig, mit seinen hellen Farben, seinen traulichen Umrissen, den sanften Linien der Berge und Bäume darüber und darum. Alles das leuchtet und lebt vor mir: die ockergelben Mauern, das stumpfwinkelige breite Dach mit den lachenden roten Ziegeln, der burgartige Turm – dann (näher gekommen) das Gartentor aus weißem Holz, die lange schmale Treppe hinauf unter dem halbentlaubten Rosengange, (in den Tagen der Blüte muss er köstlich sein!) – und schließlich oben der kleine gelbe Salon, in dem wir zwei unvergessliche Stunden verlebt!

Nehmen Sie meinen innigsten Dank für alles!

Ganz der Ihre,

Georg Rockau

Eben bekomme ich von Frau Eveline, Ihrer liebenswürdigen Freundin, die Mitteilung, dass sie den Winter hindurch alle Montage ihre Freunde bei sich sieht. Sie hatte mich bereits neulich, als ich mich von ihr und ihrem Manne verabschiedete, dazu aufgefordert, und zwar – darf ich so plauderhaft sein? – mit der geheimnisvollen Bemerkung: Verpassen Sie den nächsten Montag nicht! Frau von Uechtritz wird Gedichte vorlesen. Rainer Maria Rilke, ihren Liebling. Das wird wundervoll! – Sollte die schöne Frau Eveline mit echt weiblichen Scharfsinn bereits ahnen, wie unsagbar gern ich Sie habe? Ich freue mich auf diese Montage. Fortan werde ich also das Glück genießen, Sie an den Freitagen bei Ihrer Frau Schwägerin, an den Montagen im Hause Schöning und einen Abend in der Woche vielleicht in der Oper zu sehen. Und wenn Sie mir noch dazu allergnädigst erlauben, dass ich mich in den Tagen dazwischen hin und wieder im Rosenhof einstelle, dann werde ich das sonnigste Leben der Welt führen und mich als den Verwöhntesten aller Menschen preisen. Wie herrlich haben es doch die Frauen, dass so viel Huld in ihren Händen des Verschenktwerdens harrt!

Agathe an Georg

Rosenhof, am 15.

Lieber Herr von Rockau!

Auch ich freue mich von Herzen über unsere wachsende Freundschaft. Zwei Seelen eilen einander zu. Das ist immer etwas Wunderbares. Indessen, indessen! Meine Ängstlichkeit wird Ihnen spießbürgerlich vorkommen. Drei Worte in Ihrem letzten Brief haben mich ein wenig erschreckt.

Sie wissen, welche.

Lassen Sie mich offen reden, wie das in einer höheren Freundschaft Gesetz sein muss. Denn eine alltägliche, oberflächliche, nichts weiter bedeutende, die wollen wir doch alle beide nicht zwischen uns.

Sie sind impulsiv und dabei Grübler und Träumer. Also eine Widerspruchsnatur. Das ist kein Vorwurf. Ich weiß sehr wohl, gerade die wertvollsten Menschen sind zunächst komplizierte Geschöpfe; sie machen eine langwierige, oft stürmische und wechselvolle Entwicklung durch. Je glühender dieses Chaos ist, umso reiner und geläuterter geht der fertige Mensch schließlich daraus hervor.

Seien Sie ehrlich! Es ist eine leise Leidenschaft, nicht eigentliche Freundschaft, die Ihr Herz stürmisch macht. Ich habe diese Empfindung. Und darum muss ich Ihnen sagen: Ich fühle, dass ich mich vor Ihrem siegreichen Elan zu hüten habe. Nehmen Sie das nicht für banale Eitelkeit! Gerade weil ich keinen Flirt mit Ihnen will, sage ich es Ihnen freimütig. Es ist mir ernst ums Herz. Ich hege für Sie echte Freundschaft, seelische Freundschaft. Meine Ungezwungenheit dürfen Sie aber niemals als Emanzipation deuten. Ich bin im Kern meines Wesens recht altmodisch, was mir aber kein Grund ist, die leider so seltene wahre Freundschaft zwischen Mann und Frau für etwas Unmögliches zu halten. Im Gegenteil, ich möchte dieser begehrten Wunderblume die allerzärtlichste Pflege widmen. Helfen Sie mir dabei – ich bitte Sie herzlich darum – indem Sie das gemeinsame Heiligtum unserer Freundschaft, an dessen stille Pforte Sie klopfen, immer wieder nur mit dem festen Willen betreten, Ihrer zweiten, philosophischen Natur mehr Rechte einzuräumen denn der wohl nur halbüberwundenen ersten, recht weltlichen.

Ich werde am Montag nicht zu Schönings gehen. Wähnen Sie aber nicht, dass mich zu diesem Entschlüsse das übliche mondäne Spiel veranlasse. Nein, ich will keinen Flirt mit Ihnen.

Warum gehe ich nun nicht zu Eveline? Das fragen Sie sicher! Warum? Ja, wie soll ich das in Worte fassen, ohne Ihnen zu viel oder zu wenig zu sagen? Warum? Ich muss es Ihnen gestehen, es geschieht ganz einfach aus Vorsicht, aus Scham, oder wie Sie das nennen mögen. Sie verscheuchen mich mit Ihrer schrecklichen Bemerkung über den echt weiblichen Scharfsinn.

Ihre Agathe Uechtritz

Georg an Agathe

Freitag, 3. Dezember.

Liebe gnädige Frau,

ich sei so sorglos und saumselig!

Diesen Vorwurf muss ich oft von Ihnen hören. Gestern zum Beispiel – etwas arglistig von Ihnen – in einem Augenblick, da ich mich unmöglich verteidigen konnte. Und doch hatte ich eine Entgegnung. Ich will sie wenigstens nachträglich vorbringen. Sie dürfen sich meiner Weltanschauung nicht verschließen.

Hat es wirklich viel Zweck, meine ich, dass sich der Mensch mit seiner (im Vergleich zu den gigantischen Mächten über uns) so armselig geringen Tatkraft den Ereignissen von außen oder den dunklen geheimnisvollen Trieben in sich immer und immer wieder vermessen entgegenstellt? Haben Sie nicht auch schon tausendmal in Ihrem Leben wahrgenommen, dass sich im menschlichen Dasein die Dinge auf das Erstaunlichste von selber fügen? Oft entwirrt sich das Verworrenste am leichtesten, gerade wenn sich niemand ins Spiel mengt. Mit fatalistischer Sicherheit vollzieht sich das, was man zuerst für ganz unmöglich hielt. Und dann: Sind die Saumseligen nicht immer der Götter Lieblinge? Das sind die wahren Weisen. Alles, was wir Menschen können, ist bestenfalls, fein stillzuhalten. Mir wenigstens kommt es immer stilwidrig und unsinnig vor, wenn irgendein Tölpel in das wunderbare Schauspiel einzugreifen wagt, dessen Dichter der Namenlose ist, der erhabene Dirigent des Sternenhimmels, vor dem wir in Einfalt und Ergriffenheit stumm dastehen. Ich habe mich in meinem Leben immer treulich an den Wortlaut der mir zugeteilten Rolle gehalten und mich sorglich bewahrt vor der Achtlosigkeit eitler Schauspieler, selbst erfundene Witze und

Mätzchen einzuflechten. Und mich dünkt, damit wohlgetan zu haben. Wir sind Marionetten des Schicksals, das in uns – im Blute, im Charakter, in Herz und Hirn, aus Urzeiten ererbt – waltet und die ganze Tragikomödie aufführt, die wir das Leben nennen.

Es wäre möglich, dass einmal Dinge gebieterisch in mein Leben eindringen, die meine heutige Weltanschauung mehr oder weniger verändern. Ich bin allmählich zu ihr gekommen. Vielleicht bezeichnet sie nur eine Stufe meiner Entwicklung. Ich weiß es nicht. Vielleicht bin ich die letzte schwache Blüte eines verfallenden Stammes. Meine Vorfahren waren von reckenhafterem Schrot und Korn.

Ich will Ihnen eine ehrliche Beichte ablegen. Ich bin nicht einmal – wie Sie sichtlich vermuten? – in dem einen ein Draufgänger, in der Galanterie. Ich bin es kaum als ganz junger Mann wirklich gewesen. Im Innersten meines Ichs war ich allzeit auch den Frauen gegenüber ein schüchterner Fatalist, und ich habe mein scheues Herz keiner ganz geschenkt bis auf den heutigen Tag. Mein Herz harrt noch immer seines Schicksals. Es möchte aber immer noch nicht verzichten.

Darf ich Ihnen ein Beispiel erzählen, wie kläglich unheldenhaft es um die Sieghaftigkeit Ihres Freundes steht?

Erinnern Sie sich eines gewissen Briefes, in dem Sie schrieben. Sie kämen am folgenden Montag nicht zu Frau Eveline. Ich glaubte es und glaubte es wieder nicht. Der Montag kam. Ich nahm mir eine Droschke und fuhr nach der Emser Allee hinaus. Beim Aussteigen wandelte sich meine Meinung. Mit einem Male war ich mir klar, dass Sie nicht kämen. Ich betrat die Villa Ihrer Freundin nicht, sondern ging zu Fuß weiter, versonnen und in Träumerei verloren. Als ich mich umsah, fand ich mich vor Ihrem Gartentor. Es war halb sechs Uhr geworden. Einen Augenblick später stand ich in Ihrem gelben Salon. Wer von uns beiden war mehr verwundert, Sie oder ich? Wir haben alle beide herzlich gelacht, und anstatt, dass ich Sie inmitten einer langweiligen Gesellschaft flüchtig sah und vor zehn andern oberflächlich mit Ihnen sprach, ward mir ein friedsamer traulicher unvergesslicher Abend im köstlichsten Ganzallein geschenkt. Und da wollen Sie, ich soll kein Fatalist sein?

Agathe an Georg

Rosenhof, den 4. Dezember.

Recht nett! Sie freuen sich über das Allerunpassendste, was wir – in den Augen der Andern – nur tun konnten! Wissen Sie es nicht? Es gibt eine Menge Leute, die mir das arg verübelten, wenn sie es erführen. Man ist hier engherziger als sonst wo. Und Kultur und Freiheit gehen ja überhaupt von altersher im Schneckengang. Was ist im Grunde Kultur? Der in Fleisch und Blut gedrungene Wille, jedwedem Andern wortlos zu gestatten, auf seine Fasson selig zu werden; ihm das Alltägliche still und stumm zu erleichtern. Wie weit sind wir in Deutschland davon entfernt! Ich wahre meine Freiheit nach Möglichkeit – nach dem Grundsatz, vor allem natürlich zu denken und zu handeln. Freuen Sie sich dessen!

Übrigens kam mir Ihr Besuch neulich so unerwartet, dass ich tatsächlich gar keine Zeit hatte, über Knigge und seine Ausleger nachzudenken. Ich nahm Sie einfach an. Das Gegenteil wäre mir unnatürlich erschienen. Im Augenblick vergaß ich sogar, welche Bedenken mir gewisse Briefstellen und gewisse Blicke meines lieben Freundes öfters verursachen. Auch dass er bei meinen Bekannten für einen Galantuomo gilt. Dass er *nicht gefährlich* ist, wie Sie mir versichern, das ahnt man wohl nicht?

Sie sehen, wie groß mein Vertrauen in Ihre Freundschaft ist. Sie nennen sich einen Fatalisten. Ich glaube Ihnen das. Gut! Sie wollen also sozusagen einer von den Beschaulichen sein, die sich nur die Tauben zu Gemüte führen, die ihnen gebraten zufliegen. Mithin braucht es mir vor Ihnen wirklich nicht bange zu sein. Ich bin zwar eine Taube, aber eine, die sich brav davor hüten wird, sich am vesuvischen Feuer Ihres Herzens auch nur die Flügelspitzen zu versengen. Sagen Sie übrigens, durch welche Zeichen und Wunder ist Ihre Gleichgültigkeit auf einmal so aufgerüttelt worden?

Scherz beiseite! Weil Sie zunächst keinen Willen zur Macht in sich spüren, leugnen Sie einfach überhaupt die Macht des Willens. Das freut mich in diesem einen Falle, denn im Sonstigen sehe ich Sie gar nicht gern passiv. Also ausnahmsweise habe ich meine Freude an Ihrer Passivität. Wohin könnte es führen, wenn Sie mir Tag für Tag mit dem starken Willen des Eroberers gegenüberträten? Zumal da ich Halbheit verabscheue. Etwas Ganzes oder nichts! Was wäre, wenn ich eines Tages Ihr ganzes Herz begehrte? Erschrecken Sie da nicht schon im Voraus? Vermögen Sie wohl jemals ihr Ich ganz zu verschenken? Vielleicht ist das Ihrer einsamen Natur unmöglich? Wer weiß das? Ich grüble viel über Sie nach. Sie sind ein sprühender Enthusiast. Champagner, den man trinken muss, ehe seine Perlen dahin sind!

Vielleicht wäre es am besten für uns, wir sähen uns nicht mehr so häufig wie in der letzten Zeit. Sprechen Sie mir daraufhin aber nicht gleich Herz und Gemüt ab! Das wäre Unrecht. Der Kluge baut vor. Ich habe die alten Sprichwörter gern, lieber Freund.

Georg an Agathe

14. Dezember.

Gestern haben Sie mich im Wandelgange der Oper recht ungnädig behandelt. Warum? Hatte ich Ihnen nicht edelmütig gehorcht, indem ich meine Besuche im Rosenhof eingestellt? Gebieten Sie, dass ich auch auf die Oper verzichte? Denn wenn ich dahin gehe, sehe ich Sie. Und dass ich Ihnen dort Guten Tag sage, das erfordert die einfachste Artigkeit.

Als Sie mich am Sonntag mitten im fröhlichen Treiben des Kinderfestes im Hause Ihrer Frau Mutter entdeckten, haben Sie ein entzückend verlegenes Gesicht gemacht. Wären wir noch die alten guten Freunde, so hätte ich bei diesem Ihnen so unerwarteten Wiedersehen hell und laut aufgelacht, so recht als einer der übermütigen kleinen Jungen, unter die ich mich gesellt. Jetzt, in der

Erinnerung, ist mir allerdings gar nicht mehr lächerlich zumute. Übrigens war ich wirklich nicht gekommen, um Ihnen eine Verlegenheit zu bereiten, sondern Ihrer allerliebsten kleinen Sophie wegen. Da Sie nun einmal ein so herziges Töchterchen haben, müssen Sie sich auch beizeiten daran gewöhnen, dass sie bewundert, umschwärmt, umlagert wird. Die großen Jungen fangen an, wie Sie sehen. Weiterhin war ich gekommen, um ein bisschen mit Ihrer Nichte Susanne zu plaudern. Haben Sie nicht gemerkt, dass ich mich ihr fast ausschließlich widmete? Fräulein Susanne von Schönberg ist wirklich ein fesches, hübsches junges Mädchen. Sie verfügt über alle Reize, die Balzac an einem weiblichen Wesen als besonders verführerisch hervorhebt, damit man sie – nicht heiratet. Aber Balzacs Physiologie der Ehe ist das Buch eines klugen Spötters. Auch offenbar nicht für Junggesellen geschrieben, sondern als Trostbuch für Ehemänner, die selber nicht genug Geist haben, um sich über ihre Gattinnen lustig zu machen, nachdem sie in der oder jener Hinsicht vom Throne gestürzt sind.

Susanne ist so recht geschaffen zum Flirt. Zur Liebe als Spiel. Ich habe ihr demgemäß ordentlich den Hof gemacht, was sie nicht ungnädig aufnimmt. Ich glaube auch sonst keinen schlechten Eindruck hervorgerufen zu haben. Ihrer – verzeihen Sie meinen losen Mund! – hochmütigen Frau Schwägerin war so etwas wie geheime Freude anzumerken darüber, dass ich alter Hagestolz Feuer zu fangen schien. Unter uns: Ihre Frau Schwägerin ist in unaufzählbar vielen Dingen so ganz anders geartet als Sie.

Der langen Rede kurzer Sinn: Sie sehen, dass Sie in der Tat keinen Anlass haben, an meiner Harmlosigkeit zu zweifeln! Warum strafen Sie mich also? Was hab ich Ihnen angetan? Seien Sie lieb und gütig und heben Sie das grausame Verbot wieder auf! Rufen Sie mich aus meiner unverdienten Verbannung zurück! Ein einziges Wort genügt. Sonst müsste ich mich wirklich für gefährlich halten. Ersparen Sie mir, bitte, diesen dummen Dünkel!

Agathe an Georg

Rosenhof, den 15.

Sie sind wirklich ein großes Kind! Kommen Sie nur wieder! Ich vermag ja sowieso keinen Schritt zu tun, ohne Sie auf allen meinen Wegen urplötzlich auftauchen zu sehen.

Ich erwarte morgen eine kleine Gesellschaft bei mir: Gelehrte, Künstler, Künstlerinnen. Professor Schöning, den wir beide als genialen Vortragskünstler lieben, will uns Gedichte aus der Biedermeierzeit vorlesen. Urdrolliges Zeug, wie er mir verraten hat. Das wird der Glanzpunkt des Abends. Dazu stellen sich von den Malern meiner Nachbarschaft ein paar ein. Berühmtheiten darunter! Sie lieben die Maler. Ich erinnere mich, dass Sie mir einmal im Tone schmerzlichsten Bedauerns gestanden haben, am liebsten wären Sie auch einer geworden. Bedeutet das übrigens nicht, dass Sie in dieser Richtung Fähigkeiten haben? Sollten sich keine Wahrzeichen davon erhalten haben? Wollen Sie sie mir nicht einmal gelegentlich zeigen? Bewunderung vertieft die Freundschaft.

Von den weiteren Genüssen des Abends verrate ich Ihnen nichts. Ich möchte Ihnen nicht alle Neugier nehmen. Sie lieben die Überraschungen, das divin imprévu, wie Sie zu sagen pflegen.

Wir essen halb acht. Sie dürfen sich aber ein Stündchen früher einstellen, um Sophie bei ihrem Abendbrot etwas vorzuplaudern. Sie hält Riesenstücke auf ihren »lieben Onkel Georg, der so gar nicht mehr herauskommt«. Ich fürchte, Sie sind ihre erste Liebe.

Agathe an Georg

Rosenhof, den 20.

Gestern haben Sie zu mir gesagt: »Ich kenne Sie bis tief in Ihr Herz!« Ich muss Ihnen wenigstens hinterher sagen, dass Sie sich mit einer so scharfen Behauptung überschätzen. Und dann: Können Sie denn wissen, ob ich Sie nicht vielleicht zehnmal besser kenne als Sie mich?

Sie sind der Mehrheit der Männer unsrer hastigen und nur auf das Oberflächliche gerichteten Zeit sichtlich hoch überlegen. Sind einer der raren Menschen, die sich nicht mit einer einseitigen Bildung begnügen. Aber so sehr Sie sich selbst zu einer universellen Kultur erzogen haben im Gegensatz zu Ihren Zeitgenossen, die in der beschränkten Arena irgendeines engherzigen Berufs ihre Jugendideale vergessen, – dafür leiden Sie an der großen Schwäche aller Einzelgänger, und bei Ihrer merkwürdi-

16

gen Gefühlsverfeinerung umso schwerer: an der Lust, ihre eigenen Empfindungen und Gefühle, und auch die gewisser Anderer, zergliedern und ergründen zu wollen. Sie sind keine einfache Natur, sondern ein recht vielgestaltiges, widerspruchsreiches Wesen, das noch lange nicht zu kristallklarer Einheit gelangt ist. Sie leiden an der Krankheit aller Romantiker. Sie möchten ein Lebenskünstler großen Stils sein, aber Ihre Sucht nach erlesenen Gefühlserlebnissen hindert Sie an der wirklich heiteren und schlichten Freude am Leben. Sie berauschen sich an Ihren feinen Empfindungen und wollen sie am liebsten ins Übermenschliche steigern. Darin sind Sie unersättlich. Hierauf richten sich, Ihnen bewusst und unbewusst, alle Ihre Gaben. Sie wollen zu einer Genussfähigkeit von wunderbarer Feinheit gelangen.

Gestehen Sie: Habe ich Sie nicht gut studiert? Ich bin noch nicht fertig. Die meisten Männer, mit denen Sie durch Ihren einstigen Beruf und Ihren gesellschaftlichen Stand in Berührung gebracht worden sind und werden, Männer, die sich das geistige und leibliche Epikureertum Ihres Ideals nicht leisten können, alle diese erscheinen Ihnen mehr oder weniger inferior. Infolgedessen haben Sie sich immer mehr von ihnen gesondert und entfernt. Das hat Sie zu einem seelischen Hochmut sondergleichen geführt. Da Sie aber trotz eines gewissen Hanges zur Einsamkeit nicht zum ungeselligen Eremiten taugen, so haben Sie Ersatz für die Ihnen unliebsamen Männer in der Freundschaft unter den Frauen gesucht. So sind Sie, wie der Franzose das nennt, ein homme à femmes geworden. Sie sind nach und nach in die Gefühlswelt der Frauen eingedrungen, wobei Sie von ge-

17

wissen, unzweifelhaft femininen Elementen in Ihrem eigenen Ich geführt werden. Es ist, nebenbei gesagt, wie Sie selber wissen, kein Vorwurf für einen Mann, wenn man ihm beweist, dass er Weibliches an sich hat. Goethe, Byron, Musset, Mozart, alle Genies waren so geartet. Selbst Napoleon der Erste, Ihr Heros. Man behauptet ja, alle Künstler seien feminin. Jedenfalls glaube ich, dass wir die großen Kenner der Frauenseele nur diesem Zwittertum verdanken, also einer Schwäche, wie diejenigen zu schelten pflegen, die den Künstlern verständnislos gegenüberstehen.

Mit Ihrer Einzelgängerei hängt auch Ihr Hang zur tatenlosen Träumerei zusammen, Ihre vornehme Indolenz, Ihr auffällig starker Mangel an sozialem Sinn. Sie haben sich in mancher Hinsicht der Wirklichkeit abgewandt. Einmal haben Sie mir gesagt: es sei kein Unterschied, zehn Jahre nach dem allerglückseligsten Erlebnisse jedweder Art, ob man es wirklich erlebt oder es sich dank einer schöpferischen Fantasie nur erträumt habe. Merkwürdig, dass dies gerade einer sagt, der so viel erlebt! Dann brauchte man überhaupt nur zu träumen! Aber Sie lieben ja mehr als den holden Traum ... Weiterhin, dem großen Haufen der Durchschnittsmenschen feindlich, sind Sie nach den göttlichen Inseln der Künste und Wissenschaften geflüchtet; sind einer der erlesensten Dilettanten im Sinne Arthur Schopenhauers geworden, ein amoralischer Ästhet aus der Schule Ihres Stendhals. Sie sind hinter die Mysterien der Assoziationskünste gekommen, wie Sie mir erzählt haben, hinter geheimnisvolle Genüsse, von denen ich reguläres Menschenkind nichts verstehe.

Und das führt mich von Ihnen zu mir!

Was bin ich Ihnen? Seien Sie gegen sich selber klaräugig! Ein einfaches Geschöpf, um das sich Ihre fantastische Sehnsucht zufällig kristallisiert. Sie beten in mir ein himmlisches Ideal an, das Sie sich aus den tausend Schönheiten der Wunderwelt Ihrer Träume und Sinne erschaffen haben. Sie beten es an des seltsamen Genusses wegen, den Sie vor diesem imaginären Bild mehr denn in der Wirklichkeit finden.

Ist nun aber ein Fischer am Meere des Lebens, der seine Netze so ungeheuerlich weit auswirft, der rechte Partner für eine Frau, die bisher eine moralische Befriedigung darin fand, mit sich selber wie mit jedem andern Menschen einfach und natürlich zu sein? Muss einer Natur wie der meinen nicht vielmehr ein seelisch schlichter Mann, der einen liebt, wie man in Wahrheit ist, der einen nicht mit Unmöglichkeiten umkleidet, der einem nichts darbringt als sein gutes, braves, treues Wesen, zuverlässiger erscheinen als ein hochgespanntes Fantastenherz, dessen Schicksal es ist, nach verlodertem Rausche früher oder später, aber unausbleiblich, desillusioniert zu sein. Ich habe die Biografien so vieler Fantasiemenschen gelesen. Ich möchte aus ihnen schließen, dass dem homme supérieur in der Liebe immer nur die Leidenschaft an sich das Wesentliche ist, nicht aber die Persönlichkeit der Frau, und mag sie selber noch so hoch stehen. Das Weib ist ihm immer nur das Spalier, an dem sich die Blütenträger seiner Passion zum Himmel emporranken möchten. Im höchsten Sinne bleibt er immer frei. Weil ich das zu erkennen vermeine, will ich um alles in der Welt nicht *die* sein, an der Sie eine jener Ent-

19

täuschungen erleben, deren Sie zweifellos schon viele erfahren haben. Ich würde unheilbar darunter leiden und unbedingt daran zugrunde gehen. Verwöhnten Träumern solcher Art kann selbst die innigste Zärtlichkeit einer liebenden Frau, ja das volle sich ihnen Geben sehr bald nicht mehr genügen. Die Verfeinerung hat sie zu grässlichen Egoisten gemacht.

Auch wir Frauen hegen tausend Illusionen, aber doch ganz andrer Art, keine so dämonischen. Die besten unter uns sind auch Idealisten. Aber wenn wir einmal aus dem Himmel gestürzt sind, dann fehlen uns die starken Fittiche, die euch immer wieder wachsen. Ich freue mich unsagbar Ihrer Zuneigung, aber ich bekenne Ihnen ehrlich: Ich empfinde Furcht vor einer Leidenschaft, die mir zu fantastisch erscheint. Es gibt nichts Unheilvolleres für uns Frauen, als wenn ihr uns zu himmlischen Wesen träumt, weil ihr Göttinnen ersehnt, nachdem euch die Erde degoutiert hat und ihr euch selbst wieder heilig fühlen möchtet.

Gute Nacht und guten Morgen! Es schlägt ein Uhr. Draußen über dem friedlichen, hell schimmernden Elbtale wölbt sich die leicht verschleierte Mondnacht. Nur ein paar Sterne blinzeln. Frischer Wind weht. Ich habe ein Fenster geöffnet und lange hinüber geschaut, wo ein wundervoll stilles Meer von Lichtpunkten schimmert: die schlafende Stadt. Jedes Mal, wenn ich diese märchenhaften Lichterlinien erblicke, fühle ich den ewigen Frieden, der über uns allen waltet und wacht, selbst wenn wir uns ihm fern wähnen.

Georg an Agathe

22. Dezember.

Gnädige Frau,

ich bin tief betroffen. Nicht im geringsten vermeinte ich, Sie zu beleidigen oder zu kränken, indem ich mir einbildete, Ihre mir so liebe Art zu kennen, und Ihnen dies in meiner Einfalt gestand. Einfalt bei so viel Bizarrerie! Lachen Sie! Nunmehr bereitet es mir aufrichtigen Kummer, dass ich Ihnen derlei gesagt habe, und in so ungeschickter Weise. Aber wenn Sie wüssten, wie sehr es mir leidtut, so würden Sie mir großmütig und gleich auf der Stelle verzeihen.

Ihr Gute Nacht! und Guten Morgen! Hätte mich, wenn es mich im Augenblick erreicht, gerade beim Nachhausekommen begrüßt. Ich war in *Carmen*, einer mir lieben Oper. Wissen Sie übrigens, dass es Nietzsches Liebling war? – Hinterher habe ich mit Herrn von Wolfframsdorf im Englischen Garten soupiert. Es war recht leer da. Die lieben Dresdner sind sparsame Leute. Man erfreut sich an der wundervollen Musik und legt sich dann mit spartanischer Enthaltsamkeit so schnell wie möglich auf das Ohr. Außer ein paar leichtlebigen Kavallerieleutnants soupiert Dresden nur an besonderen Tagen. Lukull wäre am Elbestrand niemals unsterblich geworden. Aber was für ein reizendes Leben könnte das deutsche Florenz bieten, wenn man dort in der guten Gesellschaft nicht so knickerig wäre und ungesellig! Vor hundert Jahren hat einmal ein Kenner Europas gesagt, Dresden sei eine verführerische Vorstadt Italiens, mit seiner holden Landschaft, seiner südlichen Musik und seiner edlen Leichtlebigkeit. Gewiss, aber das mit der edlen Leichtlebigkeit unterschreibe ich nicht. Die muss nach der Franzosenzeit abhandengekommen sein.

Ich habe im Theater Ihrer auf das Lebhafteste gedacht. Was hätte ich darum gegeben, wenn ich still neben Ihnen gesessen hätte, wie das eine liebe, unvergessliche Mal in der – mir ungenießbaren – Straußschen *Elektra*.

Ihre Frau Mutter hat die große Liebenswürdigkeit gehabt, mich in gütiger Weise für übermorgen einzuladen, zum Weihnachtsabend. Ich werde da Gelegenheit haben, durch einen stummen treuen Blick zu versuchen, in Ihren lieben perlengrauen Augen meine Absolution zu lesen. Auch freue ich mich, Ihren Bruder, den Bezirksamtmann von Togo, kennenzulernen. Sophie schwärmt dermaßen von ihm, dass ich auf den »Onkel aus Afrika« bereits eifersüchtig bin.

Ich küsse Ihnen die kleinen schlanken Hände.

Agathe an Georg

Den 27.

Eigentlich verdienen Sie schon wieder eine kleine Strafpredigt. Sophie hat bei unserer Rückkehr am Weihnachtsabend eine Puppe vorgefunden, so groß, wie sie selbst kaum ist. Sie war entzückt. Wie sie aber aus den beigelegten fröhlichen Versen erfuhr, der Weihnachtsmann, der sie gebracht, sei Onkel Georg, da hat sie vor leidenschaftlicher Freude gezittert. Oh, Sie hätten zugegen sein sollen! Es liegt etwas unsagbar Rührendes im Glück eines Kindes.

Ich habe dann lange nachgesonnen. Warum hat sich Sophiens Kindergemüt doppelt gefreut, nachdem sie wusste, dass die Puppe *Ihr* Geschenk war? Zuerst freute sie sich offenbar unpersönlich.

Ich finde hier eine menschliche Schwäche. Sollte man sein Herz nicht dazu erziehen, nur unpersönliche Freuden zu empfinden? Nur dann ist man gegen alle Anfechtungen gefeit. Aber fände man dann oft Freude?

Die Puppe soll Georgine heißen. Natürlich habe ich Sophie eine festliche Taufe versprechen müssen. Sie und Susanne sollen Paten sein. Susanne hat sofort zugesagt. Sie nimmt trotz ihrer zwanzig Jahre noch ungeniert eine Puppe in die Arme, und vielleicht lockte auch der Gedanke, dass Sie der Herr Gevatter sind. Und Sie, Herr Rittmeister und würdevoller Jünger Epikurs? Ich hoffe, Sie schlagen es meinem Töchterchen nicht ab, mit uns dreien Knackmandeln und Schlagsahne zu essen. Schwerere Pflichten bürden Sie sich ja damit auch für die Zukunft nicht auf.

Nun kommt die Reihe an mich. Ich habe Ihnen für den prächtigen Kopenhagener Jungen zu danken. Ich tue es von Herzen. Er hat ein hübsches Plätzchen gefunden. Er ist köstlich in seiner lieben dreisten, nachlässigen Haltung. Meisterlicher Naturalismus! Die beiden Bände, die Sie mir dazu so verschwenderisch auf den Weihnachtstisch gelegt haben, mit dem wunderlichen Titel »Briefe eines Unbekannten«, die werde ich heute Abend andächtig zu lesen beginnen.

Ich bedaure, dass Sie nach Rockau reisen. Ich hätte Sie gern zu Silvester bei mir gesehen.

Nicht wahr, ich irre nicht, wenn ich annehme, dass Rockau in Thüringen liegt? Sie haben es mir bisher nur flüchtig erwähnt. Demnächst berichten Sie mir aber endlich einmal etwas recht Anschauliches von Ihrem Familiengute! Sie verstehen das so wundervoll, wenn Sie Ihre Erzählerlaune haben.

Georg an Agathe

29. Dezember.

Meine geliebte Freundin,

das Neueste: Ich verzichte auf den geplanten Aufenthalt in Rockau. Mein Bruder Eberhard war heute hier in Dresden. Ganz unerwartet. Wegen einer für ihn dringlichen Angelegenheit. Wir sind – was leider nicht zu vermeiden war – arg aneinander geraten. Etwas verträgt er nämlich unbedingt nicht: wenn man ihm buchmäßig nachweist, dass er das uns gemeinschaftlich gehörige Gut ohne Sinn und Verstand bewirtschaftet. Wenn das so weiter geht, muss er es zugrunde richten. An seinen einzigen Sohn und Erben Michael – jetzt ein lieber kluger Bengel von sechzehn Jahren – denkt er dabei nicht, nur immer auf eins bedacht: soviel Geld aus dem Besitztume zu schlagen, wie nur menschenmöglich ist, um sein luxuriöses Leben und seine maßlosen Abenteuer damit bezahlen zu können. Zum Glück haben wir einen ausgezeichneten Inspektor, der wenigstens die tollsten wirtschaftlichen Torheiten hintertreibt, indem er mich jedes Mal noch rechtzeitig in Kenntnis setzt. Trotzdem habe ich meinem Bruder nunmehr die Generalvollmacht entziehen müssen. Eberhard ist ein Hitzkopf, dabei an schrankenlose Unabhängigkeit gewöhnt. Sie können sich somit denken, dass ich eine heiße Fehde zu bestehen hatte. Er hat mich vor unserem Notar einen »gemeinen Geizkragen« genannt.

Ich wäre der alten Gewohnheit, Neujahr auf dem Gute zu verleben, besonders deshalb gern gefolgt, weil ich meinen Neffen sehr lange nicht gesehen habe. Er ist mir, dem Einsamen, ans Herz gewachsen. Ich liebe ihn väterlich und habe Ihnen auch schon einmal von ihm erzählt. Wir verstehen uns beide prächtig. Michael ist zurzeit Primaner der Schule zu Pforta. Seine viel zu früh dahingegangene Mutter war als junge Frau eine der schönsten Erscheinungen der Dresdner Gesellschaft. In unserem Gute hängt ein wundervolles Porträt von ihr als etwa Dreißigjährigen. Es ist von Ferdinand von Rayski, dem liebenswürdigsten Vorläufer der heutigen Bildniskunst.

Sie begreifen, dass ich unter den angedeuteten Umständen meinen Bruder und damit das Gut doch lieber meiden möchte. Acht Tage mit jemandem zusammenzuleben, der sich nur aus Höflichkeit mit mir verträgt, das ist mir ganz unmöglich. Somit wäre ich mit Freuden bereit, den letzten Abend dieses Jahres, dem ich so viel neuen inneren Besitz zu danken habe, im Rosenhofe zu verbringen. Darf ich mich einstellen?

Ich bin glücklich, dass Ihnen der Kopenhagener Frechdachs gefällt. Als ich das allererste Mal zu Ihnen kam, war ich da nicht auch ein tüchtiger Frechdachs, obgleich ich Herzklopfen hatte, wie Sie ja wissen.

Agathe an Georg

Den 29. Dezember, 2 Uhr.

Mein lieber Freund!

Es bereitet mir großen Kummer, Sie in Sorgen und Missstimmung zu wissen. Warum sind Sie noch nicht nach dem Rosenhof herausgekommen? Das ist nicht recht von Ihnen. Sie nennen mich Ihre Freundin. Soll das nichts als eine Redensart sein? Bei mir ist es das gewiss nicht. Für mich bedeutet die Freundschaft etwas Heiliges. Und ich halte es für mein gutes Recht, den Freund aufheitern und trösten zu dürfen. Ich erwarte Sie heute gegen Abend. Vielleicht gelingt es mir, Sie vergnügter gehen, als kommen zu sehen.

Selbstverständlich rechne ich auf Sie nunmehr bestimmt am Silvesterabend. Da ist unser Tisch für alle Familienlosen gedeckt: für die Einsamen und Verlassenen. Es ist dies ein alter Brauch. Zuweilen stellt sich eine stattliche Gästeschar ein. Mitunter sind es nur wenige. Wir, Mutter und ich, rechnen diesmal nur auf eine kleine Tafelrunde. Ich hoffe aber, es soll so fröhlich werden wie bisher noch immer. Nichts macht mir innigere Freude, als meinen Freunden in meinem Hause die Illusion zu schenken, sie seien in ihrem eigensten Heim.

Georg an Agathe

30. Dezember.

Meine liebe Freundin,

Ihre gütigen Worte habe ich gestern Abend vorgefunden, als ich aus dem Theater nach Hause kam. Wie mich Ihre edle Anteilnahme rührt! Ich bin Ihnen von Herzen dankbar, dass Sie mir einen Platz in der Tafelrunde der Einsamen gewähren wollen.

Agathe an Georg

Sonnabend, den 16. Januar.

Ich wüsste nicht, welchem meiner Freunde ich soviel Anteil schenkte wie Ihnen. Sie brauchen eine gute Fee, eine sorgliche Schwester. Beides will ich Ihnen mit allen meinen Kräften sein, solange es Ihnen nicht lästig ist.

Soeben kehre ich vom Tee bei Eveline zurück. Ein großer Kreis war versammelt. Es war einmal ein paar Minuten lang die Rede von Ihnen. (Bekommen Sie ein böses Gewissen?) Warum haben Sie mir noch nicht erzählt, dass Evelinens Mutter, Frau von Rattonitz, Sie schon kannte, als Sie noch ein kleiner Junge waren? Sie sollen still, fast schwermütig gewesen sein, mädchenhaft graziös und schüchtern: so gar kein böser Bube. Die Unterhaltung sprang leider allzu bald von Ihnen zu irgendeinem kleinen Ereignis der Gesellschaft über. Ich aber habe von da an stumm geträumt, von Ihnen. Ich stellte Sie mir im Geiste so vor, wie Sie als kleiner Junge ausgesehen haben mögen. Und da sagte ich mir, dass sich eine leise Melancholie, ein mir unendlich lieber Feinsinn, eine gewisse mädchenhafte Schüchternheit nicht verloren haben. Und das ist, im sozialen Sinne, Ihr Unglück geworden. Verstehen Sie mich? Wohl nie in Ihrem bisherigen Leben haben Sie jene große männliche Tatkraft bewiesen, die zur Bewunderung zwingt. Soldat sind Sie aus Tradition geworden. Oder aus jugendlicher Romantik. Sie sind trotzdem ein empfindsames, halbweibliches Menschenkind geblieben, ein Liebhaber zarter und schöner Dinge, ein zärtlicher Träumer, ein beschaulicher Betrachter. Ihre weltmännische Maske täuscht mich längst nicht mehr! Verleitet durch Ihre immer lebhafte und so oft spöttische Art zu plaudern, habe ich im Anfang einen ganz andersartigen Mann in Ihnen vermutet. Sie lieben es offenbar, zum Schutze Ihres weichen Herzens und um den heimlichen Fantasiemenschen zu verbergen, mit Ihrer kritischen, scharfen, gründlichen, kühlen und recht hochmütigen Intelligenz zu spielen. Früher habe ich mitunter vor Ihrem überlegenen Verstand Furcht empfunden. Aber wenn ich daran denke, welch reicher Romantiker hinter dem *homme d'esprit* steckt, wenn ich den in der Tiefe unverdorbenen Gefühlsmenschen in seiner heiteren Natürlichkeit vor mir sehe, dann habe ich kein bisschen Angst mehr vor der Kriegsflagge Ihres Ichs. Mögen sich andere über die Paradoxe Ihrer Weltanschauung den Kopf zerbrechen! Ich kenne Sie in der gemütlichen Häuslichkeit Ihres Herzens und freue mich über meine Kenntnis.

Sie haben mir einmal gesagt: Der moderne Mensch neige dazu, den Wert der geistigen Errungenschaften zu überschätzen zum Nachteile seines Gefühlslebens, der Innerlichkeit seines Lebens überhaupt. Ich glaube, nichts ist wahrer. Und mich dünkt, Sie sollten sich selber mit aller Kraft davor hüten. Das Nachgrübeln über sich und alle Welt gehört auch zu der Überwertung der geistigen

Betätigung. Es macht uns herzensarm und einsam vor uns selber.

Ich habe heute Nacht im Thomas von Kempen gelesen: »Lasset alle Eitelkeiten und ihr habt den inneren Frieden gefunden!« Ist das nicht ein schöner Text, auf den ich Sie bringen möchte? Denken Sie über ihn nach und seien Sie mir ein wenig für meine schlichte Weisheit dankbar!

Wollen Sie sich denn nicht wieder zu irgendeiner bestimmten Tätigkeit entschließen?

Georg an Agathe

17. Januar.

Meine beste Freundin,

wie prächtig sie mich verstehen, selbst in allen meinen Wunderlichkeiten! Ihren so verständigen, dabei so beseligend herzlichen Brief habe ich in innigster Verehrung geküsst. Sie sagen sehr wahr, das Grübeln über sich selbst mache herzensarm und einsam. Ach, es führt weit ab von der begehrten Insel des Glücks! Ich sehe das selber ein. Und doch ist es gerade Ihr gütiger Brief, der mich von Neuem zur grausamsten Selbstzergliederung veranlasst hat. Diesmal verfolgt sie allerdings einen guten Zweck. Sie sollen mir einmal so recht frei in mein viel zu verschlossenes Herz schauen.

Seit meinen Kinderjahren führe ich ein Doppelleben: ein einsames, philosophisches, verstocktes Dasein mit mir selber und ein zweites, geselliges, leichtherziges vor allen Andern außer mir. Sie sind die erste, die das Eis bricht, das mein Herz von der Menschheit trennt. Die schmeichelnd warme Flamme, die Sie auf dem Altar unsrer Freundschaft entzündet haben, dringt leise und tief in mich ein. In meine heimliche Herzensnot ist das Samenkorn Ihrer sonnigen Güte gefallen. Ich fühle es, ich stehe unmittelbar vor einem neuen Schritte meiner langsamen Entwicklung. Ich betrete die letzte Strecke vor der Höhe. Ich komme in die herbstliche Reife. Merkwürdig, viel mehr als den sanften Frühling habe ich von jeher in der Landschaft den Herbst geliebt, den goldenen fruchtbeladenen Herbst, vielleicht in einer Art Vorahnung, dass es mir selber bestimmt ist, erst im Gipfelgange meines Lebens ein würdiger einheitlicher Mensch zu werden, ein heiterer früchtespendender Herbstmensch.

Ach, ich weiß nicht, wer ich bin!
Nie noch sah mein Aug ein Ziel.
Nur mein dämmerdunkler Sinn
Treibt mit Tag und Stunden Spiel:

Ahnt im Bann der alten Erde
Noch ein wunderbar Geschick;
Lallt ein übermütig Werde,
Perlt und glänzt der Augenblick ...

Diese nachdenklichen Verse sind nicht von mir. Sie kamen mir nur gerad in den Sinn. Sie sind von Wilhelm Weigand, den man mehr als unsern besten Essayisten denn als den feinen Lyriker kennt, der er doch auch ist.

Sie ermuntern mich, von Neuem einen bestimmten Beruf aufzunehmen! Es will mir scheinen, als seien Sie nicht allzu weit davon entfernt, Berufslosigkeit dem Müßiggange gleichzustellen. Ich weiß, in unserer demokratischen Zeit missbilligt die Allgemeinheit das Nichtstun. Durch jahrhundertelange Gewohnheit ist der Glaube, der Mensch sei zur Arbeit geboren, so tief eingewurzelt, dass sogar Menschen und ganze Gesellschaftsklassen, die es nicht nötig hätten, sich zu plagen, eine regelmäßige, also unfreie und am Ende unfrohe Tätigkeit pflegen. Arbeit, ebenso der Sport, sobald sie über das eigentliche Vergnügen daran hinausgehen, ist Knechtschaft. Die Grandseigneurs der Antike taten nichts und alles nur zu ihrem ureigenen Vergnügen. Der heutige Europäer verherrlicht die Arbeit, und nicht nur die freudige, sondern die Arbeit überhaupt. Und das ist Heuchelei. Wir haben eine Zivilisation, die viel zu viel unnütze Arbeit bedingt. Wir wandeln seit tausend Jahren auf Irrwegen. Was mich nun anbelangt, so war ich bei meiner von Plutarch und dem feintätigen Geiste der altrömischen Aristokraten stark beeinflussten Lebensauffassung zu keiner Zeit meines Daseins ein wirklicher Müßiggänger. Die Tage, da der Reiteroffizier nichts weiter zu tun hatte als seine Gäule zu dressieren, die gehörten zu meiner Soldatenzeit schon längst der Vergangenheit an. Wir haben uns in unserm Beruf nichts geschenkt, so wenig er unser Ideal erfüllte. Und voll berechtigtem Stolze dürfen wir sagen, wir, die wir unsere besten Jahre uneigennützige Erzieher der Jugend unseres Volkes waren: »Wir haben unsere Schuldigkeit getan!« Wenn Deutschland je untergehen sollte, der Aristokrat trägt keinen Teil daran.

Sehr richtig vermuten Sie, ich sei aus jugendlicher Romantik Soldat geworden. Die Erinnerung an meinen mütterlichen Urgroßvater verführte mich dazu. Als Rittmeister der altsächsischen Kürassiere hat dieser mir wie ein Bayard vorschwebende Edelmann die unsterblichen Attacken bei Friedland und Borodino mitgeritten. Auch war er eine Zeit lang persönlicher Ordonnanzoffizier des großen Kaisers. Noch heute hängen im Saale unseres Gutes unter seinem Bildnisse seine Ehrenlegion und sein Heinrichskreuz. Und wie so vielen Sachsen ist mir das glorreiche napoleonische Angedenken unentwindbar.

Hat mich meine Soldatenzeit befriedigt? Gerade dieser Tage fiel mir ein kleines Buch von Alfred de Vigny in die Hände. (Sie wissen, wie ich in meinen Büchern zu blättern pflege!) Dieser französische Stoiker war Offizier in der nachnapoleonischen Zeit, der langweiligsten des verflossenen Jahrhunderts, wenn man die noch öderen beiden letzten Jahrzehnte nicht rechnet. Er klagt da in merkwürdiger Übereinstimmung mit meinem Schicksal: »Mich hatte eine schwärmerische Neigung zum Waffenhandwerk ergriffen, das in der Gloriole einer großen Zeit noch vor mir stand. Diese Leidenschaft war für mich umso unheilvoller, als eine Epoche angebrochen war, die vom Kriege nichts mehr wissen wollte. Aber zunächst vermochte mich nichts den Waffen zu entfremden, weder meine heimlichen ernsten Studien noch die gewaltige Sehnsucht, mehr von der Welt kennenzulernen, als bloß meine Heimat. Erst sehr spät ward mir klar, dass der Krieg nur an den großen Wendepunkten in der Geschichte seine heilige Berechtigung hat, dass ich nicht das Glück hatte, einen solchen zu erleben, und dass somit die vielen Jahre, die ich im Friedensdienst verbracht, gänzlich verfehlt waren. Gleichwohl hoffte ich und mancher der besten meiner enttäuschten Kameraden Jahr um Jahr weiter auf den Ausbruch neuer gewaltiger Kämpfe der Völker. Wir wagten nicht, den Waffenrock an den Nagel zu hängen, dauernd in Furcht, der Tag unserer Verabschiedung könnte gerade der letzte vor einem Feldzuge sein. So verloren wir kostbare Jahre auf den Truppenübungsplätzen, erträumten Kriegsutopien und verschwendeten bei spielerischen Paraden und kameradschaftlichen Gelagen nutzlos unsere besten Kräfte. Unbefriedigt und niedergedrückt von der Langenweile, die ich von dem einst so heißbegehrten Soldatenleben nie und nimmer erwartet hätte, ward es mir ein Bedürfnis, mich wenigstens in den einsamen Nächten nach all dem nichtigen Tumult des militärischen Tagewerks freizumachen. Jenen stillen Stunden verdanke ich die Erweiterung meiner Innenwelt. In ihnen entstanden meine Gedichte, meine ersten Werke.«

Ich wünschte, auch das Letzte träfe bei mir zu. Wohl habe ich mich von jeher allerlei ernsten Studien hingegeben, um die großen Erscheinungen der Kunst nicht durch blinde Laienschwärmerei zu profanieren. Aber ich möchte mehr sein als bloß ein noch so kennerischer Liebhaber. Selber ein Künstler, ein genialer Schaffender! Aber ach, die Pforte der Begnadeten öffnete sich mir nicht!

Bliebe vielleicht die Politik? Reden wir lieber nicht erst von ihr! Germanien ist kein Britannien. Ich glaube, selbst der einzige deutsche Staatsmann seit Bismarck, Bernhard Fürst Bülow, hat nur einen erlebenswerten Tag in seiner Laufbahn erlebt: den, da sich dieser Meister der Urbanität in seine Villa Malta zurückzog, um das *dolce far niente* eines kosmopolitischen Lebenskünstlers zu beginnen.

Im Punkte Berufswahl ist somit bei mir Hopfen und Malz verloren, wie man im Volke sagt. Und so muss ich mich mit dem *einen* Guten meiner vielgescholtenen jetzigen Berufslosigkeit begnügen, mit verfeinerter Genussfähigkeit. Wie dankbar für mein bescheidenes Dasein macht sie mich so häufig! Und es ist auch keineswegs wahr, dass sie grässliche Egoisten erzeugt. Zum Mindesten nicht vor Euch Frauen! Jener wundervolle Ausspruch meines Freundes Henry Beyle ist doch der eines unverbesserlichen Einzelgängers: »Alles Schöne auf Erden ist ein Teil der geliebten Frau geworden, und so ist man bereit, alles Schöne auf Erden zu tun. Meine Eigenliebe, meine Interessen, mein Ich, alles das schmilzt vor der Geliebten dahin. Ich bin in sie verwandelt.« Auch ich lüge nicht, wenn ich sage, dass ich mich in angebetete Wesen und erhabene Dinge bis zur Selbstaufgabe zu verlieren vermag, seien es große Menschen, seien es ihre bewunderten Werke, sei es – die geliebte Freundin!

Damit wäre ich wieder bei Ihnen, die meine Seele ganz erfüllt. Erschrecken Sie nur nicht über das Geständnis meiner großen Sehnsucht nach Ihnen, das ich so unvermittelt meiner Betrachtung anknüpfe! Nehmen Sie Ihre unnahbare Miene nicht an, so sehr ich sonderbarerweise gerade diese Miene an Ihnen vergöttere! Kennen Sie schönere und ergreifendere Worte, die grenzenloseste

Vereinigung ausdrücken, als jene göttlichen Worte Dantes von den »beiden, die zusammengehen«?

Diese drei Worte lassen alles ahnen, was es in der Geschichte der menschlichen Zuneigung Geheimnisvolles, Hehres und Erhebendes je gegeben hat.

Ich frage Sie, wollen Sie, dass auch wir zwei solche seien, die zusammengehen?

Ich habe eben eine Weile am offnen Fenster gestanden, in der frischen Winterabendluft. Über dem Park, der sich nicht weit von meinem Fenster hinzieht, lagern die Nebel und verschleiern ihn zu einer großen grauen Masse. Aber über der Wipfellinie, in der Ferne, grüßen weiße Höhen, über denen die helle Abendsonne ruht. In dieser Richtung, etwas mehr in der Tiefe, weiß ich Ihr Haus liegen. Am liebsten machte ich mich in dieser Minute auf, um hinauszuwandern.

Es ist mir, als strahle etwas von dem milden Abendlicht dort auf Ihren stillen schneeigen Bergen in mein Herz und vermähle sich mit den Träumen und der Sehnsucht darin zu einer leisen Musik.

Wenn ich genau wüsste, dass sich diese Musik, dieses unnennbare Gefühl nicht noch steigerte, weitete, verklärte, dann möchte ich in meinem Dämmerglücke am liebsten sterben, nachdem ich Ihnen nur noch ein einziges Mal in die Augen geschaut hätte. Man sagt, die Sehnsucht gäbe dem Menschen die höchste Kraft zum Leben. Ich weiß nicht, bin ich auch darin ein Sonderling? Mir gewährt sie nichts als die Fähigkeit zum Träumen. Zum vagen Träumen! Nicht etwa zum klaren Ausdenken eines bestimmten ersehnten Glückes in einer möglichen Zukunft, geschweige denn zum Weiterbewältigen des gewöhnlichen Daseins. Nie ist mir dies gröber, schwerer und unnützer erschienen. Oft bin ich wie gelähmt, mein Außenleben mit der nötigen Kraft zu führen. Meine eigenen wirtschaftlichen Angelegenheiten kommen mir wie die fremder Leute vor. Dann ist mir zumute, als hätte ich weder Verwandte noch Freunde noch Bekannte. Wenn ich mir eine bestimmte Person meines Lebenskreises vor das innere Auge rücke, so erscheint sie mir unverständlicher, gleichgültiger, unmöglicher denn ein Geschöpf vom Mars. Wollte ich in diesem Zustande mit einem Bekannten sprechen, so würde er mich für verrückt halten. Die um mich lebenden Menschen haben mir nichts zu sagen. Aber die toten Dinge reden zu mir, die schönen Dinge, die großen Menschen der Vergangenheit – und vor allem die Natur.

Alles das klingt, als sei ich lebensmüde. Wunderlicher Widerspruch! Ich fühle mich kerngesund und möchte hundert Jahre alt werden.

Ich denke immer an Sie. Sie sind meine Sonne.

Agathe an Georg

Den 18.

Mein lieber Freund!

Ich will herzlich gern eines von den beiden sein, die zusammengehen. Nur müssen Sie mir sagen, wohin der Weg führen soll. Sie werden mir zurufen, ich möge die Führerin sein! Beurteilen Sie mich denn aber richtig? Schon einmal habe ich Sie warnen müssen, mich mit Ihrem Ideal zu identifizieren. Ich bitte Sie noch einmal, verfallen Sie nicht in diesen romantischen Fehler! Die Enttäuschung, die eines Tages kommen müsste, wäre zu bitter für Sie und noch mehr für mich. Wenn Sie mich dann sähen, wie ich wirklich bin: alles in allem doch nichts als ein schwaches Weib, – wer weiß, ob Sie dann die stolze Männlichkeit in sich hätten, mich Ihren Sturz aus dem Himmel nicht entgelten zu lassen?

Als ich noch ein kleines Mädchen war, hatten wir im Hause eine alte Dienerin, die schon jahrzehntelang bei uns war. Ich hing sehr an ihr. Ich war ihr Augapfel. Eines Tages, erinnere ich mich, fiel ich ihr allzu wild und ungestüm um den Hals. Wenn du jemanden lieb hast, wehrte sie mich ab, dann mache es so wie mit deinem Coquerro! (Das war der alte Papagei, den ich heute noch besitze.) Gib ihm nicht alles Futter auf einmal! Vergiss aber dafür nie, ihn immer wieder zu füttern!

Nehmen auch Sie sich diese triviale Lehre zu Herzen! Nicht alles auf einmal! Lebenslange Freundschaften sind heutzutage selten. Auch entwickeln sie sich schwer und langsam.

Bedenken Sie, dass Sie mich vor kaum neun Wochen erst *entdeckt* haben! Wir kannten uns zwar schon seit Jahren, wie man sich in der großen Gesellschaft so kennt. Wir waren gleichgültig aneinander vorübergegangen. Mein Gott, wie oft im Leben mögen sich gerade die teilnahmslos streifen, die gleichsam füreinander geschaffen sind?

Ihre einstige weltmännische Neutralität mir gegenüber ist jetzt in übertriebene Verehrung umgeschlagen. Und

welches Mirakel hat diese wunderbare Wandlung vollbracht? Ich muss lächeln. Weil Sie sich an jenem Abend
fürchterlich langweilten, geruhten Sie, es huldvoll einmal mit mir zu versuchen! Mir ist unsere Bekanntschaft
ein über alles wertvolles Ereignis. Aber vergessen wir
die Wirklichkeit nicht! Bleiben wir auf der Erde, mein
lieber Freund!

Ich bin keine Göttin. Ich gestehe Ihnen frank und frei:
Ohne Ihre Anregung bin ich gar nicht geistreich. Es
strömt ein unbeschreiblicher geistiger Reiz von Ihnen
aus, auf den mein kleiner Verstand gern ein schwaches
Echo hören lässt. Im Grunde ist das alles nur das Wider-
spiel Ihrer starken Intelligenz. Aber seien Sie nicht eitel!
Ihr geliebter Stendhal sagt: Die Frauen schätzen die Gefühlswelt weit über die des Verstandes. Er hat auch hierin recht.

Nachschrift. Ich habe gestern Abend lange in den unvergleichlichen Briefen eines Unbekannten gelesen. Wissen Sie: Dieser Alexander von Villers ähnelt Ihnen sehr.
Er ist schließlich Einsiedler geworden. Wie entzückend
er seine Einsiedelei schildert! Ich sehe auch Sie bereits in
so einem »Wiesenhaus« fern der lauten Welt.

Georg an Agathe

20. Januar.

Da wir also nun einmal dabei sind, das zu analysieren,
was uns so wunderbar zusammengeführt hat, so müssen
wir schon etwas gründlicher sein. Aus dem Spiel unserer Gedanken hat bereits an jenem ersten Abend bei je-

dem von uns beiden die tiefste Gefühlswelt herausge-
schaut. Das musste uns einen. Auf die äußeren Umstän-
de kam es gar nicht mehr an. Gewiss war es nur ein Zufall, der es fügte, dass wir uns fanden. Aber schon nach
den ersten Worten fühlte ich unsre Verwandtschaft.

Sie werden einwenden, dass ich diese Entdeckung be-
reits vor Jahr und Tag hätte machen können. Gewiss.
Wir sind uns lange vor dem 11. November in der Gesell-
schaft begegnet. Ich habe Sie immer mit einer seltsamen
Empfindung gesehen. Aber die stolze Unnahbarkeit, die
Sie umgibt, musste einen empfindsamen scheuen Mann
wie mich fernhalten. Meine stille Bewunderung hat
Ihnen schon lange gegolten, ohne dass ich die geringste
Annäherung wagte. Sie wissen, ich lasse so gern den
schönen Zufall walten.

Ich will Ihnen bekennen, dass ich mich noch des Tages,
ja der Stunde entsinne, da ich Sie zum allerersten Male
gesehen habe. Es war das etwa zwei Jahre vor unserer
Begegnung im Hause Schöning, gelegentlich einer wohl-
tätigen Veranstaltung, die im Kleide eines Japanischen
Festes im Garten des Japanischen Palais stattfand, an einem warmen Herbstnachmittage. Ich sehe Sie im Geiste
noch ganz deutlich vor mir, in einem lila Gewand, eine
rote Chrysantheme in Ihrem dunkelbraunen Haar, das
Sie an jenem Tage anders trugen denn sonst. Groß,
schlank, vornehm, graziös, kamen Sie mir auf einem der
Wege des Parkes entgegen, feierlich und blass und
schön. Ich wollte Blumen von Ihnen kaufen, grüßte Sie ...
zögerte im Moment ... und Sie gingen beinahe hochmütig an mir vorüber ...

Erinnern Sie sich des kleinen Vorfalls?

Kaum! Sie würdigten mich keiner Beachtung, umso mehr segne ich jetzt den Abend, der uns für ewig geeint hat.

Ich möchte mit einer Stelle aus Michel Montaigne schließen, in dessen Essays ich zuweilen gern lese:

Wenn man in mich dränge, ich solle sagen, warum ich meinen Freund liebte, so fühle ich, dass sich das nicht anders ausdrücken lässt, als wenn ich antworte: Parce que c'était luy, parce que c´était moi. Es ist etwas dabei, was über meinen Verstand hinausgeht, eine unbegreifliche, unwiderstehliche Macht.

Agathe an Georg

Rosenhof, am 20. Januar.

Unnahbar, hochmütig, stolz?

Susanne nennt Sie den Spötter unter ihren Verehrern. Ich glaube, sie hat nicht so ganz unrecht. Übrigens ist sie eifersüchtig ob Ihrer häufigen Besuche im Rosenhof. Eben war sie flüchtig bei mir. Gleich mit dem Eintrittsgruß die mokante Bemerkung: Ich dachte, Herr von Rockau sei da!

Entzückend! Das Kätzchen schärft sich die feinen kleinen Krallen! Genug! Susannes neueste Schwärmerei gilt dem Skilaufen. Sie sollen das auch treiben, meint sie. Und was meinen Sie dazu? Sie hat nicht unrecht. Die Skileute machen märchenhafte Fahrten über die einsamen weißen Berge. Sie genießen wie kaum jemand die wundersame Schönheit unentweihter Gebirgslandschaften. Mir ist das Schneeschuhlaufen der liebste Sport, natürlich nach dem Reiten. Dies bleibt immer ein Glück der Erde, wie Mirza Schaffy singt. Und ich bedaure es, so selten in den Sattel zu kommen. In Steinbach entschädige ich mich. Ich hoffe. Sie werden uns bald auf unserm Familiengute besuchen. Dann reiten wir miteinander durch die Heide, ganz frühmorgens. Das wird herrlich werden!

Zurück in die Gegenwart! Ich bin beauftragt, Sie für Sonntag zu meiner Mutter zu Tisch zu bitten. Sie kommen! Und heute Abend finden Sie sich ja wohl bei meiner Schwägerin ein? Susanne rechnet auf Sie. Und ich auf meine Art.

Georg an Agathe

21. Januar.

Gestern Abend habe ich Ihnen bereits mündlich gesagt, dass ich die gütige Einladung Ihrer verehrten Frau Mutter mit großer Freude annehme. Ich will es Ihnen aber heute noch schriftlich wiederholen, um Gelegenheit zu haben, Ihnen zu erzählen, welche große Freude ich heute Vormittag empfunden, als ich Ihnen so unerwartet in der Stadt begegnete. Erst erkannten Sie mich nicht, und ich konnte mich so recht an Ihnen sattsehen. Sie ahnen nicht, wie verführerisch Sie aussehen, in jeder Linie Ihrer lieben Gestalt.

Als Sie mich wahrnahmen, haben Sie mich erst recht entzückt. Wie fröhlich und munter Sie auf mich zuschritten. Schüchtern und selbstbewusst! Sie wissen, wie ich das an Ihnen liebe!

Schelten Sie mich nicht aus, weil ich Sie so offen in mein Herz blicken lasse, das seit unsrer Begegnung zittert.

Agathe an Georg

Rosenhof, den 22.

Mein lieber Freund!

Sie sind überschwänglich, und das sollen Sie doch nicht sein, wenn Sie mir nicht missfallen wollen. Aber ich will Sie nicht weiter schelten.

Meine Schwägerin hat mir ihre beiden Plätze in der Oper gegeben. Zu Donnerstag. Zum Don Juan, Ihrer Lieblingsoper! Wollen Sie mein Ritter sein? Eveline und ihr Mann werden in der Nachbarloge sitzen. Und hinterher wollen wir soupieren, und zwar, wo Sie wollen! Kommen Sie also!

Georg an Agathe

Rockau in Thüringen, 24. Januar 1910.

Sie ersehen aus dem Briefstempel, dass ich fern von Dresden bin. Wenn ich auch nur noch drei Tage hier zu tun hätte, so könnte ich zu meinem Leide doch am Donnerstagabend nicht Ihnen Seite an Seite sitzen. Ich bin unsagbar betrübt darüber. Aber ich darf nicht so rasch wieder weg von hier.

Mein Bruder ist seit acht Tagen in Paris, und der Verwalter hat mich durch eine Depesche hergerufen. Allerlei Wirrwarr und eine Menge Sorgen! Ich werde Ihnen davon mündlich erzählen.

Die Winterlandschaft ringsum wunderschön, und das Herrenhaus so gemütlich. Nur an den Abenden todeinsam.

Don Juan? Wie gern wollte ich mit Ihnen sein!

Aus der Ferne singe ich Ihnen mit Octavio zu, schwermütig wie er:

> Was Dich entzücket,
> Ist meine Wonne.
> Was Dich beglücket,
> Bringt mir die Sonne.
> Streift Dich ein Schatten,
> Leide ich Pein.
>
> Wenn Du erblassest,
> Mein' ich zu sterben.
> Wen Du auch hassest,
> Der soll verderben!
> Ich mag nicht leben,
> Bin ich allein.

Diesen deutschen Text zur Arie Dalla sua pace kennen Sie sicherlich noch nicht.

Agathe an Georg

Rosenhof, den 9. Februar.

Gestern Abend habe ich oft an Sie gedacht. Ich hätte Sie gern um mich gehabt. Unverhofft hatten sich nach und nach ein halbes Dutzend Gäste eingestellt, lauter lustige, übermütige Menschen. Wenn Sie auch so zufällig erschienen wären! Unsere heitere Stimmung hätte Sie gewiss mit fortgerissen. Mit einem Worte, Sie hätten da sein müssen! Ich finde überhaupt, Sie sind in der letzten Zeit nicht oft genug gekommen. Wann darf ich Sie wieder erwarten?

Georg an Agathe

10. Februar.

Liebe Freundin.

So geht es mir immer! Ein geringer Trost, dass ich hätte da sein müssen! Ich war auf dem Hofball, dem letzten des Winters. Alljährlich gehe ich einmal hin, seit ich den einst so geliebten kornblumenblauen Waffenrock (der mir übrigens heute grässlich unbequem ist! Die wahre Zwangsjacke!) an den Nagel gehängt habe. Die Festlichkeiten am Hofe weiland Augusts des Starken, einst so weltberühmt, tragen in unsern Tagen das Gepräge allzu ruhiger Vornehmheit. Man trifft sich. Das ist alles! Der Ruhm ungemessenen Prunkes, der die Residenz des Hauses Wettin einstmals zu einem höfischen Gala-Orte Europas machte, ist längst nur noch historisch. Aber ehedem hat man in diesem Schlosse und seiner Umgebung zu leben verstanden. Die traumverlorenen Nachklänge jener heitern Lebenskunst wehen für den Wissenden noch heute mit entzückender Frische um die malerischen Bauwerke und die zerfallenden Skulpturen aus den Tagen des göttlichen Augustus. Es gibt nördlich der Alpen keine zweite Stadt, wo eine so eigentümliche Architektur im Kranze einer unbeschreiblich lieblichen Landschaft so verführerisch zum künstlerischen Genusse des Daseins riefe wie hier. Ich vermag mit meinen Augen den hochfliegenden Konturen der Kirche des Gaëtano Chiaveri nicht zu folgen, ohne die Empfindung zu haben, auf Engelsfittichen über den Alltag emporgetragen zu werden, in leichtere lichte Höhen. Der glückselige Schwung dieser jubelnden Barockkunst hebt mich körperlich fühlbar aus dem Gewöhnlichen heraus.

In welche Fantasterei bin ich geraten? Hofball und Künste: zwei Extreme.

Ich habe gestern Abend eine Menge drolliger Beobachtungen gemacht. Natürlich,–werden Sie lächelnd meinen–das ist doch immer Ihr Vergnügen! Und der Richtpunkt dabei: die menschliche Eitelkeit. Das psychologische Ergebnis werde ich Ihnen morgen am gemütlichen Kamin des Rosenhofes vorplaudern.

Der Dünkel ob der Geburt gehört unbedingt zu den lächerlichsten Schwächen der Menschen. Ich bin selber Edelmann und ich liebe das Aristokratische über alles. Aber ich bin mir bewusst, dass sich der Begriff aristokratisch nicht mehr mit dem des Adligen an sich deckt. Es gibt heutzutage Männer, die ohne das bewusste Prädikat Aristokraten sind und für solche gelten. Und andrerseits gibt es Adlige, die sich trotz ihres ererbten schönen Namens durch ihre Gesinnung, ihre Manieren und ihre Bildung als gewöhnlichste Plebejer kennzeichnen. Der aristokratische Sinn, sagt ein italienischer Philosoph, verhält sich zur Verstandes- und Gefühlswelt des Adligen schlechthin wie ein lebendiger Leib zu einer Mumie, wie die persönliche geniale Schöpfung zu einer Schultradition in Kunst, Literatur oder Wissenschaft. – Es steckt viel Wahres in dieser Behauptung. Doch genug davon! Ich langweile Sie mit diesem Exkurs.

Aristokrat sein, heißt das nicht, Herr über sich selbst und seine Beziehungen zu dem großen Haufen sein, in geistiger oder gesellschaftlicher Beziehung? Ist das nicht der Kernpunkt? Das höchste Glück des Mannes ist seine Unabhängigkeit von dem, was er nicht anerkennt. Herr sein, und sei es auf der allerbescheidensten Domäne, das dünkt mich eine verständliche Quelle des Selbstbewusstseins.

Agathe an Georg

Rosenhof, den 11.

Das klingt ja beinahe wie Tatenlust! Wo ist Ihre berüchtigte Passivität hin? Das Leitmotiv Ihrer gepriesenen vita contemplativa? Ja, wissen Sie: Trotz Ihres alten Namens, trotz Ihrer aristokratischen Neigungen, trotz Ihrer erlesenen Erziehung sind Sie doch häufig ein Demokrat! Gewiss soll man nicht einseitig sein! Ich bin aber der Meinung: Entweder begibt man sich auf das höfische Parkett und stimmt sich fein altmodisch-junkerlich, oder aber man bleibt in seiner Einsiedelei und zählt sich auch in der Praxis zu den modernen Rebellen. Zwischennüancen sind Halbheiten, und Halbheiten verderben zum Mindesten den reinen Genuss am Augenblick.

Oder doch nicht? Erhebt heimliche Überlegenheit über jedweden Zwiespalt? Dann sind Sie wirklich ein Lebenskünstler!

Ich werde ja Ihren mündlichen Bericht bald hören. Bin ich in Ihrer hochverehrten Philosophie nicht doch schon ein wenig zu Hause? Offenbar haben Sie sich unter Ihren Kameraden und Standesgenossen ganz gehörig gelangweilt!

Scherz beiseite! Ein bisschen Sozialistin bin ich übrigens auch bei aller meiner ernsthaften Altmodischkeit. Es gibt viele Dinge im Leben, in unsern heutigen Sitten und Anschauungen, die mir wie Vergewaltigungen vorkommen und mich bis zum Schmerz empören: alles das, was mit der zweizüngigen heuchlerischen Moral der Welt zusammenhängt. Hier bin ich ganz und gar nicht konservativ gesinnt. So habe ich einen unsagbaren Abscheu vor den Dirnen der Gesellschaft und ein teilnehmendes, immer hilfsbereites Herz für die von ihr Verfemten, die sich verschenkt haben, weil sie sich für frei halten durften. In der großen Welt wimmelt es heute mehr denn je von Frauen, die den Erstenbesten geheiratet haben, nur um dann nach Sinnenlust sündigen zu können. Und wie nachsichtig ist die sonst so unduldsame Gesellschaft; wie wenig stößt sie sich an den sogenannten öffentlichen Geheimnissen, an den stadtbekannten Liebschaften! Wo die Leute Nacht, Reichtum oder Luxus bewundern, besonders solchen, der zum Amüsement der Anderen da ist, da verzeihen sie alles.

***

Georg an Agathe

13. April.

Wie ich Ihre Briefe liebe! Ihre Art, Ihre Lebensanschauung, Ihre Seele, Ihr ganzes Ich! Das meine gerät immer mehr in Ihren Bann.

Ich habe Sie schon drei Tage lang nicht gesehen. Widerfährt mir dies Glück heute Abend beim Professor Schöning? Ich freue mich darauf wie ein kleines Kind. Um Ihnen dies zu sagen, sende ich Ihnen meinen Niklas mit diesem Kärtchen.

Beim Wandern durchs Städtchen habe ich Rosen entdeckt, die eben aus dem Süden gekommen waren. Meine Lieblingsrosen, gelbe. Ich habe den Strauß genau in zwei Teile geteilt. Die eine Hälfte bringt Ihnen Niklas. Im Rosenhof blühen noch keine. Somit darf man ausnahmsweise Eulen nach Athen tragen.

Die andere Hälfte prangt in einer blauen Vase – Sie kennen sie! – unter der Marmorkopie der Büste der knidischen Aphrodite, die ich so liebe; in der Fensterecke meines Arbeitszimmers.

Ich hoffe, dass mich Ihre liebenswürdige Freundin heute Abend zu Tisch an Ihre Seite setzt. Wenn nicht, werde ich der wortkargste und ledernste Nachbar sein, den die betreffende Andere je erlebt hat. Dann bekomme ich Bulldoggenlaune. Habe ich aber Glück, dann hätte ich nur noch einen Wunsch. Ich Nimmersatt! Seien Sie nicht so hochmütig und hart wie neulich, wenn ich Ihnen zuflüstere, dass ich Sie liebe. Es gilt Ihrer Seele, der hehrsten und gütigsten, die ich auf der ganzen Welt kenne!

Agathe an Georg

Mittwoch, drei Uhr.

Mein lieber unverbesserlicher Freund!

Damit Sie sehen, dass ich in der Tat »eine gütige Seele« bin, sende ich Ihnen durch Ihren Leporello noch vor Tisch dieses Briefchen für den Fall, dass ich beim Diner fern von Ihnen sitzen sollte. Räumlich fern. In Gedanken Ihnen doch Seite an Seite. Sie sind übrigens widerspruchsvoll wie so oft. Sie lieben nur meine Seele. Ja, dann müssten Sie sich eigentlich über das räumliche Missgeschick hinwegsetzen.

So, nun machen Sie bei Tisch auf keinen Fall ein betrübtes Gesicht! Und wenn ich Ihnen zu fröhlich erscheine, dann denken Sie daran, dass wir armen Frauen der Gesellschaft vor der Welt nun einmal zum Mindesten Diplomatinnen sein müssen. Ich könnte im Herzen noch so traurig sein: Anmerken lasse ich mir's nicht! Erziehung ist mitunter – leider! – Verstellung. Nur Ihnen gegenüber will ich ganz so sein, wie ich wirklich bin.

Sind Sie nun ein wenig zufrieden?

Die Marschall-Niel sind prächtig. Eine davon sollen Sie heute Abend an mir als Zeichen des Dankes wieder zu sehen bekommen.

Georg an Agathe

16. April.

Hat Ihnen Mademoiselle Sophie (die ganz entzückend aussah in ihrem blauen Samtkleidchen mit dem hübschen Chinchillapelzkragen) erzählt, dass wir uns heute in der Schlossstraße getroffen haben? Und dass wir dann unter der Obhut der ebenso hochverehrten wie überschlanken Miss May im Großen Garten bei Schokolade und Kuchen unsern kleinen Flirt weitergesponnen haben? Die schönste Frühlingssonne goss ihren herzlichen Segen über uns aus.

Sophie hat mir die köstlichsten kleinen Szenen und Erlebnisse aus dem Rosenhof ausgeplaudert: von Ihnen, von sich, von Herrn Jakob, dem bravsten aller Dackel, von Signore Coquerro, dem Ältesten des Hauses, und von wer weiß was noch. Ich war ein sehr andächtiger Zuhörer, und wie im Halbtraum hat das Landhaus am Berge dabei immer vor meiner Einbildung gestanden und die ganze geliebte Umwelt, die so verführerisch in Ihrem Heim waltet.

Zuguterletzt muss ich Ihnen gehorsamst vermelden, dass mich Fräulein Sophie von Uechtritz für Montag, den 18. April zu Tisch gebeten hat. Wenn Sie mich nicht schnell noch wieder ausladen (die Götter mögens verhüten!), so werde ich mit soldatischer Pünktlichkeit erscheinen. Ich habe Ihrem Töchterchen versprochen, nach Tische den Puppen eine Galavorstellung: »Harlekins Leiden und Freuden«, geben zu wollen. Sein Wort muss der Mensch halten. Also hindern Sie mich, bitte, nicht daran!

Agathe an Georg

Rosenhof, den 17. April.

Kommen Sie! Sie sind immer willkommen!

Ihr Theater steht bereit. Die Puppen hängen sehnsüchtig über den Armen eines Lehnstuhls in der Diele und harren auf Sie, ihren Erwecker. Ganz so hängen Frauenherzen, ehe sie unter den liebkosenden Händen des geliebten Mannes erwachen.

Sophie hat mir erzählt, dass Sie mit ihr spazieren gegangen sind. Sie haben sie längst erobert. Das ist nicht so leicht. Sie ist wie eine seltsame zarte Blume, die sich nicht jedem erschließt. Ein sanftes, stilles Kind, blass und empfindlich. Mir ist sie mein Alles. Ich zittere, wenn ich daran denke, dass ich diesen mir köstlichen Schatz eines Tages an einen Mann ausliefern muss, der sie möglicherweise nur aus äußerlichen Gründen begehrt und ihr seelisch vielleicht niemals verwandt werden wird. An einen von den vielen, die im Grunde ihres Herzens bei aller Galanterie nicht einen Funken Hochachtung vor dem Weibe mehr haben. Weil ihre seelische Liebesfähigkeit abgestorben ist. Meist ist auch ihre Sinnlichkeit auf Abwege geraten. Sie treten an uns heran, ohne uns das Geringste geben zu können.

Ich bete alle Tage zu Gott, dass meine Sophie, die wohl niemals so entschlossen zu handeln imstande sein wird, wie ich es, allerdings nach schweren innerlichen Kämpfen getan habe, – dass mein geliebtes Töchterchen einem ähnlichen unglücklichen Geschick entrinne. Überzart und empfindsam, wie sie ist, müsste sie daran zugrunde gehen. Wenn ich an dergleichen denke, hasse ich im Voraus bereits alle Männer, die sich ihr dermaleinst nahen.

Ich habe das Bedürfnis, Ihnen einmal bei mir, wenn es die Stunde fügt, die schmerzensreiche Leidensgeschichte meines bisherigen Lebens zu erzählen. Sie sollen in meine Ehe blicken und den Charakter meines Mannes kennenlernen. Und die lange Kette von Enttäuschungen und Demütigungen, die ich erfahren und überwinden musste. Ich habe mit neunzehn Jahren geheiratet. Erst zweiundzwanzig Jahre alt, ward es mir klar, dass mein Leben zugrunde gerichtet war. Ich setzte die äußerliche Trennung von meinem Manne durch. Mehr hätte ich mit der Preisgabe meines Töchterchens bezahlen müssen, das damals zweijährig war. Sieben Jahre lang lebe ich seitdem hier in meinem geliebten stillen Hause. Uechtritz ist jetzt bei der deutschen Botschaft in Petersburg. Ein vollendeter Weltmann nach außen, aber innen brutal bis zur Grausamkeit. Er wird mich kaum je freigeben. Seine einzige Schwester, meine Schwägerin, belächelt meine Empfindsamkeit und begreift unsere Trennung nicht. Das große Leben in Petersburg? Ach, was gehen mich die Freuden der Eitelkeit noch an!

Georg an Agathe

19. April 1910.

Frau Agathe,

noch tief bewegt von unserm gestrigen Gespräch, versichert Ihnen, meiner lieben, lieben Freundin, seine reinste Verehrung und treueste Zuneigung für alle Zeiten

Ihr Georg.

Agathe an Georg

Mittwoch abends.

Bester Herr von Rockau!

Sie sind der gütigste, verständigste, zärtlichste Freund, den es auf Erden gibt!

Als Sie gestern Abend gegangen waren, überfiel mich die bitterste Scham, weil ich Ihnen so viel, ja alles gebeichtet hatte. Am liebsten hätte ich für ewig verstummen mögen. Ich litt in grenzenloser Vereinsamung. Die wiedererwachten Erinnerungen drückten mich nieder, und die Zukunft lag ganz grau und lichtlos vor mir. Da erreichten mich Ihre lieben Worte. Die mussten mich trösten. Sie ahnten, welcher Wirrwarr in mir herrschte. Sie fühlten, dass mich meine Geständnisse in eine Stimmung der Selbstverachtung gestürzt hatten.

Erinnern Sie sich jener Stelle in Peter Jacobsens Niels Lyhne, wo Fennimore in wildbrennender Scham und in qualvollem Ekel vor sich selber, unglücklich und hoffnungslos, nach dem unendlich fernen, blassen, stillen Lande ihrer Mädchentage zurückblickt! Ähnlich steht es um mich in dieser Stunde, wenngleich die sanfte Hand der Zeit schon viel gemildert hat. Ich habe schwer zu tragen, und Sie sind gerecht, wenn Sie gegen Ihre verwundete Freundin immerdar Ihre so wohltuende Nachsicht üben.

Alle Lebenskraft verlässt mich, wenn ich an mein verlorenes, verfehltes Dasein zurückdenke. Dabei bin ich des Glaubens, dass ich der zärtlichsten, selbstlosesten

Liebe fähig gewesen wäre. Aber ich gehöre wohl zu den Menschen, die nie werden dürfen, was sie sein könnten. Nun ist es zu spät. Der Sturm, der durch die Frühlingsnacht gebraust, hat die Blüte vom Baum gerissen, und die wärmste Sommersonne wird die beraubten Zweige umsonst küssen.

Das übliche Gerede hat mir verschiedene Liebeleien zugeschrieben. Meine Verehrer waren alles andere denn meinem Herzen nah. Ich habe die Leute schwatzen lassen. Was versteht die oberflächliche Gesellschaft von einer lebensfrohen Frau, die sich in Sehnsucht ein wundersames Glück erträumt und in der Wirklichkeit, durch ein unseliges Geschick, im tiefsten unbefriedigt und enttäuscht bleiben muss!

Halten Sie mich nicht für sentimental! Der gestrige Abend hat mich nur ein wenig aus meinem Gleichgewicht gebracht. Morgen schon bin ich wieder die alte. Meine Jugend und meine vom Vater ererbte Lebenslust lassen mich nicht verzagen. Ich liebe die Geselligkeit. Eine Geselligkeit allerdings nach meiner Art. Beinahe zärtlich pflege ich den Umgang mit feinsinnigen Künstlern. Vor allem aber ist mir unsere wunderliche Freundschaft unsagbar lieb und wert. Meine unbekümmerte Art zu leben hat mir manche Nachrede eingetragen. Was kümmerts mich? Wenn mich nur meine Freunde kennen! Sagen Sie selbst: wo in der Welt könnte ich trautere Abende verleben als in meinem gemütlichen Heim, plaudernd mit Ihnen, im so süßen Bewusstsein, eine verwandte Seele um mich zu haben?

Georg an Agathe

11. Juni.

Meine geliebte Freundin.

Von ganzem Herzen danke ich Ihnen für das große Vertrauen, das Sie mir bezeigt, indem Sie mich gestern zum Tee besucht haben. Ich bin so namenlos glücklich darüber, dass ich allen andern Freuden der Welt entsagen möchte. Ich hege nach keiner mehr Verlangen. Ich würde die weltfernste Einsamkeit mit dem höchsten Glücksgefühl ertragen, wenn Sie bisweilen, so oft Sie ein wenig Sehnsucht nach dem Eremiten hätten, kämen wie gestern.

Ich weiß, Sie lieben es, wenn ich Ihnen schöne Verse sende, die mir gerade begegnet sind. Hier ist ein Gedicht, die Paraphrase einer französischen Elegie. Ein lieber Zufall lässt es mich gerade heute finden:

Gastgeschenk

Es träumt mein Haus. Die Tür noch unverriegelt.
Purpur von Früchten auf der Silberschale
Im Ebenholz des Tisches tief sich spiegelt.
Das Fenster glüht im letzten Sonnenstrahle;
Da draußen lockt der Weg hinauf zum Hag,
Und in der Ferne singt der Glockenschlag.

Den Weisen, der mich heitern Sinn gelehrt.
Sein Beispiel, das nichts weiter mehr begehrt
Als Abendfrieden bis ans Lebensende,
Das Farbenspiel in meinem Rosengang,

Den Gruß der Vigne dort am Rebenhang.
Mein stilles Glück, des Schicksals Gnadenspende,
Den immergleichen Klang tagein, tagaus ...

All das verstand ich erst, da Du mein Haus
Betratest, Liebste; und was ich entbehrt.
Das Einzige, auch das ward mir beschert,
Da Du bei mir die roten Früchte aßest,
Vom Vino santo trankst und niedersaßest
Und Deine Schwingen faltetest am Herd.

Agathe an Georg

Nachts.

Liebster bester Freund!

Es war mir, als seien Sie kaum fort, da schlägt die Uhr zwölf! Also ist es doch bereits weit über eine Stunde her, dass ich Ihre Tritte, diese gemächlichen Tritte, die Ihr bedächtiges Epikureertum verraten, über dem Kiese des Gartenweges verhallen hörte. Ich habe ehedem niemals beachtet, mit welch eigentümlichem Geräusch unten im Garten die Pforte zuschlägt. Jetzt will es mir nicht aus den Ohren, aus den Nerven, aus der Welt meiner Sinne.

Sie sind vielleicht für einen großen Kreis von oberflächlichen Zuhörern ein schlechter Vorleser. Aber für mich der allerbeste, den es nur geben kann. Ich hasse das Pathetische und liebe das Natürliche. Und Sie lesen so nachlässig, fast tonlos, dass man schon gut aufpassen muss, um die Noten der Leidenschaft, der Begeisterung, des Entzücktseins zu vernehmen, die ganz leise nur ihren Ausdruck finden. Sie unterstreichen nichts. Als ich Sie loben wollte, sind Sie verlegen geworden wie ein kleiner Junge, und schnell verschanzten Sie sich, wie so oft, hinter die Ironie, die Waffe der verschämten Seelen.

Erst durch Ihre gütige, anspruchslose Art, auf die feineren und feinsten Reize eines Kunstwerks hinzudeuten, habe ich sehen und fühlen gelernt und wage nun, mich ein wenig eine Kunstfreundin zu nennen. Ich beneide Sie um Ihr Nachempfindungsvermögen. Man muss selber Künstler sein, zum Mindesten passiv, um Künstlerwerk ganz zu verstehen. Unter tausend Menschen kann das kaum einer. Das hat mich unsagbar misstrauisch gemacht. Gegen andere und auch gegen mich selbst. Ich prüfe mich seitdem oft, und wenn ich in einem Salon über Kunst schwatzen höre, sage ich nichts mehr. Sie spotten, man dresche da im Allgemeinen immer nur leeres Stroh. Und Sie haben recht. Man hört zu viel Blinde von der Farbe reden. Und mit welcher Heuchelei! Sie ahnen nicht, wie aufmerksam und dankbar ich bin, wenn Sie Ihr Vorlesen bisweilen unterbrechen und ein paar Worte über das sprechen, was Sie am Gelesenen besonders entzückt. Wie dumm war ich noch vor Kurzem, wie unwürdig der wahren Reize künstlerischer Literatur. Da war ich noch stoffhungrig, wie Sie das einmal gescholten haben. Wie langsam ich seitdem lese! Ich schlürfe den Wein der Dichtung bedächtig, wie Sie mich das gelehrt haben, und ich bleibe oft vor einer psychologischen Feinheit oder am Kristall einer Formenschönheit stehen wie vor einer schönen Rose meines Gartens ...

Die Rosen!

Die wundervollen Marschall-Niel, die Sie mir heute wieder mitgebracht haben und die nun auf dem Schreibtische träumen, beginnen mit einem Male von Ihnen zu reden. Von Ihnen! Sie sind der heimliche Herrscher in meinem Hause geworden.

Wo war ich?

Denken Sie aber nicht, dass ich Ihnen Schmeicheleien sagen will. Dazu müssen Sie mich bereits viel zu gut kennen. In Ihrer Gegenwart darf ich ja alles das niemals aussprechen. So schreibe ich es Ihnen wenigstens. Sie sind so rührend langmütig und geduldig mit mir. Sie überbauen alles, was uns geistig trennen könnte. In vielen, vielen Dingen stehen Sie auf einer höheren Warte als ich, durch Ihre enthusiastischen Studien, wie sie nur einem Berufslosen vergönnt sind. Häufig fühle ich mich von tiefer Dankbarkeit durchglüht. Ich will Ihnen bis ans Ende meiner Tage die treueste Freundin sein, die es je auf Erden gegeben hat. In der klugen Einleitung zu den Briefen der Julie von Lespinasse, die Sie mir geschenkt haben, diesen leidenschaftlichen, in der Welt einzig dastehenden Briefen, heißt es, die Frauen seien unvergleichliche Freundinnen. Sie sollen das gleiche sagen und verkünden dürfen! Ich will Ihnen eine unvergleichliche Freundin sein und bleiben.

Georg an Agathe

19. Juni mitternachts.

Meine geliebte Freundin.

Es fehlen mir die Worte, Ihnen die verehrungsvolle Zuneigung auszumalen, die mich Ihnen von Tag zu Tag, von Stunde zu Stunde inniger eint. Ich stehe ganz im Nachklange dieser feierlichen Abende unter den wundervollen rot- und weißblühenden Kastanien Ihres Gartens. Ihre halblaute feine sanfte Stimme, all die lieben klaren ruhigen Worte umklingen mich noch immer mit ihrem geheimnisvollen tiefen Leben. Still, wie ich Ihnen zugehört habe, sitze ich an meinem Schreibtische und gedenke Ihrer. Die wirklichen Worte sind nichts; ihr geheimer Sinn wertet sie. In unsern lieben scheuen Gesprächen über Dinge der Schönheit in Kunst und Leben webt und lebt tausendmal mehr Zärtlichkeit und Einandergehören als zwischen zwei alltäglichen Leuten, die sich alles sagen und alles geben, was sie geben können. Alltagsleute sind wir wahrlich nicht.

Ich schließe die Augen und schaue wieder die goldene Abendlandschaft von der Warte Ihres Gartens aus: den silbergrauen Strom, die grünen Umrisse der Hänge und Berge und Baummassen, vom Dämmerlicht umflossen, und drüben die endlose Stadt im Purpur der scheidenden Sonne. Selbst Einzelheiten schaue ich noch, zum Beispiel die kreisenden Schwalben auf dem lichten Himmel. Ich fühle die Seele dieser geliebten Landschaft: Agathe! Meine Heilige!

Ich bin einsam und nicht mehr einsam. Demütig danke ich Ihnen für all Ihre leise schwesterliche Liebe. Ergriffen stehe ich vor etwas noch nie Erlebtem, vor der zartesten Schönheit in der Welt der Gefühle. Wenn ich dieses seltsame Seelenglück in Worten festhalten könnte, wäre ich ein erlesener Künstler. Aber selbst wenn ich der wäre, vielleicht hätte ich nicht den Mut, mein Glück mit Worten zu fangen. Die Dankbarkeit des Bewusstseins, höchstes Glück zu erleben, widerstreitet dem Glücke des Schaffens.

Ich komme mir älter und reifer geworden vor. Mein Begriff vom Genusse des Lebens hat sich gewandelt. Ich sehe die ganze Welt mit neuen Augen an. Sie liegt nicht mehr weit ausgebreitet vor mir im flammenden Morgenrot der Begehrlichkeit. Etwas wie im Blau himmlischer Sehnsucht verrinnendes Abendgold verklärt meine Welt. Zum ersten Mal empfinde ich die Resignation als etwas Beglückendes.

Meine Sehnsucht nach Ihnen ist so mächtig, dass ich unter der Empfindung beinahe leide. Sie müssten jeden Augenblick in mein Zimmer treten.

Sieh, ich verstand mich erst, da Du mein Haus
Betratest, Liebste. Und was ich entbehrt.
Das höchste Glück, auch das ward mir beschert.
Da Du bei mir die roten Früchte aßest.
Vom Vino santo trankst und niedersaßest
Und Deine Schwingen faltetest am Herd!

Agathe an Georg

Den 1. Juli, abends.

Was soll das bedeuten? Erst schreiben Sie mir so etwas wie einen Liebesbrief, für den Sie noch nicht einmal gescholten worden sind, und dann lassen Sie vierzehn Tage lang nichts von sich hören. Sie kommen nicht, Sie schreiben nicht! Sie sind wie verschollen für mich.

Für den Brief sollen Sie keinen Vorwurf mehr bekommen. Er sei vergessen! Damit aber mein wunderlicher geliebter Freund da drüben in der dämmerdunklen Stadt mit den hundert Kuppeln und Türmen, hinter deren entzückender Silhouette soeben die Sonne schlafen geht, bei seinem endlichen Besuche auf der Loschwitzer Höhe nicht gar vielleicht vergeblich an die Gartenpforte klopft und erst dadurch erfährt, dass Frau Agathe weit über die Berge ist, – so vermelde ich ihm ergebenst, dass ich am kommenden Mittwoch nach unserm Gute reise.

Ich wäre eigentlich schon heute abgereist, aber Tante Beate hat mich noch einmal zu sich gebeten und – Sie kennen ihre Art. Ich konnte es ihr nicht abschlagen. Somit sind Sie ihr zu Dank verpflichtet, falls es Ihnen am Herzen liegt, mich nicht ohne Lebewohl ziehen zu lassen.

Ein Vorschlag! Kommen Sie mit nach Steinbach! Mein Bruder verbringt die letzten Tage seines Europa-Urlaubs bei uns. Er muss in zehn Tagen wieder nach seinem geliebten, uns so schrecklichen Togo. Es ist sonderbar, wie sehr die Tropenmenschen an ihrer neuen Heimat hängen! Wie sehr unser Hermann Mutter und Schwester auch liebt, man hört doch oft aus seinen Reden heraus, dass er sich körperlich in der Ferne viel wohler fühlt. Die alte Heimat ist ihm zur Fremde geworden.

Kommen Sie! Meine Mutter wird durch Ihre Anwesenheit von ihrem Trennungskummer abgelenkt. Sie tun also sogar ein gutes Werk, wenn Sie sich uns ein paar Wochen schenken.

Es wäre ganz reizend, wenn ich die vier Stunden Eisenbahnfahrt mit dem Freunde verplaudern könnte. Lässt sich das nicht einrichten? Die Zeit der Abfahrt besprechen wir noch.

Was machen Sie eigentlich?

Georg an Agathe

2. Juli.

Meine verehrte Freundin.

Wie gern möchte ich ein paar glückliche Tage mit Ihnen verleben! Vielleicht würde mich das von meiner Melancholie heilen. Sie haben mir schon soviel von dem Gute, Ihrer so geliebten Heimat; erzählt, dass ich mich richtig darnach sehne, es einmal mit eignen Augen zu schauen. Von allem, was man mir mit Liebe schildert, macht sich meine lebhafte, immer arbeitende Fantasie sofort ein imaginäres Bild. Und es ist ein eigentümlicher Genuss für mich, solche Traumgesichte dann mit der Wirklichkeit zu vergleichen.

Sie haben mir einmal erzählt, das Herrenhaus des Gutes sei zu Beginn des achtzehnten Jahrhunderts von Longuelune erbaut worden, dem ersten Meister des Dresdener Barocks, dieses wundervoll heiter-aristokratischen Stils, in den wir alle beide verliebt sind.

Sie ahnen nicht, wie schwer es mir fällt, Ihre gütige Einladung nicht annehmen zu können. Ich beneide Sie um das Glück, aufs Land zu gehen. Wohl liebe ich diese Stadt; aber in der Juliglut ist sie mir oft unerträglich. Mit tausend Freuden wäre ich unter den kühlen Bäumen des Parks von Steinbach.

Ich habe mit Misshelligkeiten aller Art zu kämpfen, äußerlichen wie innerlichen, großen wie kleinen, wichtigen wie nebensächlichen. Ich bin es meinem Neffen Michael schuldig, die Verhältnisse in Rockau mit aller Kraft in Ordnung zu bringen. Wir müssen das Gut schließlich in Pacht geben; sonst wirtschaften wir es zu Tode. Mein Bruder lebt als Grandseigneur und ist bereits bis über die Ohren verschuldet. Dabei ist er weit davon entfernt, Vernunft anzunehmen, und es ist für mich höchst schwierig, mit ihm zu verhandeln, ohne eine geradezu tödliche Feindseligkeit heraufzubeschwören. Sie haben mir einmal im Scherz vorgeworfen, ich sei ein kleiner Machiavell. Wissen Sie, es war an dem Abend, da ich Ihnen die köstliche Szene zwischen Serenissimus und der Duchezza Sanseverina aus der »Kartause von Parma« vorlas. Sie verglichen sich mit der Duchezza, dieser göttlichen Frau, und mich mit dem Grafen Mosca. Du mein Gott, ein bisschen der Mosca bin ich wohl manchmal. Aber meinem Bruder gegenüber möchte ich es tausendmal mehr sein.

Bei den Widerwärtigkeiten, mit denen ich dort zu kämpfen habe, fehlt mir eine gute, kluge und tapfere Kameradin, meine Sanseverina. Ich bin in den letzten Tagen mehrere Male nahe daran gewesen, mich zu Ihnen zu flüchten. Aber alle diese Dinge trage ich doch lieber allein.

Schreiben Sie mir wenigstens recht häufig! Ich wage gar nicht zu Ihnen zu kommen, so sehr ich es begehre. Ich wäre so doch nicht der heitere und sorglose Freund, den um sich zu haben, Ihnen zuweilen Freude bereitet. Wer weiß, wie lästig ich Ihnen in meinem jetzigen Zustande wäre. Sorgen machen beinahe jeden Menschen unliebenswürdig; ich fürchte: auch mich zuweilen.

Schreiben Sie mir also! Wenn Sie wüssten, welche Freude Sie mir damit bereiten, schrieben Sie mir alle Tage.

Ich bitte Sie, empfehlen Sie mich Ihrer hochverehrten Frau Mutter und übermitteln Sie Ihrem Bruder meine herzlichsten Grüße. Ich bedaure sehr, dass ich ihm nicht persönlich Lebewohl sagen kann. Ich beneide ihn um die herrliche Tatenlust, mit der er von Neuem in das gefahrvolle ferne Land seiner Sehnsucht geht. Ich beneide ihn um das Glück, einen Wirkungskreis zu haben, wo er alles in allem ein wirklicher Herrscher ist. Hier in unserm überzahmen Europa kommt die gesunde Freude an der Macht ja kaum noch auf den Thronen zu nützlicher Entwicklung.

Vielleicht wird es mir nach dem 15. möglich, ein paar Tage nach Steinbach zu kommen. Es sieht zwar vorläufig nicht so aus, aber ich gebe die Hoffnung nicht auf. Seien Sie überzeugt: Wenn ich mich irgendwie freimachen kann, so eile ich. Ihnen die Hände zu küssen.

Also, ich hoffe, auf baldiges Wiedersehn! Verzeihen Sie die Zerfahrenheit und Unrast dieses Briefes. Nehmen Sie mir auch meine Vertraulichkeit nicht übel. Ich spreche zu Ihnen wie zu einer Schwester. Ich habe sonst niemanden, dem ich mein ganzes Herz erschließen darf. Erblicken Sie in meinem grenzenlosen Vertrauen zu Ihnen meine besondre Art, Ihnen von ganzem Herzen ergeben zu sein.

Agathe an Georg

Am 3. Juli.

Sie leiden! Ihr Brief hat mich ergriffen. Ihr Kummer macht mich tieftraurig. Ich empfinde mit Ihnen alle Ihre Qualen und alle Ihre Sorgen. Dank für Ihr gutes Vertrauen! Seien und bleiben Sie stets offenherzig zu mir. Ich stehe Ihnen über alles gern schwesterlich zur Seite. Lassen Sie mich immer ein wenig Ihre warme Sonne sein, wenn das Leben kalte Schatten auf Ihren Weg wirft.

Ich habe in meinem kurzen Dasein viel gelitten. Darum vermag ich das Leid andrer bis in den letzten Sinn zu verstehen. Ich finde einen schönen Trost darin, meiner Freunde Kummer und Sorgen mittragen zu dürfen.

Sie mühen sich, Ihr Familiengut zu erhalten. Damit rufen Sie in mir meine leid- und glückvollsten Tage zurück.

Ich war achtzehn. Mein Vater stöhnte unter der Last seiner Verpflichtungen. Da legte er eines Tages die Möglichkeit, Steinbach zu retten, in meine Hände. Ich sagte unbedenklich Ja. Was verstand ich damals von der Welt? Ich ahnte auch nicht im geringsten, was es für mich bedeutete, einem ungeliebten Manne Folgschaft durchs ganze Leben leisten zu sollen. Ich wusste nur eines: dass ich an unserm Gut hing, dass ich es mehr liebte als mich selbst. Zufällig hörte ich die Worte »Opfer« und »groß-mütig« fallen. Da war ich stolz. Noch sehe ich meinen Vater vor mir, wie er mir an meinem Hochzeitstage in stummer Dankbarkeit die Hände drückte. Um den Blick, den er mir dabei schenkte, habe ich all das Leid, das meiner Tat folgte, tapfer getragen. Ein Jahr darauf ist er dahingegangen.

Sie wundern sich, dass ich mich nicht wieder frei ma-che oder für frei halte? Die Sache ist nicht so einfach. Scheidungsgründe gegen meinen Mann aufzutreiben, gelänge mir mit einiger Hinterlist wahrscheinlich sehr leicht und sehr rasch. Aber es kommt mir nicht in den Sinn. Ich verabscheue unvornehme Mittel. Und aus freien Stücken lässt er mich nicht los. Überlegen Sie einmal, was ich Ihnen sage! Es ist nichts Überspanntes dabei. Wenn eine Frau einem ungeliebten Mann folgt, gleichgültig warum, so verzichtet sie damit auf die Liebe um der Liebe willen. Sie hat sich verkauft. Das klingt hart, hässlich, gemein. Aber Sie kennen das Motiv in meinem Falle. Gerade weil dieses Sich-verkauft-haben, sagen wir: sanktioniert ist, muss es eine ehrliche Sache bleiben. Gerade auf meiner Seite. Es wäre niedrig, bräch-te ich es fertig, den Käufer hinterher zu betrügen. Ich werde es niemals tun. Und dies steht gewiss immer in meiner Macht.

Bin ich Ihnen durch mein Bekenntnis wiederum ein wenig näher gekommen? Sicher vermuteten Sie, dass mich irgendein ähnlicher Beweggrund in meine un-glückliche Ehe geführt hat. Wie hätten Sie sich sonst mit der Tatsache abfinden können, dass ich eine Ehe ohne Liebe eingegangen bin?

An mein Töchterchen wird das nämliche Unglück nicht herantreten. Nach meines Vaters Tod ist uns eine unerwartete beträchtliche Erbschaft zugefallen. Schließlich ist Sophie durch ihres Vaters Reichtum gesichert. Das gibt mir Ruhe. Sie scheint, soweit ich das an einem Kinde beurteilen kann, übrigens einen Fehler meines Vaters geerbt zu haben: den Hang, zu verschwenden aus Herzensgüte.

Sie sagen mir. Sie lieben mich zärtlich. Ich bin über Ihre Freimütigkeit glücklich. Damit sind Sie aber heilig verpflichtet, mir auch alles andre anzuvertrauen, was Sie bedrückt oder beglückt. Denken Sie an die zwei, die zusammengehen wollen! Als erstes wollen wir mutig die Feindseligkeiten, die Sie bedrohen, gemeinsam in der Front angreifen!

Ihre Agathe

Ich muss zum Zahnarzt. Darum bleibe ich weitere zwei Tage in Dresden. Machen Sie sich bereit, mit nach Steinbach zu kommen, und entscheiden Sie sich, bitte, auf der Stelle!

Georg an Agathe

4. Juli

Ihr gütiger lieber Brief hat mir über alles wohl getan. Von jeher sind Sie mir wie ein himmlisches Wesen erschienen.

Ich wüsste kein größeres Glück, als mit Ihnen auf das Land zu gehen, aber in diesem Augenblick wage ich es nicht. Ich erkläre Ihnen mein Verhalten gelegentlich. Tragen Sie mir mein Fernbleiben nicht nach! Es wäre Unrecht von Ihnen.

Agathe an Georg

Den 5. Juli.

Mein liebster Freund!

Sie sind wirklich der schrecklichste Zauderer, den ich kenne. Kommen Sie wenigstens in ein paar Tagen nach! Der Landaufenthalt wird Sie in jedem Fall aufheitern. Die Sonne wird Sie wieder gesund und lebensfroh machen. Malen Sie sich einmal aus, was für tausend kleine Freuden das Leben in der freien Natur für uns beide bedeutet. Denken Sie an die Morgenritte, an das frische Grün des Waldes, an den Duft der Lupinenfelder, an die Fernsicht bis ins unendliche Blau des Horizonts, an die hier wunderbar kühlen langen Abende! Alles das und das ganze Haus wartet auf Sie. Kommen Sie!

Wir reisen morgen, Mutter, Sophie und ich. Meine Landsehnsucht ist ungeheuer. Vollenden Sie mein Glück, indem Sie recht bald nachkommen! Ich verbürge mich. Sie werden sich grenzenlos wohl fühlen, wenn Sie einmal eine gründliche Abwechslung in Ihr Leben bringen.

Georg an Agathe

20. Juli.

Ich stehe noch gänzlich im Banne der Schönheit Ihres Landsitzes. Das ist das prächtigste kleine Schloss, das ich kenne. Und jetzt verstehe ich alles an Ihnen: die feierliche Grandezza, die Sie an sich haben, Ihre Treue und Liebe zum Alten und Hergebrachten. Und vor allem verstehe ich das Opfer, das Sie Ihrer Familie gebracht haben. Verzeihen Sie, dass ich daran auch nur leise zu rühren wage. Es geschieht in Verehrung Ihres Wesens und Ihrer Willenskraft. Ehedem war ich trotz meines Offiziersrockes in vielen Dingen ein Verächter des Herkömmlichen. Ich habe den Ideen großartiger Neuerer gern Gehör gegeben. Voll Begeisterung hätte ich selber ein Rebell sein mögen. Allmählich aber erkannte ich die Schwerfälligkeit der Massen, die Vorherrschaft des Mittelmäßigen und die Urnotwendigkeit einer kraftvollen Oligarchie. Es genügt für ein Volk, wenn seine Führer höhere Menschen sind. Dann ist das Ganze tüchtig und achtenswert in aller Welt! Volle persönliche Freiheit tut nur dem höchsten Kulturmenschen gut. Und in dem Einen gebe ich Ihnen gänzlich recht: Die Frau muss das konservative Element in jedem Volke, in jeder Familie sein. Gerade das ist das untrügliche Zeichen der Gesundheit einer Nation. Die Männer mögen Throne stürzen, wenn sie sich davon glücklichere oder freiere Zeiten versprechen! Aber die Frauen, selbst die des vierten Standes, müssen am Alten festhalten, und zumal, wenn alles wankt. Wehe dem Volke, das so wenig wahre Männer hat, dass es einer Charlotte Corday oder einer Jeanne d'Arc bedarf! Ich bin gewiss einer der größten Frauenverherrlicher, aber die sozialistischen Führerinnen erinnern mich immer an die Fischweiber von 1793.

Meine anbetungswürdige altmodische Freundin, ich danke Ihnen für die glückseligen, unvergesslichen Tage, die ich im Verein mit Ihnen, Ihrer lieben Frau Mutter und Sophie verlebt habe! Wie tröstlich ist es für mich, dass ich Ihnen nun in Gedanken in alle Winkel Ihres herrlichen Gutes folgen kann. Für romantische Naturen meiner Art ist es ein Bedürfnis, den Umkreis genau zu kennen, in dem ein geliebtes Wesen lebt und wandelt. Jetzt sehe ich Sie in einem richtigen Bilde vor mir: Sie schreiten nachdenklich und langsam die Freitreppe des Hauses nach dem Garten hinab. Sie gehen den senkrecht wegführenden Hauptweg hin, zwischen den alten verschnittenen Hecken, und dann bleiben Sie am Ende dieses langen, wohlgepflegten Weges stehen, wo er sich zu dem halbkreisrunden Platz mit den schönen Steinbänken erweitert. Tief zu Füßen der Gartenmauer zieht langsam der dunkle Fluss dahin, und Ihr sinnender Blick verliert sich jenseits in den weiten grünen Fluren, die in blassgrauer Ferne vor dunklen Laubwaldstücken enden.

Wie oft haben wir da zusammen gesessen, während Sophie munter den Schmetterlingen nachjagte!

Und unsere Morgenritte! Sie auf Surprise, dem schönsten aller Schimmel und ich auf dem festen alten Braunen des Inspektors. Darf ich es sagen? Im Reitkleid sind Sie die schickste aller Frauen! Und der runde Hut gibt Ihnen einen leisen Ton reizendster Schelmerei.

Schelten Sie mich nicht aus!

Georg an Agathe

4. August.

Meine liebe Freundin!

Sie lassen mich ohne jede Nachricht. Seit meiner Abreise von Steinbach keinen einzigen Brief! Warum? Es gibt
für mich nichts Betrübsameres, nichts Qualvolleres als
Ihr Schweigen. Sind Sie für mich gestorben? Zürnen Sie
mir?

Seit ich Ihrem Lebenskreise wieder fern bin, fühle ich
mich unglücklich und elend. Um mich zu zerstreuen,
versuche ich allerlei Arbeit im Reiche der Gedanken.
Aber immer wieder entfliehen mir meine seelischen
Kräfte. Ich weile im Geiste in allen Augenblicken meines
Lebens bei Ihnen.

> Und denke ich an Sturm und Streit und Streben,
> An meiner Jugend Wandern dort und hier.
> So ist mir oft: Es war mein ganzes Leben
> Ein stiller unbeirrter Weg zu Dir!

Agathe an Georg

Steinbach, den 6. August.

Lieber Freund!

Dank für die Verse Ihres lieben Börries von Münchhausen!

Warum ich schweige?

Weil Sie mir das Herz schwer gemacht haben! Erinnern
Sie sich, bitte, an zwei Augenblicke! Wir saßen auf einer
der alten Steinbänke, die Sie in Ihrem vorletzten Briefe

erwähnen. Sie, Sophie, ich. Wo die weite Ebene im Horizont verfließt, ging die Sonne unter. Der Himmel war märchenhaft bunt. Purpurn berührte sein Saum das Blau der Erde. Violett darüber, dann blau, graublau, grau, in der Höhe immer matter. Ein Vogel schwebte in das luftige Farbenmeer hinein. Fast schien er sich im Himmel zu verlieren. Meine liebe kleine Sophie folgte mit verwunderten Augen dem leichten Fluge, und plötzlich rief sie jubelnd aus: Onkel Georg, ich glaube, der Vogel will den Himmel küssen!

Entsinnen Sie sich, wie Sie die Kleine fassten und so leidenschaftlich küssten, dass sie sich Ihnen entwand und erschreckt zu mir flüchtete? Und Sie! Sie lieber törichter Freund, Sie flüsterten fassungslos: Ich habe Dich so lieb!

Ein paar Abende darauf sang ich Ihnen Lieder von Franz Schubert vor, und nach jedem baten Sie leise: Mehr! Als ich aufhörte, da weinten Sie. Niemals sind Sie mir so schwermütig und einsam erschienen wie an jenem Abend. Ich war aufgestanden, lehnte am Flügel und wollte Ihnen ein Trostwort sagen. Ich fand keins. Und zu Ihnen hinzugehen, das wagte ich nicht. So tat ich nichts. Währenddem schritten Sie langsam durch die mittelste Glastür auf die Terrasse hinaus und in den Garten, den das blaue Sternenlicht durchflutete. Ach, es war nicht recht von mir, Ihnen nicht wenigstens stumm die Hand zu drücken, als Freundin und Schwester, die ich Ihnen bin und immer bleiben möchte. Seitdem lastet eine Schuld auf mir. Ich habe Ihnen so unsagbar viel zu danken. Ich fühle mich dem Leben wiedergegeben, seitdem Sie meine Seele hegen und pflegen. Und ich war undankbar und fremd zu einer Stunde, da Sie voll Leid waren! Indem ich mich dieses Augenblicks erinnere, kommt mir eine schöne Stelle aus dem 39. Sonett der Elisabeth Browning in den Sinn:

Lehre mich die Kraft
zur Dankbarkeit, die Deiner Güte gleicht!

Den 7. morgens.

Gestern Abend habe ich Ihnen nicht alles gesagt, was ich Ihnen sagen wollte, um mein langes Schweigen zu erklären. Warum bin ich Ihnen an jenem Abend fern geblieben? Warum? Ich fühle mich nicht frei. Sie haben mir meine Sicherheit, mein Gleichgewicht genommen. Ich sehe meine eigene Innenwelt nicht mehr klar. Ich bin mir selbst fremd geworden, aber ich bitte Sie von Herzen, mein verstehender lieber Freund: Harren Sie geduldig, bis ich mich wieder gefunden habe!

Georg an Agathe

8. August.

Geliebteste,

so ist die Stunde gekommen, die ich mit meiner ganzen Willenskraft bis heute immer wieder in die dunkle Zukunft gedrängt habe. Ich lebte in einem törichten Wunsche und litt an diesem Wunsche wie an einer Krankheit. Ich wartete, ich weiß nicht, auf welche glückliche Gelegenheit, Ihnen zu beteuern, dass ich Ihnen bis zur Selbstvergessenheit zugetan bin, dass Ihnen mein Ich, mein Denken und Fühlen, mein ganzes Leben unwiderruflich gehört. Ich ersehnte mir die Stunde, und doch war ich in Angst und in Bangen, das Nahen dieses Augenblicks durch eine Unzartheit zu beschleunigen, durch eine leise, die leiseste Unzartheit. In diesem seltsamen Zustand die wundervollste Einsamkeit mit Ihnen zu teilen, in den glückseligen Tagen auf Ihrem Gute, das ging beinahe über meine Kraft. Nur die Angst, dass ich Sie verlieren könnte, wenn ich spräche, diese qualvolle Angst schloss mir den Mund. Ach, unsre köstlichen purpurnen Morgen und die blauen Dämmerstunden! Von stillen Wonnen umschmeichelt, glühte in mir das wildeste Fieber der Ungewissheit. Ich harrte irgendeines stummen Zeichens irgendeines Wortes in einer mir selbst unbekannten Sprache. Und jetzt ist es mir, als hätte Ihr geliebter Mund das Wort gesagt, als hätte Ihre liebe Hand das Zeichen gegeben. War das bloß ein Traum, der sich nie erfüllen soll?

Ich liebe Sie, Agathe, Ihre klaren Augen, Ihr harmonisches Wesen, Ihre Stimme, Ihre Mienen, alles an Ihnen. Wenn Sie zu mir sprechen, bin ich verzaubert. Wenn ich Sie gehen sehe, ergreift mich der Rhythmus Ihres Ganges bis in die feinsten Nerven. Wenn Sie mich anblicken, geht mein Ich in das Ihre über. Wenn Sie mir Ihre Hand reichen, muss ich mich mit aller Gewalt zurückhalten, Ihnen nicht an die Brust zu sinken. Ihre Erscheinung, Ihr Gedankenkreis, Ihre Gefühlswelt wirkt wie der stärkste Magnet auf mich. Alle meine Wege führen mich immer nur zu Ihnen. Ihre Fürsorge um mich, so voll keuscher Zärtlichkeit, ist meine reinste, höchste Freude.

Was soll ich noch sagen, ohne in den Überschwang eines Dichters zu verfallen? Ich liebe Sie, Agathe. Ich sehne mich nach Ihren süßen Lippen.

Stoßen Sie mich nicht zurück in das Nichts, aus dem Sie mich gerettet haben! Seien Sie barmherzig! Ich werde immerdar so sein, wie Sie mich haben mögen, aber lassen Sie mich nicht in der Qual des Schweigen-Müssens. Hören Sie mich gütig an! Schenken Sie mir Ihre Nähe! Ich kann ohne Sie nicht leben.

Georg an Agathe

8. August abends.

Geliebte Agathe,

der Brief ist fort, der andre Brief, der mir entweder mein Lebensglück schafft oder es auf immerdar zerstört. Fast bereue ich es, ihn abgesandt zu haben. Was habe ich vollbracht, was ist an mir besonders Gutes, Schönes oder Großartiges, das mich Ihrer Liebe würdig macht? Sehr wenig.

Ich muss mir alle Gewalt antun, um einigermaßen die Ruhe zu bewahren vor mir, vor meinem Diener, vor allen, mit denen ich unvermeidlich in Berührung komme.

Sie sind mir die Herrlichste und Edelste aller Frauen. Keine ist so schön wie Sie, keine so anmutig, so herzlich, so anteilsvoll, so anbetungswürdig! Es ist eine seltsame Liebe, die ich zu Ihnen hege, eine sonderbare Mischung von Verehrung und Leidenschaftlichkeit. In meinem Herzen stürmt es vor Begehren, und wenn ich vor Sie hintreten sollte, wäre ich zaghaft und schüchtern wie ein kleiner Junge. Das Gehirn glüht mir. Meine Gedanken sind wirr und toll.

Seit ich Ihre Freundschaft besitze, fühle ich mich um zehn und noch mehr Jahre jünger. Ich war voller Resignation und Gleichmut. Ich war das. Jetzt aber schaue ich auf mein vergangenes Leben ganz anders zurück. Eine Menge Erlebnisse und Erfahrungen darin sind mit einem Male getilgt, verschwunden, vergessen. Ein neues warmes sonniges Licht fällt auf die Dinge. Frischer Lebensmut durchströmt mich, und wenn ich in dieser Abendstunde in Zweifel und Schwermut vor mich hingrüble, so ist es doch nur ob der Ungewissheit. Wenn ich an Ihre Güte und Ihr Vertrauen zu mir denke, an Ihre Augen voll Zuneigung und Teilnahme, dann ist es mir, als hätte ich Ihr Ja, als schritte ich im Schutz eines gütigen Sternes dem Glücke unverirrbar entgegen.

Agathe an Georg

Steinbach, den 9. August.

Was für Briefe! Sie erschüttern mir das Herz. Vor allem danke ich Ihnen für Ihren Freimut. Unsre Freundschaft gibt Ihnen das Recht dazu. Wir dürfen unverhüllt zueinander reden. Wir müssen es sogar.

Mein lieber Freund, Sie sollen durch mich nicht länger leiden. Meine Gegenwart würde Ihnen täglich neue Qualen bereiten. So bleibe ich denn hier auf dem Gute. Den Rosenhof will ich erst wieder sehen, wenn Sie mir geschrieben haben, dass Sie genesen sind. Lassen Sie mich nicht zu lange in der Verbannung !

Bester Freund, Sie begehren meine Liebe. Wäre sie in mir, ich schenkte sie Ihnen in innigster Freude. Aber es lebt nicht Liebe in mir. Nicht eine solche, wie Ihr Herz sie ersehnt. Mit diesem ehrlichen Geständnis bereite ich Ihnen eine Enttäuschung. Ich weiß es, und es tut mir weh. Und mehr noch. Wir müssen uns trennen. Setzten wir unser freundschaftliches, mir so lieb gewordenes Zusammengehen fort, so würde ich wohl alles versuchen, Ihnen darüber hinwegzuhelfen, aber Sie würden vielleicht wähnen, ich liebte Sie doch. Wer weiß auch, wohin mich Ihre Beteuerungen am Ende führen? Wie dem auch wäre, mein lieber Freund, es wäre nicht Liebe. Es wäre Mitleid oder Schwäche. Damit aber dürfen Sie sich nicht begnügen. Es wäre Ihrer unwürdig.

Glauben Sie mir, ich bin stolz darauf, dass Sie mich lieben. Ihre Liebe adelt mich. Seien Sie gerade deshalb großherzig und vergeben Sie mir, wenn ich Ihnen jetzt Leid zufüge. Nichts in der Welt fällt auch mir schwerer als unsere Trennung. Eine Trennung vielleicht nicht für immer. Auf wie lange? Ich weiß es nicht. Bei Ihnen liegt die Entscheidung, ob wir bald oder nie wieder die alten treuen Freunde werden.

Georg an Agathe

10. August.

Agathe, seien Sie nicht so grausam und herzlos! Verlassen Sie Steinbach und kommen Sie! Oder rufen Sie mich!

Wir müssen uns sehen, uns aussprechen. Es ist mir unbegreiflich, dass Sie mich so mit kalter Entschlossenheit aus so nüchternen Verstandsgründen von sich stoßen. Ich verstehe das nicht und kann nicht glauben, dass Ihnen dies Ihr Herz befiehlt. Wenn Sie so rasch auf unsern Bund verzichten, so muss mir der Gedanke nahe kommen, ich sei Ihnen nichts gewesen als der Zeitvertreib leerer Stunden. Es ist mir unmöglich, das zu glauben.

Ich klammre mich in meinem Lebensüberdruss an unsre gemeinsamen Erinnerungen, und Sie lassen all das gleichmütig hinsterben. Ich komme über meinen bittern Schmerz darüber nicht hinweg. Ich möchte Ihnen alles sagen, was mich bewegt, aber davon zu schreiben, habe ich keine Kraft. Ich bin in die tiefste Schwermut versunken.

Nachschrift: Um etwas Ruhe zu finden, lese ich – alter Gewohnheit gemäß – im Plutarch. Noch nie hat mich wie in dieser einsamen Stunde jene Stelle im »Kleomenes« gerührt, wo der Held, aus der verlorenen Schlacht heimgekehrt, auf ein paar Augenblicke in sein Haus kommt, um es dann auf immerdar zu verlassen. Jeden Zuspruch, jede Teilnahme stumm abwehrend, steht er da, in voller Rüstung, die Hand an einer Säule, das Gesicht an den Arm gedrückt, in Erinnerungen verloren – und alsbald schreitet er schweigsam in die Fremde, ohne Hoffnung und ohne Heimat ...

Soll es mir ebenso ergehen?

Agathe an Georg

Steinbach, den 11. August.

Lieber Freund!

Ich mache mir ernste Vorwürfe. Ich hätte es fühlen und sehen müssen, dass meine zärtliche Fürsorge eine Gefahr für Sie war. Aber ich war blind. Ich bemerkte an Ihrer wachsenden Zuneigung nichts als immer nur Kameradschaft und geschwisterliche Liebe. Ich blickte zu Ihnen auf wie zu einem älteren Bruder. Ich fühlte mich sicher und geborgen. Sie waren der Meister, ich der Jünger.

Jetzt sprechen Sie von Liebe und Leidenschaft. Ach, Sie ahnen nicht, wie schwer mir mein Herz nun geworden ist!

Sie wissen: Ich bin nicht frei. Was Sie verlangen, wäre Ehebruch.

Und selbst wenn ich frei wäre, – ich habe es Ihnen schon einmal schmerzensvoll gesagt: Ich habe kein Recht auf Liebe um Liebe!

Dringen Sie nicht weiter in mich! Ich bitte Sie darum. Auch zu unserer lieben alten Freundschaft habe ich nicht mehr den Mut in mir. Jedes Weiterspinnen unserer Beziehungen wäre wie ein stillschweigendes Eingehen auf Ihre Werbung. Das widerstrebt meinem Ehrgefühl.

Mussten Sie uns unseren Frieden nehmen? Hätten Sie doch lieber geschwiegen!

Georg an Agathe

12. August.

Ich soll Sie verlieren? Ein langer Zug verwehter gold-
ner Stunden zieht trauernd an mir vorüber. Sie haben so
viel vergessen!

Sie hielten mein ganzes Ich gefangen und haben es
selbst nicht gewusst? Absichtslos haben Sie alle Reize Ihres Wesens, Ihrer Erscheinung, Ihrer Seele, Ihres Herzens entfaltet. Ahnten Sie nie, wie mich Ihr gütiges Lächeln bestricken musste, Ihre zärtlichen Worte, gewisse
Ihrer Eigentümlichkeiten, zum Beispiel Ihre Art, einen
Satz mitten im Flusse der Rede zu unterbrechen und ohne Ende zu lassen, und hundert andre kleine, dabei so
bedeutsame Dinge? Oft habe ich die Unnterströmungen
Ihrer Gefühlswelt zu spüren vermeint, die dunkel und
geheimnisvoll, Ihnen wohl selber unergründlich sind. In
solchen Augenblicken hatte ich die Empfindung, Sie sei-
en mir ganz nahe. Ach, in welch rätselhaften Fernen
verbergen Sie sich jetzt!

Soll das alles vorüber sein? Agathe, es wäre nicht aus-
zudenken! Ich sehne mich leidenschaftlich nach Ihnen.
Ich ertrage Ihren Verlust nicht. Ich liebe Sie über alles in
der Welt.

Kommen Sie zurück!

Agathe an Georg

Steinbach, den 13.

Ihre Beharrlichkeit verwundet mein Herz. Ich fühle
mich seelisch wie körperlich krank. In den schlummer-

losen Nächten grüble ich darüber nach, wie ich mich Ihnen gegenüber verhalten soll, ohne Ihnen und mir wehzutun.

Wenn ich sage: Ich liebe Sie nicht! – so lassen Sie das einfach nicht gelten. Ich bin nahe daran, zu glauben: Sie lieben mich nicht!

Gewiss werden Sie nun mit dem ganzen Rüstzeug Ihres Geistes, Ihrer Logik, mit tausend Gründen der Selbstkenntnis und Selbstunkenntnis dagegen protestieren; immer mit der Folgerung: Folglich liebe ich Sie!

Und doch lieben Sie mich nicht! Nicht meine guten Eigenschaften, nicht meine Fehler, nicht mein Wesen, nicht mich, wie ich in der Wirklichkeit bin, – nein, Sie lieben mich, wie mich Ihre Vergötterung sieht, von Reizen und Vorzügen erhöht, die mir nicht eigen sind. Als wir uns zum ersten Male begegneten, war Ihr Herz gerade liebeleer. Sie brauchten eine Göttin. Vielleicht hatten Sie eben eine große Enttäuschung erlebt. Ihre Sehnsucht fand mich, und die Kristallisation Ihrer Liebe begann. Sie hatten süßen Genuss an unserem Beieinander. Sie erlebten die Freude, einen Menschen entdeckt zu haben, der Sie verstand, zum Mindesten Sie zu verstehen suchte. Sie sehnten sich in dieser Welt von Heute, die Ihnen zu hastig, zu friedlos, zu materiell gesinnt ist, nach einer Insel der Romantik. Die fanden Sie in mir und meiner stillen Umgebung. Aus Schwärmerei ward Leidenschaft. Die Mischung von Werthertum und Donjuanerie in Ihnen forderte in beiden Extremen ihre Rechte.

Wie ging es mir aber mit Ihnen? Ich erkannte Ihre unausgenützten guten Fähigkeiten, Ihre brachliegenden

Lebenskräfte, die Schönheit Ihrer einsamen Seele. Und ich, die ich auch einsam war, sah eine wunderbare Aufgabe darin, Sie Ihrer Tatenlosigkeit und Verträumtheit zu entziehen. Sie sollten ein ganzer Mann werden, eine vollendete Persönlichkeit. Ich wollte Ihnen ein festes Lebensziel suchen helfen, Sie zu Arbeit und Erfolg führen. Und was habe ich erreicht?

Viele Männer sind aus Liebe zum Höchsten fähig. Zu diesen Naturen gehören Sie wohl nicht. Sie werden nicht aus Liebe zu einer Frau schaffensfroh, tatenlustig, titanisch. Gewiss werden Ihre Kräfte wärmer, inniger in der Liebe, aber sie steigern sich nicht. Sie sind überhaupt eine die Anderen stark anregende, aber keine selbstschöpferische Natur. Sie sind ein Meister der Anpassungsfähigkeit. Ich kenne niemanden, der sich so schnell und so restlos in die Seelen, in das Leben, in die Werke Anderer hineinfühlt wie Sie. Mit dieser Gabe sind Sie wahrhaft vorbestimmt zur Freundschaft im allerhöchsten Sinne. Das war es, warum ich Ihnen vom ersten Augenblicke an Gefolgschaft leistete. Ich war fast eitel auf Ihre Zuneigung. Aber was Sie begehren, bin ich nicht. Ich liebe Sie nur auf meine Art.

Die Zeit wird Sie bald wieder gesund machen. Sie sind ein Weltkind. Die Liebe hat wohl bisher keine hervorragende Rolle in Ihrem Leben gespielt. So wird auch Ihre jetzige Leidenschaft wieder zusammensinken. Das Heitere und Sonnige in Ihrem Wesen wird die Melancholie besiegen. Im Grunde sind Sie eine beschauliche Natur, nicht für die großen Leidenschaften geschaffen. Das hat Sie nur vorübergehend gepackt. Eines Tages werden Sie abermals zu mir kommen: gesund, lebensfroh, gütig, in beneidenswertem Gleichgewicht, verführerisch spielend mit allen sehnsüchtigen Herzen, ein Weltmann der prächtigsten Art. Und wir werden der Gesellschaft das seltene Beispiel einer leidenschaftslosen Freundschaft zwischen Mann und Frau geben. Der göttliche Zauber einer solchen Freundschaft wird uns dann alle beide bis ans Ende unsrer Tage unwandelbar beglücken.

Wollen wir dieses Ideal nicht zusammen erringen?

Georg an Agathe

14. August.

Wie können Sie an meiner Liebe zweifeln? An meiner Liebesfähigkeit? Zweifeln Sie an allem, was in mir webt und lebt, aber zweifeln Sie nicht daran!

Ich liebe Sie von ganzem Herzen. Ich lege Ihnen meine zärtlichste Verehrung zu Füßen, mein ganzes Ich. Sie lieben dürfen, ist für mich voll leben können. Wenn Sie mich auch nur in Freundschaft gern mögen: Denken Sie doch daran, dass es für eine Frau nichts Köstlicheres gibt, als geliebt, über alles geliebt zu werden! Sind Sie darob nicht glücklich?

So jung Sie noch sind, die Enttäuschungen, die Ihnen beschieden, waren schwer. Sie erwarteten vom Leben nicht mehr allzu viel. Sie waren voll milder Entsagung. Und nun kommt Ihnen auf Ihren Lebenspfad die treueste und innigste Liebe eines Mannes, der – ich bin unbescheiden – beträchtlich über oder wenigstens fern den Alltagsmenschen hinpilgert. Wir verstehen uns in seltsamem Einklang. Ich bringe Ihnen meine Liebe, meine erste große Leidenschaft. Und da wenden Sie sich von mir? Soll es gerade die Liebe sein, die uns auseinanderzugehen befiehlt? Wollen wir das Glück so vieler Tage und Stunden eigenwillig und grausam zerstören? Wollen wir uns hochmütig dem Schicksal entgegenstellen, das uns einen will?

Agathe, wir gehören zusammen. Entziehen Sie sich mir nicht länger! Kommen Sie rasch zurück!

Georg an Agathe

15. August.

Einzige,

niemals, solange ich lebe, werde ich die glückseligste Minute meines Daseins, gestern Abend, im Garten des geliebten Hauses am Berge, je vergessen. Es war nicht die Manneskühnheit, die mich Dich an mich ziehen ließ. Mit bewusstem Willen hätte ich niemals den Mut dazu gehabt. Mit Deinem zitternden Küssen hast Du mir verziehen. Ich bin namenlos glücklich.

Ich durchlebe diese Minute immer wieder. Über uns die rauschenden Kastanien. Vor uns die mondbeglänzte Balustrade. Drüben der Strom mit den tausend Lichtern. Wie Schildwachen unsres Glücks! Als ich von Dir gegangen war, im Halbtraume, habe ich noch lange auf der Bank der Aussichtswarte an der Straße gesessen und innigst Deiner gedacht. Du kennst ihre einsame Lage, auf der halben Höhe. Mir zur Linken, nicht allzu fern, schimmerte ein Licht über den dunklen Wipfeln der dazwischenliegenden stillen Gärten: das Licht Deines

Zimmers. Als es zehn schlug, bin ich langsam hinabge-
schritten. Und dann zu Hause, in meiner stillen Klause,
habe ich bis spät in die Nacht hinein geträumt, immer
von Dir und Deinem geliebten Wesen. Tränenden Auges
sage ich mir wieder und wieder, dass ich glücklich bin,
weil ich wieder weiß, warum und für wen ich lebe. Auf
der ganzen weiten Welt habe ich niemanden, der mein
Herz wirklich kennt, es wärmt, füllt, durchsonnt, – nur
Dich, meine Geliebte. Ich weiß, ich fühl es, dass ich Dir
dankbar, treu, ergeben bleibe bis an das Ende meiner
einsamen und nun nicht mehr einsamen Tage.

Ich danke Dir für Deine Liebe! Du sollst nichts an mir
haben denn Freude Dein Leben lang!

Agathe an Georg

Den 16. August.

Liebster Freund!

Ich bin geflohen, ich weile fern von Ihnen und habe
meine Zuflucht zur Einsamkeit genommen. Ich habe
mich vor mir selber gerettet.

Lassen Sie mich, mein liebster Freund! Das Herz will
mir brechen. Ich weiß nicht, ob ich es ertrage, Sie zu verlieren.

Georg an Agathe

Zürich, 20. August 1910, 12 Uhr nachts.

Gnädige Frau,

es wäre sehr ungeschickt von mir, wenn ich der Anlass bliebe, dass Sie die von Ihnen so geliebte Stadt meiden. Beenden Sie Ihr Exil! Die Gesellschaft, die Sie doch ein wenig beachten müssen, würde sich über Ihre plötzliche Abreise nach Ihrem Gute und über einen längeren Aufenthalt daselbst wundern.

Ich habe Dresden verlassen und gedenke ein paar Wochen in der Schweiz zu bleiben und dann bis tief in den Winter hinein an den Lago di Garda zu gehen, den ich so sehr liebe, wie sie wissen. Was sollte ich länger an der Elbe?

Als ich heut in der Morgenfrühe von Lindau nach Romanshorn hinüberfuhr, über die wunderbar frisch und stahlblau blinkende Wassermasse des Bodensees, und mein Blick den ersten Gruß der fernen Schneegipfel erhaschte, da habe ich Ihrer sehnsüchtig gedacht. Stendhal sagt, den Liebenden erinnere jede Linie einer schönen Landschaft an die Eine. Bei all meinem Schmerze ist mir die Welt niemals schöner, heiliger, symbolischer erschienen als diesen Morgen. Nur in der Anbetung der Natur kann ein armseliger Mensch sein Leid ertragen. Freilich, ein paar Augenblicke nach diesem erhabenen Momente eines überirdischen Trostes war ich wieder tieftraurig und grenzenlos unglücklich.

Um mich auf andere Gedanken zu bringen, hab ich den Nachmittag im Lesesaal der Stadtbibliothek verbracht. Ich habe mir Urhandschriften von Schweizer Dichtern vorlegen lassen: von Gottfried Keller und von Heinrich Leuthold. Von Keller den Grünen Heinrich. Aus seinen Schriftzügen guckt der ganze Mensch, kratzbürstig und unzugänglich!

Dann auf dem Gange durch die Stadt hab ich mir Leutholds Gedichte gekauft. Am See, unter den schattigen Bäumen, ein Stündchen über dem Wohlklange seiner Lieder geträumt.

Die Grundstimmung vieler seiner Gedichte ist der ähnlich, in die ich mich verloren habe. Ähnlich, nicht gleich. Die Ungleichheit beruht auf meiner ganz anders gearteten Natur. Leuthold war ein zerfahrener und zerrissener Mann, ohne Selbstkenntnis und Selbstzucht. Sein Lebensgang ging dauernd abwärts. Die schlimmsten und hässlichsten Dinge davon kennen wir zum Glück nicht. Einen ehrlichen Biografen hat er ja nicht gefunden. Der Unselige war weit entfernt, gerade im Unglück durch die Abstreifung aller weltlichen Eitelkeit und Hoffnung mit sich einig zu werden und damit menschlich auf einen Gipfel zu kommen ...

Agathe! Zum letzten Male:

Ich   küsse   Ihnen   die   geliebten   Hände. Ich liebe Dich!

Georg an Agathe

Im Garten der Villa Brenzone, San Vigilio, am 15. November.

Sie haben mir auf meinen letzten Brief aus der Schweiz keine Antwort gegönnt. Es hat mich übrigens nicht lange dort gehalten. Ein wunderschönes Land; nur die Leute, die es bewohnen, missfallen mir mitunter. Ein raues Volk. Diesmal empfand ich das stärker denn je. Und so bin ich nach meinem über alles geliebten Tirol geflohen.

Dort haben die alten Römer ihre Courtoisie zurückgelassen. Sechs Wochen in Bozen. Goldne Herbstsonnentage. Süße Elegien für ein einsames Herz. Jetzt verträume ich meine Tage am Gardasee. Etwas wie sanfter Friede hat in meiner Seele Einzug gehalten, der Friede der Resignation.

Im Limonenhain, da ich Ihrer in dieser stillen Dämmerstunde gedenke, hat im Cinquecento ein vornehmer Einsiedler gehaust, der Dottore Agostino Brenzone, ein Freund geistvoller Männer, eine der kontemplativen Naturen der sonst so tatenlustigen Renaissance. Seine heute verschollene Schrift »Von der Einsamkeit« ist hier entstanden. Und in einem Winkel des Haines steht in einer halbverfallenen Nische eine nach antikem Vorbilde geschaffene Aphrodite. Hier hat der Dottore verlorenem Glück geopfert. Die Inschrift am Sockel seiner Liebesgöttin verrät es uns:

Mortuus obliviscar Flaviae

Zu deutsch: Nur im Tode werde ich die Herzliebste vergessen!

Es gibt keinen Ort Europas, der sich durch seine klassische Schönheit, seine erhabene Einsamkeit und seine romantischen Erinnerungen mehr dazu eignet, um verlorene Liebe zu trauern, als der Träumerwinkel von San Vigilio. Saß nicht schon vor zwei Jahrtausenden drüben am felsigen Gestade von Sirmio, dem »Augenstern aller Inseln«, Catull und sang seine besten Lieder im Schmerz um eine ferne schöne Römerin? Die weitläufigen Ruinen einer Therme tragen im Volksmunde noch heute den Namen: Villa Catulls. Wenn man die kleine grüne Halbinsel betritt, bestürmen einen die lauten Dorfjungen, die Grotta di Catullo zeigen zu dürfen.

Umschmeichelt von den Wundern dieses göttlichen Sees, bin ich ihm doch oft in meiner Seele fern, zumal in allen Abendstunden, wenn von drüben das Ave Maria über seine purpurne Flut ruft.

Zweites Buch

Georg an Agathe

2 Uhr nachts.

Gnädige Frau.

Der heutige Abend, an dem wir uns zu meiner Freude so unvermutet wieder begegnet, ruft mir jenen unvergessenen andern Abend zurück, an dem unsre Lebenswege vor nunmehr fast zwei Jahren aneinander gekommen sind. Kaum auf Augenblicke bin ich heute des seltsamen Gefühls frei geworden, es wäre durch irgendein Wunder der nämliche Abend.

Nach dem Diner haben wir beide zusammen geplaudert, ganz wie damals. Fremd waren Sie mir damals und doch so traut wie eine langjährige Freundin. Und heute waren Sie mir von Neuem traut und doch auch fremd wie eine nie vorhergesehene Vision. Erst beim Scheiden unter dem leisen Druck Ihrer kleinen Hand habe ich den Mut gefunden, von Neuem an unsre seltsame, erdenlose, köstliche Zusammengehörigkeit zu glauben.

Ich bin nicht mehr in allen Stücken der, den Sie einstmals gefunden und so bald wieder verloren haben.

Während mich Einsamkeit, Unrast und Erlebnisdrang über den Erdball trieben, bin ich wiedergeboren worden. Nun stehe ich beinahe auf der Höhe meiner bizarren Entwicklung, bin reifer, älter, nachsichtiger geworden, dem Leben und den Dingen überlegener denn damals.

Alles das und ähnliches verleiht mir das Selbstbewusstsein, Sie zu bitten, mich zum zweiten Male gütig unter die Paladine des Rosenhofes aufzunehmen. Ohne jede Anmaßung, in reiner Natürlichkeit, möchte ich meinen, ich hätte mir in der langen Zwischenzeit das Recht erworben, zu Ihren erprobten Freunden zählen zu dürfen.

Agathe an Georg

Rosenhof, Sonntag den 13. Oktober.

Mein lieber Freund!

Beim Anblicke Ihrer Handschrift habe ich gezittert. Lange, sehr lange hat Ihr Brief uneröffnet in meinen Händen gelegen, bis ich endlich den Mut fand, ihn zu lesen. Ich habe mich herzlich gefreut. Tun wir aber klug damit, frage ich mich zum hundertsten Male, einander von Neuem etwas nicht Alltägliches bedeuten zu wollen?

Wie soll ich es Ihnen sagen? Ich möchte Ihnen nicht ein zweites Mal wehe tun. Verstehen Sie mich! Ich kann Ihre Bitte nicht eher beantworten, als bis ich genau weiß: Haben Sie das Einst ganz überwunden? Wollen Sie der leidenschaftslose Freund einer Frau werden, der das Land der Romantik für immer verschlossen ist? In den zwei

Jahren, die zwischen dem Einst und dem Heute liegen, hat sich in dem problematischen Punkte meines Lebens nichts geändert.

Mit Freuden stelle ich Ihnen das Zeugnis der höchsten Ritterlichkeit aus. Auch glaube ich der Ehrlichkeit Ihrer neuen Freundschaftsworte. Wenn Sie mir also versichern können, dass unsre Freundschaft nicht abermals in Stürme gerät, und wenn Sie sich aus dem Besitze meiner Freundschaft ein Glück erhoffen, das Sie andernorts nicht zu finden glauben: Dann will ich von Herzen gern dieses Glück mit Ihnen teilen.

Georg an Agathe

14. Oktober 1911.

Meine gütige Freundin,

ich bitte Sie, seien Sie beruhigt: Ich habe meine einstige Gefühlskrankheit überwunden. Was ich vor zwei Jahren gar nicht an mir für möglich gehalten hätte, das habe ich heute: seelisches Gleichgewicht. Zwar bin ich bei Weitem noch nicht zufrieden mit mir, aber im großen und ganzen weiß ich doch endlich, was ich vom Leben will und wohin es mich leitet. Ich habe mir ein Ideal erdacht und vor mir im Geiste aufgestellt und versuche mich darnach zu vervollkommnen, in beschaulicher Beharrlichkeit und mit dem heiteren Sinne eines altrömischen Epikureers. Die verehre ich nur einmal! Von Neuem liebe ich das bunte Dasein unsrer armen und so reichen Erde, aber immer mit dem Bestreben, Herr meiner selbst zu bleiben. Sogar eine, wenn auch recht bescheidene Beschäftigung habe ich gefunden, die ich neben den passiven literarischen und künstlerischen Liebhabereien, die ich mit immer mehr Liebe pflege, planmäßig ausübe: Ich habe es übernommen, die Geschichte meines Regiments zu schreiben, die über zwei Jahrhunderte zurückgeht. Sie wissen vielleicht, dass die Geschichte der altsächsischen Armee im Allgemeinen ein wenig erfreuliches Forschergebiet ist. Indessen hat sie gewisse lichte Perioden. Vor allem ist da die napoleonische Zeit. Von Friedland bis Borodino! Wenn Sie wüssten, mit welchem Enthusiasmus ich mich in diese vergangenen Tage des Ruhmes vertiefe. Ich bin in den großen Kaiser verliebt. Ich werde Ihnen noch oft Einzelheiten erzählen, die mich entzücken.

Das ist keine schöpferische Arbeit, keine himmelstürmende Tätigkeit. Von irgendwelchem äußerlichen Erfolge kann natürlich auch keine Rede sein. Aber das will ich ja gar nicht. Das brauche ich nicht. Glauben Sie mir, wenn ich so in den Archiven und Bibliotheken hinter Stößen von oft sehr langweiligen Büchern, Akten und Handschriften sitze und schreibe, inmitten von bebrillten Gelehrten,– dann fühle ich zu meiner eigenen Verwunderung oft etwas in mir, das wie Befriedigung schmeckt, ja wie stilles Glück.

Das ist also mein Zustand! Und nun haben Sie keine Furcht mehr vor dem Nachhall des Es war einmal! Wie weit, weit liegt das schon zurück!

Reichen Sie mir die Hand! Schließen wir eine aller Banalitäten der Herkömmlichkeit und der oberflächlichen Galanterie bare Freundschaft! Etwas Herrlicheres als das können seelenverwandte Herzen niemals und nirgends finden.

Ich werde morgen den (hoffentlich ebenso wie heute) wunderschönen, kristallklaren Herbsttag benutzen und nach Oberloschwitz hinauspilgern. Just zur Teestunde werde ich die Calberla-Straße hinaufwandern und an dem weißen Gartentor des geliebten Bozener Schlössleins klopfen. Werden Sie zu Hause sein?

Ich freue mich – wie ein kleiner Junge auf den Weihnachtsbaum – auf den lang entbehrten Blick von Ihrer rosenumglühten Terrasse und auf die geliebte Oktoberlandschaft da draußen. Der Herbst ist mir ein Symbol. Ich liebe die schweren golddurchtränkten Farben und die späten Früchte.

Agathe an Georg

Den 14. nachts.

Lieber Freund!

Ach bitte, kommen Sie! Meine neugierige kleine Sophie hat während Ihrer langen Abwesenheit sehr häufig nach dem »guten Onkel Georg« gefragt. Heute hat sie Ihre Namensunterschrift erspäht. Das hat sie, zu meinem größten Erstaunen, über die Maßen aufgeregt. Kinder ihrer Art haben ein merkwürdig scharfes Gedächtnis.

»Mammi, wenn Onkel Georg von seiner großen weiten Reise zurück ist, warum bittest du ihn nicht, wieder alle Tage zu uns zu kommen? Er war doch der allerbeste von allen unsern vielen Freunden!«

Kann ich mich zwei bittenden Menschenkindern verschließen? Kommen Sie! Sie sollen uns herzlichst willkommen sein!

Georg an Agathe

16. Oktober.

Ich danke Ihnen aus vollem Herzen für den gestrigen
traulichen Abend. Ich bin glücklich, Ihre Freundschaft
wiedergewonnen zu haben. Ich hege für Russland keine
tiefere Vorliebe als für jedes andre Land der Welt, aber
ich will den Geburtstag des moskowitischen Kronprin-
zen, den wir kürzlich durch das Festmahl in der Russischen Gesandtschaft gefeiert haben, nie wieder vergessen, denn ohne dieses zweifellos gottbegnadete Menschenkind hätten wir uns wahrscheinlich nicht wiedergefunden.

Es muss mich etwas wie eine Vorahnung durchdrungen haben, sonst hätte ich mich kaum bewegen lassen,
die Einladung anzunehmen. Die Bekanntschaft des Ge-
sandten habe ich bei meinem Aufenthalt in Sankt Petersburg gemacht. Daraufhin hatte ich meine Karte hier
bei ihm abgegeben. Obgleich ich sehr wohl weiß, dass
Ihr Gatte an der Deutschen Botschaft in Petersburg ist,
habe ich doch nicht im geringsten daran gedacht, dass
Sie durch dieses lockere Band ein wenig zur hiesigen
russischen Kolonie gehören. Obendrein vermutete ich
Sie auf Ihrem Gute.

In der köstlichen Stimmung, in die mich die Wiedergeburt unsrer alten Freundschaft versetzt hat, habe ich et-

was vergessen. Ihnen zu erzählen, was ich Ihnen als aufrichtiger Freund nun beichten muss.

Ich war kaum acht Tage in Zürich, oder war es in Luzern, – vor zwei Jahren, wie Sie wissen – als ein Brief von Ihrer Nichte Susanne eintraf. Sie erkundigte sich in harmloser Weise über den Zweck meiner (wie sie von Ihnen gehört habe) sehr großen Reise. Unter anderem bedauerte sie, aus Ihnen nicht herausbringen zu können, aus welchem dunklen Grunde ich Dresden so plötzlich und auf so auffällig lange Zeit verlassen hätte. Um sie zu beschwichtigen, schrieb ich ihr, dass Sie über eine besondere Veranlassung der Reise wirklich nichts wüssten. Ich hätte die Lust zu einer Weltreise schon seit Jahren in mir gespürt. Irgendwelche geheimnisvolle Beweggründe seien hierbei durchaus nicht im Spiele. Weitere Briefe von ihr kamen, ohne rechten Inhalt, kaum mehr denn Aufzählungen belangloser gesellschaftlicher Ereignisse. Hin und wieder ward *Ihrer* Erwähnung getan. Und das war der verlockende Grund, –warum soll ich Ihnen das nicht gestehen? – weshalb ich diese Briefe doch immer wieder gelegentlich erwiderte. Das Geringste von Ihnen zu hören, schenkte mir jedes Mal einen glücklichen Tag. So ist es gekommen, dass ich Ihrer Nichte auch nach meiner Rückkehr eine gewisse Freundschaftlichkeit bezeugen musste. Sie schreibt mir auch jetzt noch manchmal, und wenn wir uns auf der Straße zufällig hin und wieder treffen, halte ich mich für verpflichtet, den Begleiter zu machen. Mit einem Worte, meine verehrteste Freundin, ich bin in eine mir recht peinliche Lage gekommen. Verstehen Sie mich? Helfen Sie mir in Ihrer rücksichtsvollen Weise, mir und Fräulein Susanne!

Oft, wenn ich abends oder in der Dämmerstunde über mich und Sie nachdenke, überkommt mich eine fast bittere Reue. Damals, ehe wir voneinander gingen, da ich Sie leidenschaftlich bestürmte, da habe ich Sie unzart behandelt. In aller meiner Liebe war ich Ihrer nicht würdig. Ich hätte mehr Herr meiner selbst bleiben müssen. Dann wären wir schon längst das, was wir uns nun heute sind. Manche trübselige Stunde wäre mir erspart geblieben.

Frauen Ihrer Art sind ebenso verführerisch wie unantastbar. Ich hätte Sie nie verkennen dürfen. Man muss Sie anders lieben denn die andern. Offen gestanden, wir Männer sind vor nichts in der Welt unsern Idealen ferner als vor den Frauen. Verdorben, desillusioniert, übersättigt, ungläubig, haben wir nur selten den Mut oder die Kraft zu einer höheren Liebe. Es ist zumeist amourgoût (um Beyles berühmtes Wort anzuwenden), was wir hegen – und erwarten.

Und wenn auch, was ich glaube, damals mehr als bloß das in mir war, sondern leidenschaftliches Begehren, so sehe ich doch jetzt im Rückblicke klar, dass uns selbst in der innigsten Einigung eine grundlose Tiefe getrennt hätte. Sie stehen in der vollen Kraft Ihrer Seele und Ihrer Sinne. Sie hätten die gleiche Vollkraft von Ihrem Geliebten gefordert. Und ich hätte sie nicht mehr besessen. Wir hätten beide darunter gelitten. Sie wie ich.

Darum bin ich so glücklich und zufrieden, dass sich alles so wundersam gefügt hat.

Agathe an Georg

Rosenhof, den 17. Oktober.

Mein lieber alter Freund!

Ihr Brief hat mich unsagbar erfreut! Die leise Kälte, die ich in den ersten Tagen unseres Wiederfindens in Ihrer Gegenwart bisweilen zu empfinden vermeinte, ist nunmehr dem warmen Gefühle des gegenseitigen Verstehens und Vertrauens gewichen. So fest und klar und bestimmt dieses neue Gefühl ist, es fließt doch etwas Zitterndes, Seltsames, Unbestimmbares, Namenloses in seinem Strom. Das erfüllt mich von Tag zu Tag mehr. In dem vergangenen und (wollen wir?) vergessenen ersten Laufe unsrer Freundschaft habe ich diese zarten und zärtlichen Regungen kaum verspürt. Oder weiß ich es nicht mehr? Sollte ich hier herzlos und undankbar sein?

Den Vorwitz meiner Nichte haben Sie korrekt wie immer behandelt. Im ersten Augenblicke meiner Kenntnis von diesem heimlichen Briefwechsel war ich sehr betroffen. Geben Sie mir die Dokumente! Ich will sie ungelesen vernichten. Sodann werde ich, sobald sich Gelegenheit bietet, mit Susi reden. Ein weiterer Briefwechsel zwischen Ihr und Ihnen hat für keinen Teil viel Sinn. Auch lese ich aus Ihren Zeilen heraus, dass Sie wenig Lust haben, der Beichtvater meiner Nichte zu bleiben. Ich werde es ihr zu verstehen geben. Seien Sie unbesorgt. Sie sollen zufrieden mit mir sein! Ein belangloser Flirt. Weiter war es doch nichts. Ich begreife sehr wohl, dass Ihnen Susannens Briefe in der Ferne erwünscht waren. Warum soll ich dies nicht bekennen? Ach, auch ich hatte in den letzten zwei Jahren gern hin und wieder Bestimmtes von Ihnen erfahren! Oft, ach sehr oft habe ich Ihrer gedacht, mir ausgedacht, wo Sie wohl weilten, an welchen schönen Orten der fernsten Erde, und in welcher Gemütsverfassung.

Susanne ist ein unbesorgtes, vorläufig beinahe oberflächliches Geschöpf. Gesellschaft und Geselligkeit gehen ihr über alles. Schöne Kleider und immer etwas vorhaben, ein paar harmlose Hofmacher, ein bisschen Sport, der nicht zu sehr anstrengen darf, – das füllt so ungefähr ihr Dasein aus. Von ernster Beschäftigung ist bei ihr keine Rede. Sie ist einundzwanzig Jahre alt. Vielleicht ändert sich das einmal mit einem Schlage, wenn der in ihr Leben tritt, dem sie ihr Herz schenken wird. Mit der nötigen Energie ist sie gewiss zu Besserem zu leiten. Meiner Schwägerin ist sie allerdings vollkommen über den Kopf gewachsen. Eleonore ist ein gutmütiges Wesen, das niemandem etwas Schlechtes zutraut.

Menschenkenntnis besitzt sie wenig. Und so ist sie sich über den noch haltlosen Charakter ihres eigenen Kindes völlig unklar. Susanne bedarf eines starken Einflusses. Ihr Vater, der Major, kümmert sich um nichts als um seinen Dienst. Höchstens um die Gäste, die er fast alle Tage in seinem Hause sieht. Durch und durch Gentleman, überlässt er seiner Tochter ohne das geringste Bedenken die Aufsicht über sich selbst, als sei sie zur freien Selbstständigkeit geschaffen. Es gibt ja heute in der jüngsten weiblichen Generation zahllose junge Mädchen, die genau wissen, wie man mit der Welt fertig wird. Aber das ist doch immer die Frucht einer sehr gewissenhaften weitblickenden Erziehung, wie sie Susanne nicht zuteilgeworden ist. Sie ist zum Nichtstun und zum oberflächlichen Genießen geboren.

Um wieder auf uns beide zurückzukommen: Ich muss Ihnen gestehen, dass ich sehr häufig über das merkwürdige Gefühl nachdenke, das uns eint. Ich möchte, ein feiner Kenner der Gesellschaftsmenschen, etwa Graf Eduard Keyserling, behandelte einmal dieses Problem. Da er mit Vorliebe ihre eigenen Wege gehende Naturen in die Mitte seiner Schöpfungen zu stellen liebt, würde er es vielleicht nicht skeptisch ablehnen, einen derartigen Herzensbund zu schildern. Es fragt sich nur, ob dieser Roman viel Leser finden würde, das heißt allgemeines Verständnis. Man ist zu sehr gewohnt, Kabalen und Kontraste und spannende Dinge eines äußerlich bewegten Lebens vorgesetzt zu bekommen, als dass man Sinn hätte für ein Buch voll so zarter, feiner Erlebnisse.

Und doch sind Gegensätze da. Mann und Frau sind immer welche, mehr oder minder. Und sei es nur in den Schwingungen ihrer Seelen und Sinne. Grobe Effekte fehlen allerdings. Im Mittelpunkte eines der üblichen Moderomane stehen wir beide nicht. Sie sind kein Held dieses Stils. Und ich, ich bin eine schlichte Frau, die ihre Pflicht erfüllt; und schließlich, der Ehemann fern in der Zarenstadt ist kein moderner Othello.

Scherz beiseite, wir leben aber doch in einem eigentümlichen Roman, in einem dessen köstliche innere Handlung in ganz leisen Wellenlinien hinläuft.

Georg an Agathe

17. Oktober.

Alles Leben hat Wandlungen. Auch unsre Freundschaft hat ihre Entwicklung, und da sie in zwei Herzen lebt und webt, zwei dicht nebeneinander hinlaufende Gänge. Unsre Briefe begleiten unser Leben, und so haben auch sie ihre innere Wandlung. Mit einem Worte, Sie haben recht: Wir stehen im Mittelpunkte eines Seelenromans. Und sein Ende fällt dermaleinst zusammen mit meinem letzten Stündlein.

Der Entwicklungsweg, den die von mir geschriebenen Briefe verraten, hat bereits beträchtliche Zick-Zacks hinter sich. Sie entführen mich dem Tale, und schon bin ich ein gutes Stück zur sonnigen Höhe hinaufgeschritten. Ich halte Umschau und freue mich des überwundenen Stück Wegs. Nebel flutet in der Tiefe.

Was für ein zielloses, verfahrenes Menschenkind war ich, als ich Ihr Freund ward! Scherzend sagen Sie, mir fehle das Zeug zu einem Romanhelden. Ach, ich bin auch kein Held des wirklichen Lebens. Wenn ich auch nicht mehr bloß Hans der Träumer bin: Im höheren Sinne ist doch Tatenarmut und Unbedeutendheit mein Geschick. Die raue Not hätte mich rechtzeitig einmal in meinem Leben am Schopfe packen müssen. Wie bewundere ich die, denen ohne heißes Ringen nichts gewährt wird, die immer von Neuem um Sein oder Nichtsein kämpfen müssen!

Als ich voriges Jahr in Neuyork war, begegnete mir eines Tages in der Straßenbahn ein Herr, dessen Gesicht mir außerordentlich bekannt vorkam, ohne dass ich mich zunächst entsinnen konnte, wer er wohl sein mochte. Ich sprach ihn an. Es war ein früherer Infanterieoffizier, mit dem ich zusammen auf der Kriegsschule in Engers gewesen war. Schuldenhalber war er unrühmlich von dannen gegangen. Drüben hatte ihm das Glück geblüht. Er gehört zu den Wenigen, die jenseits des großen Wassers nennenswert hochgekommen sind. Er war reich geworden, sehr reich, buchstäblich durch eigne Kraft, und obendrein auf anständige Weise, wenigstens nach amerikanischem Begriffe. Ich habe mich hinterher eingehend nach ihm erkundigt. Als ich ihn kurz darauf ein zweites Mal sah, habe ich mit ihm einen langen Abend verbracht. Bei uns sieht so einen Entgleisten und kurzerhand auf immerdar Verfemten niemand gern an. Aber ich habe ihm beim Scheiden herzlich die Hand gedrückt und würde es vor Tod und Teufel wieder tun, und wenn ich ihm morgen hier in der Schlossstraße oder in der Oper begegnete. Manneskraft beweisen, das tilgt alle Jugendsünden.

Es steckte merkwürdigerweise noch viel vom alten Standesgeist in ihm. Ich musste zunächst eine große Scheu in ihm überwinden, die mit rührender Bescheidenheit verbunden war. Aber glauben Sie, ganz im Stillen fühlte ich mich beinahe moralisch niedriger als er. Wessen konnte ich mich wohl mehr rühmen, als dass ich in der Zeit des Lebensdurstes, die wir alle einmal durchmachen, ein paar Tausend Taler mehr zur Verfügung gehabt hatte als er?

Eines möchte ich wissen: ob ich arm wie dieser, unter seinen Lebensumständen, die Kraft gehabt hätte wie er, mir auf den Trümmern der ersten eine zweite Existenz zu errichten? Ein Spruch, der mir aus Dahns »Kampf um

Rom« in der Erinnerung verblieben ist (selige Jugendschwärmerei!) fällt mir ein: Wenns etwas gibt, gewalt'ger als das Schicksal, so ist's der Mut, der's unerschüttert trägt! – Ob ich den je hätte, das ist es, was ich wissen möchte.

Ich komme heut Abend nach dem Rosenhof, Ihnen Lebewohl zu sagen. Ich bin doch recht unterrichtet? Übermorgen, am Sonnabend, gehen Sie nach Steinbach?

Ich bringe Fräulein Susannens Briefe mit. Wir wollen sie verbrennen. Diese Zeilen soll Ihnen Nikolaus überbringen, für den Fall, dass es Ihnen heute Abend nicht passen sollte. Die Götter mögen es verhüten!

Agathe an Georg

Rosenhof, 2 Uhr mittags.

Ich bitte: nicht erst abends. Machen Sie sich auf den Weg, sobald Sie diese Karte haben! Ich war gerade im Begriff, Ihnen zu depeschieren. Einen Fernsprecher haben Sie altmodischer Mensch ja nicht in Ihrer Wohnung. Nehmen Sie sich ein Auto, damit Sie recht bald da sein können!

Ihre Agathe

Georg an Agathe

29. Oktober.

Ich habe eine leichte Unruhe verspürt, als ich soeben auf den Umschlag, in den dieser Brief kommen soll, schrieb: Rittergut Steinbach. Gewisse Stunden wurden wieder lebendig, in denen ich Briefe voll banger Worte ebendahin sandte. Doch, das ist ja schon so lange vorüber. Unendlich dankbar gedenke ich der Güte, die mir diese liebe Freundschaft von Neuem geschenkt hat. Ich muss Ihnen das noch tausendmal sagen.

Der gestrige Abend war wunderschön. Das Gespräch nach Tisch, unter uns sieben Menschen, war kaum mehr als eine Art Gedankenballspiel: kleine Wahrheiten, in heitere Worte gekleidete Erfahrungen, gemütvolle Bekenntnisse und alles das auf federleichten Flügeln. Gewiss. Und doch wollen mir bestimmte Worte noch immer nicht aus dem Sinn. Man sprach von der Liebe, und irgendwer hatte gefragt: Nehmen wir die Liebe ferner Menschen wahr? Wann hört die wahre Liebe überhaupt auf? – Sie waren es, die antwortete: Niemals! Es gibt Menschen, deren Liebe ich noch empfinde, obwohl sie längst gestorben sind.

Die ganze Nacht habe ich über Ihre Worte nachgegrübelt. Ich weiß, ich werde Sie nicht überleben. Aber wenn es sein sollte, mein letzter Gedanke wäre ein Gedanke an Ihr mir nie verlierbares Wesen.

Glückliche Reise! Steinbach muss in diesen prächtigen Spätherbsttagen ein Paradies sein. Gedenken Sie meiner, wenn Ihr zärtlicher Blick von der Terrasse des Herrenhauses über den weiten Rasen wandert und den Durchhau des rauschenden Parkes entlang hinaus in die gelbe Ebene!

Ich küsse Ihnen die Hände.

Agathe an Georg

Steinbach, den 2. November.

Mein lieber Freund!

Sie haben wohl recht. Es gibt nichts Schöneres in der Landschaft als einen sonnigen Herbst. Der diesjährige erfreut sich der wundervollsten Sonnenkraft. Noch Blätter an den Bäumen, noch Blumen im Garten, noch Duft über den Wiesen. Alles das ist schön. Aber herbstlicher Wind fegt doch schon recht derb um die Hausecken und fährt mit bösen Händen durch das braune Laub. Und abends ist dieser laute Zerstörer der Genosse, mit dem man am Kaminfeuer die langen Stunden verbringt. Sein Stöhnen und Heulen weckt tausend schlummernde Erinnerungen, und seine eintönige Beharrlichkeit stimmt einen recht traurig.

Heute ist Allerseelentag. Vielleicht ist es das, was mich so überaus schwermütig und trübselig macht. Ich gedenke meines Vaters. Ihm zum Gedächtnis habe ich heute Vormittag einen großen Kranz von blassroten Strohblumen in unsrer kleinen Kapelle aufgehängt. Ganz hinten im Parke, unter Buchen und Birken, ruht die Asche des Dahingegangenen, in einer mächtigen Urne von antiker Form aus weißem Marmor mit ein paar breiten grünen Adern. Um den niedrigen Unterbau grünt wohlgepflegtes Moos, und am leuchtenden Stein rankt sich ein Zweig von weißen Prärierosen empor. Mein Vater war ein leidenschaftlicher Rosenzüchter, und in seinem letzten Jahre liebte er diese amerikanischen Wildlinge. Sie müssen sie einmal blühen sehen. Andre Blumen wünschte er nicht an seiner Grabstätte.

Als ich dann von dem Gange dahin ins Haus zurück-
kehrte, nahm ich im Arbeitszimmer des Verstorbenen
von ungefähr eins seiner Bücher in die Hände: das Ru-
bensbuch von Jakob Burckhardt. Ich schlug es auf, und
mein Blick fiel auf die Rückseite des Einbanddeckels: auf
das Exlibris meines Vaters: ein Schiff auf stürmischen
Wogen, hoch über schwarzen Wolken ein blinkender
Stern; darunter der Spruch: Saevis tranquillus in undis
mit der von ihm eigenhändig daruntergeschriebenen
Jahreszahl 1870. Diese Schriftzüge haben mir das Herz
bedrückt. Ich weiß nicht warum. Ich hege gar keine
Furcht vor dem Tode, aber die Erinnerung an den Tod
geliebter Menschen rührt mich zu tiefer Melancholie. Ich
selber denke mir den Tod als einen lichtumflossenen
schönen Jüngling.

Ich möchte Ihnen freudige Dinge schreiben, denn ich
weiß, Sie werden leiden, wenn ich leide. Aber ich kann
meine Traurigkeit nicht bannen. Ich habe Ihnen graue
Herbststimmung gesandt ohne die von Ihnen so geliebte
goldene Sonne. Lassen Sie sich aber von meiner
Schwermut nicht anstecken!

Agathe an Georg

Steinbach, den 15. November.

Lieber Freund!

Sie haben meinen letzten Brief ohne Antwort gelassen.
Das hat mich betrübt und bekümmert, obgleich ich
Ihnen ob Ihrer Saumseligkeit eigentlich keine Vorwürfe

machen darf. Nur bitte ich Sie: Vergessen Sie mich nicht zu sehr!

Ich war in großer Sorge um Sophie. Sie hatte eine nicht leichte Lungenentzündung, und noch bin ich nicht ganz frei von den Ängsten, die mir in den letzten Tagen das Gehirn zermartert haben. Ich hatte darauf gerechnet, gegen Ende des Monats nach Dresden zurückzukehren. Das ist nunmehr unmöglich. Wir müssen bis zur völligen Genesung meines Töchterchens hier bleiben. Wer weiß, wann alle Gefahr beseitigt sein wird! Meine Mutter wollte mit auf das Gut kommen, aber sie fühlt sich selbst nicht recht gesund, und so ist es besser, sie sorgt nur um sich.

Sie sehen, ich bedarf Ihrer Freundschaft. Machen Sie mir ein bisschen Mut und leichteren Sinn! Das völlige Alleinsein ist nicht gut für mich. Ich weiß, Sie sind ein Enthusiast der Einsamkeit. Indessen es gehört dazu manchmal doch eine ganz außerordentliche Kraft. Ich sage mir jetzt gerade recht oft, dass ich im Grunde einsam durchs Leben wandre. Schreiben Sie mir wieder! Jede Zeile von Ihnen wird mir ein Sonnenblick sein.

Ich habe in der Dämmerstunde in den Briefen Richard Wagners an Mathilde Wesendonk gelesen. Einmal schreibt sie ihm: »Träume sind treu. Je mehr sich uns die Wirklichkeit entzieht, umso wacher wird der Traum ...«

Ich träume von Ihnen.

Georg an Agathe

Dresden, 16. November.

Meine liebste Freundin,

erst gestern habe ich von Ihrer Frau Schwägerin und abends, als ich heimkam, durch Ihren Brief erfahren, dass Ihr Töchterchen krank war. Ich glaube an einen weiteren günstigen Verlauf der Genesung und hoffe, Sie und Sophie immerhin bald hier wiederzusehen. Da die schönen warmen Tage noch anhalten, wird der Aufenthalt auf dem Lande wenigstens nicht zu einem Gefängnis im Zimmer. Dass sie sich einsam fühlen, tut mir so leid. Am liebsten setzte ich mich schleunigst in den Zug und führe nach Steinbach. Was hätten Sie gesagt, wenn ich heute gegen Abend ganz unvermutet dort aufgetaucht wäre? Ich habe hin- und hergeschwankt, aber schließlich hat mich das Allerbanalste von dem abgehalten, was ich für meine Pflicht erachten müsste: die liebe Medisance! Die redselige Welt wäre sicherlich entrüstet.

Ich selber habe mich mein Lebtag wenig um das gekümmert, was man Klatsch und allgemeine Meinung nennt. Ich weiß, das Gewissen der Gesellschaft schlägt nur für andre. Die, welche gegen die Mitwelt am scharfsichtigsten sind, leiden an Blindheit sich selbst gegenüber. Kurzum, was man Moral nennt, ist lächerlich und fragwürdig. Aber ich möchte Sie doch nicht in das dumme Geschwätz der Leute bringen. So schwer es mir fällt, bleibe ich Ihnen fern.

Darf ich Ihnen etwas zu lesen senden? Vielleicht helfen Bücher, Ihre trübe Stimmung zu wandeln. Etwas Modernes? Etwas vom guten Alten? Etwas Frohes? Auf gut Glück schicke ich Ihnen »Sebald Soekers Pilgerfahrt« von G. Ouckama Knoop – ein Buch, das noch viel zu wenig bekannt. Dazu die heute vergessene »Faustine«

der Gräfin Hahn, der »sublimen Egotistin«, wie sie sich selbst einmal nennt, und zuguterletzt den unsterblichen »Tartarin aus Tarascon«. Den lese ich gern immer wieder. Gütiger kann man den Spießbürger nicht verspotten, als es Alfonse Daudet getan!

Agathe an Georg

Steinbach, den 18. November.

Trüb gestimmt? Nein, das bin ich nicht, nur ein wenig abgemattet und angegriffen. Wenn Sie da wären, setzte ich Ihnen die Gründe meiner Müdigkeit auseinander. Sie beruhen in Kleinigkeiten, die ich wohl erkenne und doch nicht überwinden kann. Waren Sie noch nie erstaunt, wenn Sie einmal eine Hand etwas länger als nötig in der Ihrigen behalten hatten, ohne dass Ihr Herz bewusst dabei beteiligt war? Dergleichen ist unwillkürlich. Es ist eine impulsive Bewegung, eine ideale Berührung, flüchtig und stumm, die dennoch beunruhigt und ebenso aufregt wie Liebesworte. Mein Zustand ist ähnlich. Etwas Unsagbares scheint mich zu umschweben und auf irgendetwas hinzugeleiten; ich weiß nicht auf was.

Ich werde zur Schäferin. Der Herbst, die frische reine Feldluft, die unendliche Einsamkeit verführen mich, fast den ganzen Tag in der Heide zu bleiben.

Ja, ein Besuch von Ihnen wäre reizend, doch habe ich nicht das Recht, Ihren Mut beim Worte zu nehmen. Ich denke nur, wenn Sie sich nach tüchtigem Wind, nach bereiften Rasenplätzen, nach rotschimmernden Blättern, nach glitzerndem Moos sehnen, so müsste Sie die Reise hierher und ein Aufenthalt hier entzücken.

Wenn Ihnen Spaziergänge im Unwetter, die Einkehr in ein stilles Haus, verträumtes Hin- und Herwandern vor dem großen Kaminfeuer in langer elegischer Dämmerstunde ohn andres Licht als sein Flackern nicht unlieb sind, dann kommen Sie! Wie zittern die sonderbaren Schatten der Möbel beim tanzenden Feuer! Geheimnisvoll huschen sie auf den Teppichen hin, länger und länger werdend, bis draußen das Blutrot der sinkenden Sonne, eine riesige Feuersbrunst, erstorben ist.

Vielleicht verführt Sie alles das stärker, als ich denke. Aber wohin versteige ich mich? Ich vergesse ja Ihre ehrsame Furcht vor der Klatscherei.

Nachschrift: Mit der »Faustine« haben Sie mir große Freude gebracht! Ich ahnte nicht, dass es um 1840 in Deutschland eine so geniale Frau gegeben hat. Ihre Lebensgeschichte hat mich ergriffen. Und dieser Bystram, ihr Freund! Er gleicht Ihnen und er gleicht Ihnen nicht! Aber die beiden zusammen hatten mehr Mut vor der Welt als wir.

Georg an Agathe

21. November.

Spott! Ironie! Wozu verderben Sie zuletzt die Stimmung Ihres lieben Briefes? Sie wissen doch recht gut, wem zuliebe ich keine Klatscherei aufkommen lassen will. Ich glaube übrigens, der Adolf Bystram war in diesem Punkte nicht minder bedacht denn ich.

Ich habe die Sache etwas anders eingerichtet. Ich komme morgen am Sonntag zusammen mit Professor Schöning und Frau Eveline. Freuen Sie sich darüber? Empfangen Sie uns mit dem sonnigsten Lächeln, über das Ihre geliebten hellen Augen gebieten!

Georg an Agathe

23. November.

Liebe Freundin,

das war ein seligmachender Sonntag! Von dem Augenblick an, da wir vor Ihrem Hause ankamen, lachend und froh, bis zu unsrer Wiederabfahrt im Mondenlichte: eine Perlenkette feingefügter Augenblicke.

Ich sitze im Halbdunkel vor meinem Schreibtische, auf dem die mir geschenkten gelben und lila Astern und Georginen aus Ihrem Garten stehen, und zaubere mir den Tag von früh bis abends wieder zurück. Ich liebe die altmodischen Blumen. Vor ihnen sinne und träume ich – und sieh, es ist plötzlich Besuch da. Raten Sie, wer es ist? Eine zarte Frauengestalt, die mir oft um die Dämmerstunde erscheint. Früher hätte ich schwören mögen, sie habe schwarze, nachtschwarze Augen, bis ich einmal genauer hinsah und entdeckte, dass ihre Augen perlengrau sind, ganz so wie die Ihren. Wollen Sie wissen, wie sie gekleidet ist? Frauen fragen doch so gern darnach, besonders die Frauen, die darin die Erlesenheit lieben wie Sie. Eigentlich hat sie wohl nichts an als entzückend feine Chiffonschleier von purpurnen, roten, rosigen Nu-

ancen, halbdurchsichtig, mit schmalen goldnen Brokat-
leisten.

Es ist Frau Sehnsucht.

Ich möchte sie an mich ziehen, aber ich getraue mir es
nicht so recht. Am Ende passt sich das nicht, und man
darf das Vertrauen von Feen, die zu einem herein-
schweben und von Glückseligkeiten reden, von vergangenen und künftigen, nicht unritterlich und unbehutsam
verletzen. Sie kommen dann vielleicht niemals wieder.
Wer weiß das?

Über die gelben Astern in der blauschillernden Vase
aus Murano klettern eben die letzten roten Sonnenlich-
ter, Kinder derselben Abendsonne, die zur nämlichen
Stunde über den kahlen Wipfeln Ihres schönen Parkes
glitzert.

Ich trete ans Fenster. Der Herbsthimmel stahlblau und
glashell, und am Horizont gegen Osten, über den
Loschwitzer Höhen, weidet eine Herde kleiner schnee-
weißer flockiger Zirrhuswolken. Ein paar Verse von
Hermann Hesse fallen mir ein:

> Ich liebe die weißen, losen,
> Wie Sonne, Meer und Wind,
> Weil sie der Heimatlosen
> Schwestern und Engel sind.

Agathe an Georg

Steinbach, den 24. November.

Liebster Freund!

Ihr liebes kleines Briefchen hat ein Stück Ihrer stillen Abendstimmung in mein Zimmer getragen. Sie Schmeichler, Sie Verführer, Sie Zauberer! Solche Briefe liebe ich, weil ich Sie dann in Frieden, im Gleichgewicht, in Zufriedenheit und Behaglichkeit weiß.

Sie hören nicht gern, wenn man Sie lobt. Aber in der brieflichen Plauderei können Sie mich nicht unterbrechen. Da kann ich sagen, was ich will, und Sie müssen einfach gottergeben zuhören, wehr- und machtlos. Ihr gütiges auf mich Eingehen und sich mir Anpassen rührt mich immer von Neuem. Das macht Sie mir unaussprechlich lieb. Es gibt so unzählig viele Frauen, die schöner, eleganter, unterhaltsamer und geistreicher sind als ich, die Ihnen viel mehr geben und gewähren können als ich, die Sie eitler und stolzer und selbstbewusster machen würden, als ich es vermag – und doch sind Sie mein Freund! Ich danke Ihnen aus tiefster Seele dafür. Ich will Ihrer mit jedem Herzschlag gedenken. Sie sollen immerdar in meinem Herzen wohnen.

So, nun dürfen Sie sich schütteln wie Tamino, Ihr schöner Schäferhund, wenn er einen Bach durchschwommen.

Georg an Agathe

Schloss Sora, 25. November.

Ihre Worte: Sie wohnen in meinem Herzen – habe ich in der feierlichsten Andacht dreimal gelesen. Wo könnte ich mich glücklicher fühlen als in diesem Heiligtume?

Wir Menschen müssen etwas haben, das wir hoch über uns wissen, einen Gott, ein Ideal, ein Vorbild. Ehe ich Ihre Freundschaft errang, wanderte ich durch ein Tal fragwürdiger Finsternis. Mit Ihnen ist mein Leitstern aufgegangen, ein leuchtendes Gestirn, das mir den klarsten Himmel sichtbar gemacht hat. Nun hat alles um mich her ein sanftes, süßes, friedsames Licht.

Ich bin gestern Abend hier eingetroffen. Ein wenig müde, habe ich mich sehr bald nach dem Diner zurückgezogen. Der Hausherr, ein alter Regimentskamerad von mir, wie Sie wissen, schon seit Jahren auch nicht mehr aktiver Soldat, nimmt mir derlei nicht übel. Die Damen hatten sich unmittelbar nach Tisch zu einer intimen Plauderei gesondert. Die Herren spielten Roulette. Nicht dass ich einem harmlosen Jeu grundsätzlich abhold wäre. Nein, auch ein anständiges Hazard hat seine Reize. Aber ich war unbeschreiblich müde und matt.

Die Mondnacht war zauberhaft. Ich habe Ihrer gedacht in Melancholie, fast in Sehnsucht.

Morgen ist die große Fuchsjagd, zu der sich eine stattliche Anzahl von Gästen zusammengefunden hat. Heute in der Frühe des Tages habe ich den irischen Hunter probiert, der mir zur Verfügung gestellt ist, ein vorzügliches und zuverlässiges Tier. Die meisten Jagdgäste haben ihre eigenen Gäule mit und bleiben zu mehreren Jagden da. Ich will mich mit der morgigen begnügen. Eins bedaure ich sehr: dass Sie nicht mit da sind, und dass wir nicht Seite an Seite reiten können. Ganz abgesehen von der Freude der Jagd: Der rote Rock muss Ihnen prächtig stehen. Ich möchte Sie in dieser Tracht so gern einmal sehen, Ihre sonst so blassen Wangen vom

Eifer der Jagd und der Schärfe des Novemberwindes gerötet.

Morgen berichte ich Ihnen.

Georg an Agathe

Sora, 26. November.

Prachtwetter. Somit war die Jagd von vornherein vielverheißend. Punkt zwölf Rendezvous. Vorher im Gute ein kleiner Imbiss, stehend genommen, im roten Rock, die Samtkappe auf dem Haupt, den Reitstock untern linken Arm geklemmt. Ein Glas Portwein. *Jumping powder* nennt das der Engländer. Ein Ausdruck, ebenso drollig wie treffend.

Auf dem Sammelplatze zwanzig Herren und fünf Damen. Alle ziemlich pünktlich. Fünfzehn Koppeln Fuchshunde. Diese zappeligen schwanzwedelnden Tiere um den Huntsman, ein entzückendes Bild! Dazu die Klänge der Hörner. Wer da nicht Jagdlaune und Reitlust in den Knochen fühlt, der versteht nichts vom alles umfassenden Genusse des Lebens.

Start. Master der Hausherr, auf einem wundervollen Vollblüter. Das Feld ritt geschlossen los. Ich ganz an der Queue. Freue mich am Überblick über das Ganze. Wie im Leben so auch hier: bescheidener Letzter! Habe nie, auch im reiterlichen Dasein nicht, ehrgeizige Gedanken gehegt.

Zunächst ruhiges gutes gleichmäßiges Tempo. Heideboden. Ginstergesträuch. Nichts zu springen. Nach etwa zwei Kilometern eine Wasserrinne. Jenseits legt die Pace zu. Das Feld dehnt sich. Es geht eine lange Reihe buschiger Weiden entlang. Zur Linken liebliche Landschaft, flaches Gelände, begrenzt von sanften Hügeln, ein strahlender blauer Himmel darüber. Aber wer kümmert sich da um Hügel und Himmel? Das tiefe Ackerland bannt die Aufmerksamkeit aller.

Vorn ein kurzer Run. Die Hunde haben die Fährte Meister Reineckes. Niedere Fichten. Gestrüpp. Sandboden mit Karnickellöchern. Man muss höllisch aufpassen. Und das Galopptempo ist ganz anständig geworden.

Schade! Kaum fünf Kilometer und schon Halali! Einer der jüngeren Herren hat ausgehoben. Alsbald werden die Brüche an achtzehn Herren und sämtliche fünf Damen verteilt.

Dies im Telegrammstil der Gang der Handlung! Die verschiedenen Empfindungen des Reiterherzens dabei, die kennen Sie selber. In unserm Jahrhundert der allgemeinen Gefühlsduselei zweifellos ein anachronistisches Vergnügen: Kulturmenschen bester Zucht hetzen kostbare Pferde, edle Hunde und sich selber ab und einen armen Fuchs zu Tode. Grausam, – keine Frage. Die Grausamkeit dabei kommt nur niemandem ins Bewusstsein. Die Jagdpassion verschlingt alle andern Regungen. Ein Stück mittelalterlichen Herrengefühls. In seiner Art unvergleichlich!

Am Halali-Ort fand, wie üblich, ein kleines Frühstück an einer Art Marketenderwagen statt. Nur statt einer schönen Marketenderin ein paar gewandte Diener in vollem Dress.

Den Heimweg im Schritt und gemütlichen Trab, ein Stündchen an der Seite von Miss Mac Creeny. Vollblutamerikanerin. Völkerpsychologische Studie in aller Stille. Schnittige Reiterinnenfigur.

Abends vier Uhr Festmahl an grüngeschmückter Tafel. Vorher ein Viertelstündchen einsam im Park. Herbststimmung von ergreifender Schönheit.

Nach dem Diner geplaudert. Im Spielzimmer rollte wiederum die Roulettekugel. Eine Weile eine bestimmte Zahl gesetzt. Die 27! Nachdem ich sie erhascht, weggegangen. In meinem Zimmer gelesen. Was gerade dalag: Richard zur Megede: Quitt. Just die rechte Lektüre an einem Jagdtage. Genialer als Megede hat noch kein Deutscher reiterliche Szenen geschildert. Die Wettfahrt der Viererzüge zwischen Loja und Doerstedt ist unnachahmbar. Naturalismus und Romantik, letztere allerdings bis zu einer Spannung, fast wie im Hintertreppenroman. Keine unsrer braven Literaturgeschichten nennt diesen Megede. Das will freilich nicht viel sagen. Wenn man gelegentlich in so einem Schmöker blättert, geschieht es doch nur immer mit dem Ergebnis, dass man feststellt, in den wichtigsten Punkten andrer Meinung zu sein als der betreffende Literatur-Totengräber. Ich bin ein verwöhnter Bücherleser. Und doch wage ich es, Megede einen ganzen Künstler zu heißen. Das war er, mag er seine Kräfte vergeudet haben, um bloße Unterhaltungsliteratur zu schreiben. Hier gilt das alte Sprichwort: *Ex ungue leonem!* Im Ganzen einem feineren Geschmacke unerträglich, in tausend Einzelheiten aber großartig und bewundernswert. Dabei ein feiner Seelenkenner, ein Porträtist des Gesellschaftsmenschen in allen seinen Schattierungen, vom Gentleman bis zum Lumpen, und – nicht zu vergessen – ein wundervoller Landschaftsschilderer. Er mag in seinem eigenen Leben wohl auch einmal irgendwie gestrandet sein – mit seiner Menschenachtung bestimmt!

Gute Nacht! Es schlägt zwölf Uhr.

Schreiben Sie mir bitte, wie es Ihnen geht. Erzählen Sie nur recht viel von sich. Ich sehne mich nach Ihnen.

Ist Fräulein Susi in Steinbach eingetroffen? Eigentlich wundre ich mich, dass ihr dieses entzückende Gut nicht wie alles andere »ledern« vorkommt. Das höre ich sie viel zu oft sagen. Junge Damen, die sich immer und überall langweilen, sind mir unerträglich. Und doch glaube ich manchmal, im Kerne ist sie gar nicht so die Drohne, für die sie sich mit Vorliebe und Virtuosität ausgibt. Es muss nur mal der rechte Mann kommen.

Es gedenkt herzlichst Ihrer

Ihr getreuer Georg

Agathe an Georg

Steinbach, den 1. Dezember.

Mein lieber Freund!

Ihr letzter Brief war sehr inhaltsreich. Jagd, Gesellschaft, Herbststimmung, Literatur, Liebelei, Neugier und Kritik über eine junge Dame! Etwas viel. Ihr Jagdbericht ist vorzüglich. Aber fangen wir einmal mit der jungen Dame an, genannt Susanne von Schönberg.

Sie ist gestern Mittag im Gefolge ihrer Mutter hier angekommen. Der Major ist nicht mit da. Dienstlich abgehalten, obgleich er ein Freund der Jagd ist. Da ich Ihnen versprochen, gelegentlich mit Susi über ein gewisses Thema ernstlich zu reden, suchte ich diese Gelegenheit von Stunde zu Stunde. Heute war mir der Zufall günstig. Das kam so:

Ich hatte gerade Ihren Brief zu Ende gelesen, da trat meine Nichte in mein Zimmer. Wahrscheinlich hatte sie Ihre Handschrift unter den Briefschaften erspäht, die im Gartensalon zu liegen pflegt, bis sich jeder seine Post nimmt oder holen lasst. Somit war Susanne also neugierig gewesen.

»Störe ich dich, liebe Tante?«

»Bewahre!«

»Du hast eben gelesen? Einen Brief? Neuigkeiten?«

»Georg Rockau hat geschrieben. Er macht mir Sorgen ...«

»Wieso? Ich finde, seit ihr euch wiedergefunden habt ...«

»Wiedergefunden?«

»Ich meine, seit er von seiner großen Reise zurück ist, kommt er mir sehr vergnügt und lebenslustig vor, zuweilen nur schrecklich behaglich. Früher war er viel mehr *homme du monde.*«

»Findest du? Er missfällt dir also?«

»Das will ich nicht sagen. Ware auch völlig gleichgültig. Er ist ja dein erklärter Ritter!«

»Wer weiß?« meine ich.

Sie lacht auf, scharf und kurz, wie Frauenkehlen lachen, wenn sie damit Kummer und Tränen verjagen. Das war der günstige Augenblick. Und was hat sich entpuppt?

Die Worte und einzelne Äußerungen weiß ich nicht mehr. Ich war erregt und tief bewegt. Ach, ich komme mir mit meinen einunddreißig Jahren viel, viel jünger vor als dieses junge Mädchen. Eine merkwürdige Mischung von Herzlosigkeit und Verliebtheit!

Wie eine Mutter habe ich ihr ihren Leichtsinn vorgehalten. Sie wissen, welchen! Weinend und schluchzend legte sie ihren Kopf in meinen Schoß.

»Liebe Tante, ich will in Zukunft bedachtsamer sein. Ich will dir alles erzählen ...« Und der Schluss dieser Beichte: »So, nun weißt du alles, Tantchen. Nun musst aber auch du mir alles sagen! Die Wahrheit! Du liebst ihn! Ich will nie wieder versuchen, ihn dir zu stehlen.«

Mein lieber Freund, was sollte ich ihr sagen? Das war das Ergebnis der heimlichen Beobachtungen dieser Unerfahrenen! Was werden erst reifere Menschen beobachtet haben?

Ich habe ihr das wahre Wesen unsrer Freundschaft angedeutet. Ich fühle mich dazu verpflichtet. Ganz erfasst hat sie unser Ideal kaum.

»Wie seltsam!«, rief das schlaue kleine Weltkind aus. »Du hast dich ihm versagt! Das verstehe ich nicht. Ich könnte es nicht, wenn ich wüsste, dass er ...«

Dann kam sie auf Ihre Briefe zu sprechen.

»Ihr habt sie verbrannt? Ich danke dir dafür!«

Der Dank kam ihr nicht recht aus dem Herzen. Nachdenklich fragte sie nach einer Weile:

»Dann müssen wohl seine Briefe an mich auch verbrannt werden? Hältst du das für erforderlich, Tantchen?!

»Es wäre vernünftig, meine liebe Susanne!«

»Das tut mir aber eigentlich recht leid.«

Trotz ihres Bedauerns stand sie auf, nahm mich am Arm und führte mich in ihr Stübchen. Im Schrank zwischen Stößen ihrer mit blauen und rosa seidenen Bändern umwundenen Batistwäsche wurden Ihre Briefe, ihre »Sünde«, wie sie das nannte, hervorgesucht.

Diese ihre Sünde (richtiger auch die Ihre!) steckte in einem großen Briefumschlag. Ein Band darum. Fest zugeknüpft. Wohl das Zeichen des Abgeschlossenen. Sie haben ja zuletzt nicht mehr geschrieben. So werden schöne Träume begraben!

»Tantchen, ich will noch einmal ein bisschen darin lesen. Erlaubst du das?«

»Eigentlich ...«

»Oder bitte, lies mit. Nur ein paar!«

Sie seufzte tief und trat mit den Briefen an das Fenster. Drei oder vier beliebig herausgezogene reichte sie mir, unter einem erzwungenen Lächeln. Einen Brief nahm sie selbst in die Hände und las in ihm – nachdenklich und ernst, wie ich sie selten gesehen habe.

Traurigkeit und Schmerz überkamen mich. Wie leichtherzig sind die Männer!

Ich habe zwei Ihrer Briefe gelesen, nette, elegante, mondäne Briefe. Sie gehen nicht in die Tiefe der Gedanken- und Gefühlswelt. Absichtlich und sichtlich nicht. Aber eines tun sie offenbar: Sie spielen mit dem Herzen der Empfängerin. Ganz gleichgültig, wie dies Frauenherz beschaffen ist, wie Sie es selber gewertet haben mögen, – Sie spielen damit! Dieses leicht verhüllte, unklare, ziellose Spiel mit Worten und Gefühlen musste Susanne verwirren, sie Ihnen leise und heimlich zuführen ... Genug! Das ist Ihre Sünde! Irgendein taktloser Warner hat mir einmal gesagt, Sie seien ein Don Juan. Im gewöhnlichen Sinne sind Sie es nicht. Und doch. Es gibt Männer, die, aus Misstrauen zu sich selbst, immer wieder ihre erobernden Kräfte erproben müssen. Gehören Sie am Ende doch zu diesem rastlosen Jagdgeschlechte? Ich mag es nicht glauben. Ich kann mich zu wenig in das männliche Gefühlsleben hineindenken. Wie dem auch sei, – was berührt das unsere Freundschaft, die ihren Pfad hoch über dem Tale der Sinnlichkeit hinwandelt?

Was haben Sie mit Ihrer Liebelei aber nun angerichtet? Eine regelrechte *Liaison dangereuse*.

Susanne liebt Sie.

Sie hat es mir weinend eingestanden. Ich weiß zwar nicht, ob sie die rechte Frau für Sie ist. Aber sie ist noch jung und leicht zu beeinflussen. Es steckt hinter ihrer jugendlichen Gefallsucht und Oberflächlichkeit ein guter Kern. Machen Sie diesen Schmetterling zu einem ernsten Wesen! Können Sie das? Ich habe ihr versprechen müssen, Ihr Herz zu erkunden. Ich, mein lieber gefährlicher Freund! Und so tu ich dies in der offenen Art, die zwischen uns Gebot ist.

Sie haben leichtfertig in einem Mädchenherzen die erste Liebe erweckt. Sie haben bisher keinen korrekten Grund, Susanne kühler zu behandeln. Sie stehen also noch auf dem geraden Wege, der Neffe der großmütigsten aller Freundinnen zu werden,

Ihrer Agathe

Sophie hat sich angesichts dieser großen Sache als *enfant terrible* entpuppt. Susanne trocknete ihre Tränen, als mein Töchterchen ins Zimmer geeilt kam. »Warum weint Susi, sag Mutti?« – »Das Herz tut ihr weh!« – Sie küsst Susanne umgestüm, um sie zu trösten. »Susi, es geht vorüber! Weine nicht! Mir tut das Herz auch manchmal weh. Als Jakob mir meine Puppe totgebissen hatte! Und wie Mutter weinte, weil Onkel Georg gar nicht mehr kam! Alles ist vorübergegangen. Meine Puppe hat ein neues Bein bekommen, und Onkel Georg ist wieder alle Tage da, wenn wir zu Hause in Loschwitz sind.«

Georg an Agathe

Dresden, 3. Dezember.

Großmütigste aller Freundinnen!

Das sind Sie in der Tat. Ich will keine Apologie schreiben, nur eins in den Vordergrund unsrer knappen Erörterung »meiner Sünde« rücken. Damals, als sich der nun so überflüssige Briefwechsel entspann, glaubte ich ernstlich. Sie auf immerdar verloren zu haben. Dieser Verlust wirkte in ganz bestimmter Weise auf mich und meine Lebensanschauung. Sie waren und blieben mir ein unerreichbares Traumbild. Im Gegensatz zu Ihnen kamen mir Ihre Geschlechtsgenossinnen wie eine Gemeinschaft vor, die ich in Bausch und Bogen feindselig und geringschätzig betrachtete. Allerhand Frauen betraten von Neuem meinen einsamen Weg. Immer nur flüchtig. Wenn ich Ihnen einen Einblick in mein Mannestum von damals gewähre, so sei es ehrlich getan. Ich stand allen diesen weiblichen Wesen gegenüber – wie Slevogts Ritter. Sie kennen sein geniales Bild »Der Ritter und die Frauen« in unsrer Galerie. Die Frauen finden es abscheulich. Na, ein Frauenlob ist Slevogt nicht.

Ihre Mitteilung über Fräulein Susannes Geständnis hat mich ebenso überrascht wie skeptisch gemacht. Diese Liebe ist nur eine Laune. *Amour-caprice!* Und dann: Tauge ich denn zum Ehemann, insbesondre zum Ehemann für ein junges Geschöpf, dessen Ideale so ziemlich einzig und allein in einem glänzenden, möglichst abwechslungsreichen Gesellschaftsleben gipfeln, das heißt im Allerbanalsten.

Ein kluger Franzose sagt irgendeinmal: »Welche Art von Glück kann man allenfalls in der Ehe finden? Die Freundschaft. Aber selbst das ist äußerst schwer. Es ist fast nur möglich, wenn ein vierzigjähriger Mann eine Witwe von dreißig Jahren heiratet. Wenn beide Geist, Weltmannstum und Lebenserfahrung haben, dann sind sie duldsam geworden.« Das ist bis auf das I-Tipfelchen auch mein kühler Glaube.

Ich bin bereits duldsam genug und setzte von meinem Glücke nur wenig auf das Spiel, wenn es einer spöttischen Vorsehung gefiele, mich zu verheiraten. Wenn Sie glauben, ich hätte Fräulein Susanne gegenüber die

Grenze des Harmlosen überschritten, dann will ich die Folge tragen. Es handelte sich dann nur darum, ob das schöne Kind aber auch auf Folgendes einzugehen bereit wäre.

Sie müsste mit einem Manne fürlieb nehmen, der in diesem Falle eine reine Vernunftehe eingingе, wie man das so nennt. Er ist keineswegs reich, sondern besitzt gerade so viel, dass er ein behagliches Leben zu führen imstande ist. Da ein Haushalt mit einer Frau wie Susanne kostspieliger ist denn sein bisheriges Junggesellenleben, und da die Einkünfte seiner Frau ihre Domäne bleiben sollen, so müsste er sich also dazu bequemen, die Verwaltung seines Familiengutes in die eigenen Hände zu nehmen. Es stünde seiner Frau somit im Allgemeinen der Landaufenthalt in Aussicht, selbstverständlich durch kleine Reisen und kurze Aufenthalte in Dresden, Weimar, Bayreuth usw. unterbrochen, hin und wieder auch durch eine größere. Aber auf meinen Reisen habe ich die mancher Frau vielleicht unverständliche Marotte: immer wieder meine Lieblingsgegenden aufzusuchen, oder gar wissenschaftliche Motive hineinzuflechten. Orte, an denen große Menschen gewandelt oder große Entscheidungen gefallen, ziehen mich am meisten an. Auf den Spuren Alexanders, Hannibals, Cäsars zu pilgern, Polybios, Livius oder Sallust in der Rocktasche, das schwellt mir die Seele ...

Das Gut gehört mir und meinem Bruder zusammen. Als noch so arbeitsamer und pflichttreuer Landwirt fürchte ich, zunächst kaum mehr aus dem Gute herauszuwirtschaften als die Rente, die ich meinem Bruder zusagen müsste; die Steuern, die Hypothekenzinsen und die Erhaltungskosten. Von einem Leben im großen Stil könnte keinesfalls die Rede sein. Zu meiner Seele Seligkeit gehört dies ja durchaus nicht. Indessen, die jungen Frauen von heute denken hierüber meist ein wenig anders. In einer vernünftigen Ehe muss nun jeder Teil seine Lebensanschauung der des andern Teiles nachgiebig zu nähern suchen. Ich wäre kein Spielverderber, erwartete aber auch von meiner Frau den freudigen Verzicht auf das, was ich auf dem Gebiete der Zerstreuungen für zu viel halte.

Alles in allem würden wir also ein bescheidenes Haus führen. Ich würde alles tun, um meiner Frau das zu ersetzen, was sie um meinetwillen aufgäbe: das bisherige so ungebundene Leben inmitten eines sehr luxuriösen und großstädtischen Milieus, das Glänzen vor der Welt, die hundert kleinen Genüsse mondäner Eitelkeit, den regelmäßigen Besuch von Uraufführungen und Konzerten, Rennen und Ausstellungen, Modehäusern und Reitbahnen, Tennisplätzen, Golf- und Polofesten, Wohltätigkeitsmaskeraden und weiß der Teufel was alles. Das Landleben hat einsamere Freuden, und sogar der dort mögliche Sport sieht völlig anders aus.

Wenn ich an alles das denke, bin ich mir der Antwort unsers lieben Weltkindes im Voraus bewusst. Dann fürchte ich, die reizende Susanne nimmermehr als Ehegattin zu besitzen. Ist dies mein Glück, mein Unglück?

Leben Sie wohl! Ich harre meines Schicksals in Demut und Ergebenheit.

Ihr Georg

Agathe an Georg

Steinbach, den 5. Dezember.

Sie brauchen keine Angst mehr zu haben. Der Kelch ist glücklich an Ihnen vorübergegangen. Ihren schrecklichen Brief (mein Gott, was für ein kalter Geschäftsmann können Sie sein! Wie peinlich Sie Soll und Haben berechnen!), den habe ich natürlich geheim halten müssen und nur seinen Inhalt zu einem mütterlichen Vortrag verwandt. Zu meinem Glück war ich dabei recht gut gelaunt. Offen gestanden, ich hätte mich nur sehr schwer mit der Tatsache befreunden können. Sie als Ehemann zu wissen.

Zu Susis Ehre muss ich berichten, dass sie nicht so leicht von ihrem romantischen Plane, Ihre Frau zu werden, Abschied genommen hat. Es gab denn doch einen kleinen Herzenskampf, ein harmloses kleines Duell zwischen Verstand und Verliebtheit. Der Verstand hat den Kampfplatz behauptet.

»Tantchen, findest du nicht, dass es eine Dummheit von mir wäre, wenn ich meine Jugend auf dem Lande verblühen ließe? Ich, die ich die Welt so liebe! Ich bin überzeugt, wenn sich Georg erst an die ländliche Einöde gewöhnt hat, vergisst er die Reize der Großstadt schon aus Bequemlichkeit. Es wird ihm schwer und schwerer fallen, zu den winterlichen Geselligkeiten regelmäßig nach der Residenz zu fahren. Und ich kann darauf nicht verzichten. Dass er nicht besonders reich ist, wäre mir ja gleichgültig. Ich bin es ja. Ich habe 50000 Mark im Jahre. Es ist nicht allzu viel, indessen ist Papa ja auch noch da.«

»Die Geldfrage ist durchaus nicht die Hauptsache«, wandte ich ein. »Liebst du Georg wirklich, dann musst du dich ihm zuliebe in manches schicken. Wie unvergleichlich herrenhaft lebt es sich hier auf dem Lande! Aber, aber: Liebst du ihn?«

»Vielleicht, vielleicht auch nicht! Es ist wenig an ihm auszusetzen. Er ist groß, elegant, vornehm, verführerisch. Alle meine Freundinnen schwärmen von ihm. Er hat vorzügliche Beziehungen. Nur finde ich, er weiß sie sich nicht zunutze zu machen. Dass er beschäftigungslos ist, das gefällt mir gar nicht. Er sollte in diplomatische Dienste treten. Warum tut er das nicht? Es müsste himmlisch sein, mit ihm in Tokio, in Bombay, in Kopenhagen zu leben.«

»Er bleibt über alles gern sein eigener Herr, und damit handelt er durchaus seiner Natur gemäß.«

»Sonderlinge, die sich von der Welt abschließen, mag ich nicht.«

»Ihr könntet in Rockau auch gesellschaftlich ein sehr angenehmes Leben führen. Weimar ist nicht weit. Und dann weißt du doch, dass du jederzeit im Rosenhof oder bei deinen Eltern ein angenehmer Gast wärest. Du könntest jeden Winter vier Wochen hier in Dresden verbringen. Wenn man älter wird, erscheinen einem übrigens viele gesellige Unternehmungen, an denen man früher Vergnügen gehabt hat, fragwürdig und lästig. Ich versichere dir, ein trauliches Heim, ein kleiner erlesener Umgang schlägt alles andere aus dem Felde!«

»Du kannst gut reden, aber wir in Rockau! Wie soll ich mir einen so netten Kreis hervorzaubern, wie du ihn dir hier geschaffen hast? Du bringst es bewundernswürdig geschickt fertig, immer die in dein Haus zu bekommen, die dir gefallen, und allen mit Grazie das Tor zu versperren, die dir nicht behagen. Mein Wunsch wäre es, ein großes Haus zu führen. Dann hat man ohne Mühe Menschen aller Sorten und Arten. Darum liebe ich die Großstadt. Und nichts ist göttlicher, als wenn ich merke, dass man sich nach mir umschaut, dass die Frauen meine Kleider bewundern und mich um meine Freunde beneiden, auf der Straße, in der Oper, auf dem Rennplatz, im Wagen. Was ist Weimar gegen Dresden? Weißt du, Tantchen, am liebsten wäre ich eine Fürstin oder eine große Künstlerin, der alle huldigen, die aller Neugier auf sich zieht.«

»Dann wird Herr von Rockau wohl auf seinen schönen Plan verzichten müssen. Du hast es dir doch reiflich genug überlegt? Soll ich ihn in dieser Weise verständigen?«

»Ja, aber sag es ihm recht behutsam! Sag ihm, ich fühlte mich noch viel zu jung zum Heiraten. Vielleicht wartet er. Mit einem Worte, verständige ihn so, dass er mir als Verehrer treu bleibt. Ähnlich habe ich dem Grafen Szanto antworten lassen, als er mich durch Mutter gefragt hatte, ob ich Gräfin werden wolle. Er ist mir rührend treu geblieben. Vielleicht hätte ich ihn längst besser behandeln sollen. Er wird einmal Gesandter an einem großen Hofe. Er ist steinreich, besitzt ein Schloss auf Korfu, eine Jacht im Mittelmeere, schießt Gämsen und Elche auf eignem Gebiet. Und dann ist er sehr temperamentvoll, kein Fisch wie Herr Georg. Er betet mich an, während sich gewisse Leute anbeten lassen. Eigentlich ist es torhaft von einer Dame, einen Mann anzubeten ...«

So ungefähr sind die Verhandlungen gepflogen worden. Verzeihen Sie mir, wenn ich einen Augenblick geglaubt habe, Susanne könne Ihre Frau werden. Ich möchte über das alles lachen, wenn mir nicht unendlich traurig zumute wäre. Ich habe vorhin gesagt, in den Gedanken, dass Sie einmal heiraten, könnte ich mich kaum je finden. Das war sehr selbstsüchtig von mir. Aber ganz egoistisch ist eine andre dumme Idee von mir. Soll ich Ihnen beichten, warum ich Sie beinahe doch lieber verheiratet sehen möchte? Vielleicht gar mit einer Frau, die Ihnen geistig und seelisch keine Freundin im höchsten Sinne wäre?

Es ist ungereimt. Hässlich von mir. Ich sage es Ihnen auch gar nicht.

Georg an Agathe

Beim schönsten Wintersonnenschein.

Beste Freundin,

schade: Die reizende kleine Komödie ist schon zu Ende! Ich habe mich in meiner schönen Susanne nicht geirrt. Der Flirt ist ihr Element. Und wir Männer sind nach ihrer Anschauung nur dazu da, die Frauen zu amüsieren. Bei allem bleibt Fräulein Susanne in allererster Linie ein Praktikus. Das Gegenstück einer Romantikerin. Ich habe ihre Heiratsabsichten gegen mich keine Minute ernsthaft genommen. Überhaupt bin ich über den Verlauf der Dinge hocherfreut und schönstens zufrieden.

Selbst die offenbare Geringschätzung meiner Individualität bereitet mir Vergnügen.

Eins sollte ich mir allerdings zu Herzen nehmen: Susannens Vorwurf über mein süßes Nichtstun. Das heißt, so ganz arbeitslos bin ich ja seit meiner Genesung nicht mehr. Meine bescheidene geschichtliche Arbeit ist der Vollendung nahe, und ich habe etwelchen Geschmack am Forschen und Sammeln und Darstellen gefunden. Vielleicht bietet sich als Nummer 2 ein dankbarerer Gegenstand. Ich plane eine regelrechte kriegsgeschichtliche Forschung aus der Welt der Alten. Meine Vorliebe für die großen Kondottieri der Weltgeschichte drängt mich.

Wir haben von der möglichen Bewirtschaftung unsers Familiengutes durch mich gesprochen. Infolge davon habe ich ernstlich über diese Möglichkeit nachgedacht. Ich glaube, es wäre zum Vorteil des Gutes und besonders zum Vorteile meines Neffen. Mein Bruder begnügte sich sicherlich mit einer Jahresrente. Nur fürchte ich bei den maßlosen Ansprüchen Eberhards ihre Höhe. Aber auch diese Klippe wäre zu umschiffen.

Eins hält mich von dem Nähertreten an diesen Plan gewaltig zurück: unsre Freundschaft, ohne die ich nicht mehr leben könnte. Wenn ich für Sie zu arbeiten hätte, dann vollbrächte ich alles. Aber so? Ich würde fern von Ihnen vielleicht von Neuem zum arbeitsscheuen Träumer.

Sagen Sie, wann darf Dresden Sie wieder erwarten? Ich habe die größte Sehnsucht nach Ihnen.

Agathe an Georg

Steinbach, den 9. Dezember.

Lieber Freund!

Bei Ihrer großen Liebe zur Natur würden Sie sich als eigner Verwalter Ihres Gutes unbedingt wohl fühlen. Ich halte Sie für das Landleben wie geschaffen. Sobald ich wieder in Dresden bin, werden wir darüber einmal bis ins Einzelne reden. Glauben Sie mir, Sie werden über ungeahnte Lebensmöglichkeiten erstaunt sein. Mit meinem geliebten Verhaeren werden Sie dann singen:

> In allem ist mein Sein, was ringsum bebt.
> Ihr Wiesen, Steige, Eschen, die ihr fernher funkelt,
> Du klarer Quell, den Schatten selbst nicht dunkelt,
> Ihr werdet Ich, seit ich euch voll erlebt.
> Unendlich ist mein Sein in euch verlängert.
> Was Traum einst schien, schafft nun Erlebnis mir.
> Ihr schönen Bäume, die ihr goldgeschwängert
> Am Horizonte harrt, mein eigner Stolz seid ihr,
> Und wie sich eure Stämme Ring an Ring verstär-
> ken,
> So stählt mein Wille sich in täglich neuen Werken
> ...

Nichts würde mich mehr beseligen, als eine ähnliche Wiedergeburt Ihres Lebens.

Ihre Agathe

Wir kommen erst etwa acht Tage vor dem Weihnachtsfest nach Dresden zurück.

Georg an Agathe

16. Dezember.

Sie ahnen vielleicht gar nicht, wie gewaltig ich mich auf unser Wiedersehen freue. Wenn Ihnen die nachfolgende Frage zu unbescheiden vorkommt, dann müssen Sie sie auf die Rechnung dieser sehnsüchtigen Freude setzen.

Darf ich Sie bei Ihrer Ankunft am Zug erwarten und im Wagen oder Auto nach dem Rosenhof geleiten? Habe ich als Ihr guter Freund nicht Anspruch darauf, mich Ihrer Wiederanwesenheit zuerst zu erfreuen?

Eigentlich hätte Frau Agathe auf diesen Gedanken kommen müssen!

Agathe an Georg

Steinbach, den 17.

Lieber Freund!

Gern wäre ich mit Ihrem schönen Vorschlag einverstanden, wenn ich nicht die Gewissheit hätte, dass mich meine Schwägerin und Susi ebenfalls abholen werden. Ich denke es mir tausendmal freudevoller, wenn ich Sie nach so langer Abwesenheit nicht inmitten von verständnislosen Zuschauern begrüße. Ich bitte, schenken Sie mir lieber am Nachmittag nach unserer Ankunft ein Stündchen oder vielmehr ein paar. Seien Sie so geduldig und verständig! Und vor allem, seien Sie mir nicht bös darüber!

Für heute: Leben Sie wohl, Bester! Meine Jungfer und die Gärtnersfrau sind beim Einpacken der Koffer, und

ich will mit dem Gärtner, der zugleich Hausmeister ist, –
Sie kennen ja den alten braven Wegerich in Persona! –
eine Art Inventur der Mobilien machen. Das ist meine
Obliegenheit jedes Mal, wenn ich gegen Jahresschluss
das Gut verlasse. Und ich erfülle sie sehr gewissenhaft.
Meinen »Ordnungsvogel« bespötteln Sie ja so oft.

Leben Sie wohl! Noch drei Tage! Wie süß wird mir das
Wiedersehen sein!

Georg an Agathe

18. Dezember.

Geliebte Freundin.

Sie haben Sehnsucht, und doch bringen Sie es nicht
zuwege, dass ich hier der erste sein darf, der Sie begrüßt? Eine Sehnsucht ohne Schwingen!

Trotzdem will ich Ihnen nicht böse sein. Nein, ich gedenke Ihrer in der immer gleichen Treue.

Georg

Agathe an Georg

Rosenhof, den 20. Dezember.

Sie verstehen es bis zur Grausamkeit, einen leiden zu
lassen. Kalten Blutes, satanisch lassen Sie den Schmerz
Ihres Opfers wachsen, bis Ihnen seine Größe schmei-
chelt. Nach diesem Experiment wollen Sie mit ein paar
feinsinnig gesagten Trostworten das verwundete Herz

rasch wieder flicken. Flugs soll es wieder regelmäßig schlagen, kein bisschen mehr bluten und ohne Weiteres voller Frieden und Sonne sein.

Ist das Spiel? Ist das Ihre tiefste Natur? Die Kehrseite Ihres liebenswerten Wesens? Ich weiß es nicht. Nur das weiß ich, dass ich Ihnen in solchen Augenblicken fern und fremd bin.

War ich denn Schuld daran, dass wir uns gestern nicht allein hatten, dass soundsoviele andre kamen und dablieben? Wie sollte ich es denn ermöglichen, dass Ihr Wunsch erfüllt ward?

Ich verzeihe Ihnen, obgleich Sie mir tiefes Leid und eine tränenvolle Nacht bereitet haben. Sie sind nervös, selbstquälerisch und quälerisch, grausam und hochmütig! Sie sind noch nicht auf der Höhe Ihrer Entwicklung, noch immer kein ganz Reifer, noch nicht duldsam genug, noch nicht hoch genug über den kleinen Dingen. Zu meinem Weh habe ich das gestern erfahren. Aber gerade darum verzeihe ich Ihnen von ganzem Herzen. Ich selbst bin ja auch alles andre denn ein vollendetes Geschöpf. Sie werden über meine Vorwürfe erstaunt sein, weil Sie gestern im festen Glauben von mir gegangen sind, die Nadelstiche Ihrer Ironie zuguterletzt, nach dem Abendessen, wieder gut gemacht zu haben. Gewiss, die starke Kraft Ihres andern Ichs, Ihrer schmeichlerischen Worte, Ihrer träumerischen Augen haben mich im letzten Moment zurückerobert. Sie wissen zu siegen. Ich kenne keinen zweiten Menschen, der so unsagbar viel Macht auf mich ausstrahlen kann wie Sie, –wenn Sie wollen!

Als Sie weggegangen waren, bemerkte Professor Schöning zu mir, Sie seien ein hervorragender Geist. Ich
vermochte nichts zu antworten als ein unsicheres: Ach
ja! – Vor mir selber aber musste ich hinzufügen: Aber
Geist ist nicht das Höchste. Herz haben, ist mehr. Und
das zeigt er nicht immer.

Georg an Agathe

20. Dezember.

Meine geliebte Freundin.

Nein, herzlos bin ich nicht, und wenn ich es mitunter
wäre, so doch nicht gegen Sie, der ich so unsagbar viel
verdanke. Unruhig, verstimmt, enttäuscht, ja, das war
ich. Nicht genug beherrscht habe ich mich. Habe mich in
leisen Spott verloren. Das dürfen Sie mir vorwerfen,
mehr aber nicht!

Ich hatte mich so sehr auf jenen Nachmittag gefreut.
Als ich Sie wiedersah, so heiter, so graziös, so verführerisch – aber alles das nicht nur für mich, sondern ebenso
für die andern, die so da waren, (der Teufel hatte sie
hergeführt!) da ward ich launisch, nervös, unglücklich.
Nicht eine einzige Minute lang habe ich Sie allein gehabt.

Wie habe ich gelitten, als ich in Ihren Salon trat und Sie
mir Ihre Hand zu einem banalen Kuss boten. Ich hatte
die Schwelle Ihres Hauses voller Andacht, voller festli-
cher Gedanken, in inniger Freude betreten, und meine
feierliche Stimmung musste nun ins Ziellose verfliegen.
Ihr innerstes Ich wollte ich wiederfinden nach so langer

Trennung – und eine konventionelle, mit allerhand gleichgültigen Gästen scherzende höfliche Dame fand ich.

Ich weiß, es war unrecht, kleinlich, inkorrekt, lächerlich von mir, die Maske der Gesellschaft nicht ergeben, gleichmütig, ritterlich zu tragen. Aber ich brachte es nicht fertig. Um mich zu betäuben, mengte ich mich in die Plauderei, wurde paradox, rechthaberisch, frivol und wer weiß was noch. Erst nach dem Abendessen fand ich mein inneres Gleichgewicht wieder, meinen geliebten Stoizismus. Sie haben ja das alles genau beobachtet.

Leiden sollten Sie nicht! Wenn ich kleine Pfeile auf Sie geschossen habe, so galten sie nicht der geliebten Freundin, sondern dem fröhlichen, mutwilligen, plaudernden Weltkind, das Sie, wider Ihren heimlichen Wunsch, sein mussten. Selbst das war garstig von mir. Ich sehe es jetzt ein. Sie waren viel weltgewandter als ich. Einfach musterhaft. Ich hätte Sie mir zum Vorbild nehmen sollen.

Ach, seien Sie nachsichtig gegen mich, gegen die Schwächen meiner Natur! In denen liegt doch auch ein Stück des Menschen, den Sie sonst liebend hegen und pflegen. Es war ein schlimmer Rückfall in das Ruhelose, Verfahrene, Chaotische, von dem ich mich durch Ihre Güte und schwesterliche Liebe längst geheilt glaubte. Ich fühle mich mit Ihnen in einer göttlichen Welt, und es war mir unerträglich, in mein Paradies so machtlos das Alltägliche eindringen zu sehen. Jetzt ärgere ich mich über mich selbst bis zur Melancholie. Ich bitte Sie herzlichst um Verzeihung, dass ich Ihnen Leids angetan habe. Donner et pardonner! Diese Devise der schönen Frau Geoffrin steht in einem Ihrer Medaillons. Geben und

Vergeben! Das erste tun Sie immer. Erfüllen Sie auch das zweite!

Agathe an Georg

Rosenhof, den 23. Dezember.

Mein guter Freund!

Es sei Ihnen verziehen!

Wie könnte ich anders? Aber ich werde mich hüten, Ihnen wieder eine Bitte abzuschlagen, die zu erfüllen nur irgendwie in meiner Macht steht. Man muss Sie behandeln wie ein Lieblingspferd, das ein wenig kopfscheu ist. Als Kavallerist werden Sie den Vergleich nicht übel nehmen. Sie waren kopfscheu. Punktum.

Morgen zum Weihnachtsabend sehe ich Sie wie vor drei Jahren bei meiner Mutter. Diesmal kommt auch Sophie mit. Schreiben Sie mir schnell noch alle Ihre Wünsche! Ich rechne übrigens fest darauf, dass Sie nicht Nein sagen, wenn ich Sie beim Abschiednehmen für den ersten Feiertag zu Tisch bitte. Und wenn Sie beim Kaiser absagen sollten. Sie müssen zu uns kommen und unsern Weihnachtsbaum bewundern.

Georg an Agathe

23. Dezember abends.

Liebste Freundin.

Ich werde nicht Nein sagen, dieweil ich diese gütige Einladung im Stillen ersehnt habe. Die Aufforderung Ihrer Frau Mutter habe ich mit herzlichem Dank angenommen. Ich werde die allerfröhlichste, kindlichste Weihnachtslaune mitbringen. Ich fühle sie schon in mir.

Was ich mir von Ihnen wünsche? Wollen Sie mich ganz glücklich machen? Nun, dann erlauben Sie mir, dass ich den ganzen Winter hindurch jeden zweiten Tag nach dem Rosenhof kommen darf, immer punkt 5 Uhr! Wir werden zusammen lesen, musizieren, reden, plaudern. Wir: Sie, ich und Ihr geliebtes Töchterchen.

Erfüllen Sie mir meinen Weihnachtswunsch?

Agathe an Georg

Den 24. Dezember.

Liebster Freund!

Ich erfülle Ihnen Ihren Weihnachtswunsch. Wenn es vielleicht auch nicht besonders vernünftig von uns beiden ist, so wird es uns sicherlich eine Quelle von viel Glück und Freude sein. Werden Sie es aber nie als Mühe empfinden? Werden Sie sich nicht eines Tages gestehen, dass Ihnen die immer gleiche unpikante Kost degoutant sei? Ich habe Angst vor dem Augenblicke, da ich dies aus Ihren immer sprechenden Augen lesen könnte.

Seien Sie herzlich gegrüßt! Auf Wiedersehen heute Abend um 6 Uhr.

Ihre Agathe

Georg an Agathe

Sonnabend, 26. März.

Liebe Freundin,

verzeihen Sie mir, dass ich heute gegen unsre Gewohnheit nicht gekommen bin. Und mein Entschuldigungsgrund? Ich will offen und ehrlich sein: Ich war missgestimmt, mutlos, zu nichts fähig. Ich wäre ein schlechter Gesellschafter gewesen. Abends bin ich in die Oper gegangen. Altmodische Musik. Glucks »Orpheus und Euridike«. Sie wissen, ich liebe die alte und ältere mehr als die neuere und die modernste, die nachwagnerianische, die mir zuweilen nichts ist als Musikgewordene Unruhe. Mit dem urmusikalischen alten Wilhelm Heinse sage ich: In der Melodie finde ich die Seele dessen, den ich rufe! In meinem Sitz habe ich geträumt, alle Akte hindurch. Hinterher bin ich zu Fuß durch die Stadt geschlendert, die Bürgerwiese entlang, nach meiner Wohnung. Der Vollmond leuchtete. Eine frische schöne Nacht. Eine Zeit lang war ich versucht, eine weitere Wanderung zu beginnen. Wohin?

Ihr Haus im Mondlicht zu sehen – wie ein verliebter Student ...

Zu Haus habe ich dann noch lange gelesen, in Walter Paters »Marius der Epikureer«. Das ist eines der Bücher, für mich Sonderling wie geschaffen! Der alte Plinius schreibt einmal einem Freunde, man müsse in der Literatur die Befreiung von der Sterblichkeit suchen. Verstehen Sie das? Er meint wohl, nur solche Bücher lesen und lieben, die einem das Allzumenschliche überwinden helfen. Und Paters Marius ist solch ein Buch.

Agathe an Georg

Sonntags früh.

Bester Freund!

Unbedingt hätten Sie wenigstens heute kommen müssen! Ich verstehe Sie. Es war eine große Unklugheit von uns (ich sehe es jetzt ein), dass wir uns fast täglich sahen, in so inniger Vertrautheit, Seele an Seele. Nun genügt Ihnen diese zarte ruhige Freundschaft nicht mehr. Sie sind unzufrieden mit ihr und mit mir.

Ist es so?

Sie huldigen mir mit allem, was Sie in Geist und Herz an Feinem, Erlesenem, Zärtlichem, Sehnsüchtigem besitzen. Ich habe mich dieses Reichtums erfreut. Sie sind meines leisesten Winkes gewärtig, immer bereit, mir kleine oder große Dienste zu erweisen. Feinfühlig, offen, korrekt, unterhaltsam, anregend, bezaubern – und beherrschen Sie mich. Wehren Sie sich nicht gegen die letzte Behauptung! Es ist so. In unserm monatelangen, fast täglichen Beieinandersein ist ein ganz merkwürdiges Gefühl in mir entstanden. Es gärt in mir. Ich sehne mich nach Ihnen, wenn Sie nicht da sind, und dann wiederum bin ich empört über mich, dass ich ein Ihnen untertanes Geschöpf, Ihr willenloses Eigentum bin. Was Sie nur andeuten, führe ich gehorsam aus, als müsse es so sein. Manchmal aber rebelliert es doch in mir gegen Sie. Ich muss es Ihnen sagen. Mitunter habe ich das unselige Gefühl, als eroberten Sie mich immer wieder, sich selbst zum Trotze, aus einem Ihnen selber nicht zur Erkenntnis kommenden Rachedrang, aus uraltem dunklen Mannes-instinkt – oder wie soll ich das ausdrücken? Kaltblütige Berechnung ist Ihnen fern, aber Sie machen mich zur Sklavin, um mir wiederzuvergelten, dass ich damals, Ihnen gegen meinen freien Willen, Leid angetan habe, dass ich mein Herz Ihrer irdischen Liebe verschließen musste.

Rufen Sie nicht laut und leidenschaftlich aus, das sei unwahr, argwöhnisch, unmöglich, hässlich, unsrer un-würdig! Ich weiß es, und meine Worte sind nicht geklärt genug, einem so schwer fassbaren, verworrenen, ge-heimnisvollen seelischen Vorgang den rechten symboli-schen Ausdruck zu verleihen, der Sie nicht verletzen kann, weil er etwas Menschliches, Natürliches, Gerech-tes verständlich macht.

Sie werden fragen, ob Sie mich denn gar nicht nach meiner Fasson glücklich machen können? Ich vermag Ihnen nicht Ja und nicht Nein zur ehrlichen Antwort zu geben.

Manchmal sind Sie kalt, hart, abscheulich, herzlos, mir tausend Meilen fern, gerade als ob Sie sich an mir, Ihrer vergötterten Freundin, wegen Anderer rächen mussten, wegen andrer Frauen, die ich gar nicht kenne, die Sie vielleicht selber halb vergessen haben, mit einem Worte: ob des Weibes schlechthin. Genug! In solchen Stunden ist mein Schmerz so groß wie die höchste Freude, die Sie mir je geschenkt haben, und ich bezahle alle Seligkeiten unsrer Freundschaft mit den bittersten Tränen.

Wollen wir wortlos wieder voneinander gehen? Ohne den leisesten Vorwurf gegenseitig, ohne Bitternis, ohne

einen anderen Nachhall im Herzen als den der wehmütigen Dankbarkeit: Ich besaß es doch einmal. Was so
köstlich ist ...

Oder wollen wir dem kühlen Herbst in unsrer Freundschaft Einlass gewähren?

Georg an Agathe

28. März abends.

Liebste Freundin.

Sie beurteilen meinen inneren Zustand falsch. Ich kann
Ihnen das ohne Weiteres nicht darlegen. Morgen bin ich
bei Ihnen. Sagen Sie um alles in der Welt nichts wieder
von auseinandergehen!

Ich habe Sie einst geliebt, das heißt: begehrt. Und heute
liebe ich Sie, indem ich Sie vergöttere. Damit habe ich alle Hoffnung auf das, was ich einst Liebe nannte, in einem höheren Sinne aufgegeben. Gleichgültig, wie wir
das nennen wollen, was uns beide nun eint: profane Liebe ist es nicht. An der Stelle, wo diese Liebe im Menschen gemeiniglich ihr Wesen treibt, ist vielleicht in mir
ein Nichts. Vielleicht auch wuchern an ihrem Platze Resignation, Schwärmerei, Spott, Ironie und herbe Weibes-
verachtung. Ich vermag es selber nicht zu sagen. Und Sie
können das nicht verstehen.

Das Übrige sollen Sie mündlich hören.

Agathe an Georg

Rosenhof, den 29. März.

Mein liebster Freund!

Ich habe es mir im Voraus gesagt: Sie überreden mich, und ich glaube Ihren Worten, wie ich Ihnen immer geglaubt habe und immerdar glauben werde. Sie waren gütig, brüderlich, freundschaftlich, zärtlich – und mir überlegen.

So sind wir nun weiterhin die beiden, die zusammengehen. Wohin aber gehen wir?

Zum ersten Male habe ich zwischen uns etwas Unsagbares, Wunderbares, Beseligendes empfunden, wie ich es in unsrer seltsamen Freundschaft noch niemals gefühlt und nicht geahnt habe. Eine Wallung des Herzens, die mich noch im Nachhall ergreift und durchzittert. War ich das, ich, die ich so scheu bin, die vor der leisesten Berührung zurückschreckt?

Im Herzen die Ihre.

Agathe

––––––––––

Georg an Agathe

31. März.

Beste Freundin.

Ich komme eben, aktenbepackt, aus dem Kriegsarchiv und finde Ihren lieben Brief. Er tut mir unsäglich wohl. Ich fühle mich von jeglichem Weltschmerze geheilt. Das süße Bewusstsein, dass Sie mich lieben, verleiht mir Kraft und Mut und Lebenslust. Es gibt keinen Schatten mehr zwischen uns. Ich war so beklommen und matt, und nun umweht mich frische Luft. Die Sonne hat alle Grillen verscheucht.

Wir haben uns beide zu spät gefunden. Ich will mich darein schicken. Was wäre aus mir Gutes geworden, wenn wir uns zehn Jahre früher begegnet wären!

Bleiben Sie bei mir! Ich will versuchen, nachzuholen, was sich nachholen lässt. Solange ich Sie habe, wird mich auch meine Energie nicht wieder verlassen.

Agathe an Georg

Rosenhof, den 1. April.

Mein lieber Georg!

Ich kenne kein stolzeres und mich selbst stärker machendes Gefühl als das, jemandem zu nutzen, den man liebt. Ich bin glücklich darüber, dass Sie meiner zum Leben bedürfen und dass ich die Arbeitslust in Ihnen anfache. Ich will treu zu Ihnen stehen. Ihnen nah oder fern, sollen Sie der Mittelpunkt aller meiner Gedanken, Träume und Taten bleiben!

Ich sage: nah oder fern! Eben hat mir unser Hausarzt erklärt, mein Töchterchen müsse unbedingt sechs bis acht Wochen an die See. Ich habe mich entschlossen, Mitte Mai nach der Nordsee zu gehen, und zwar werde ich ein kleines belgisches unfashionables Seebad für uns aussuchen.

Wenn Sie glauben, dass Sie in meiner Nähe besser arbeiten können als mir fern, dann wählen Sie sich einfach denselben Erholungsort. Wir werden uns morgen darüber aussprechen. Bis zu unserer Abreise aber wollen wir uns unsere lieben Nachmittage wieder einrichten, wenngleich wir nicht mehr Winter, sondern den allerschönsten Frühling haben. Meine kleine Sophie fragt täglich nach Ihnen und schmollt mit mir, weil sie sich einbildet, es läge an mir, dass Onkel Georg nicht erscheint, wenn die Uhr fünf schlägt.

Meine Mutter hat keine Lust, mit mir zu reisen. Sie geht nach Steinbach. Mein Bruder Hermann wird nämlich dahin kommen. Wir haben schlechte Nachrichten von ihm, und darum ist unsre Mutter in großer Betrübnis. Dieses schreckliche Afrika! Wie viel tausend europäischen Müttern hat es schon die Söhne geraubt. Söhne, die gesund, stark und abenteuerlustig von ihnen gingen, und krank, gebrochen, dem Tode verfallen, heimkehrten. Hermann spricht von Ausruhen. Wie gebrochen muss er sein, wenn der Nimmermüde so etwas sagt!

Agathe an Georg

Rosenhof, den 12. Mai.

Mein lieber Georg!

Wir reisen am 14., ach, und ich will mich mit dem Gedanken daran so gar nicht vertraut machen. Ohne Ihre Sorglichkeit und Liebe werden mir die Tage sehr leer erscheinen und in ihrer Öde nicht enden wollen. Dass Sie erst in vierzehn Tagen und nicht früher nachkommen können! Vielleicht lässt es sich doch machen?

Kommen Sie morgen zu Tisch. Ich bitte: ein halb 2 Uhr. Ich hätte gerade diesen Tag so gern mit Ihnen allein verbracht, aber seit Jahren ist mein Geburtstag nun einmal ein Gasttag in meinem Hause. Ich will Ihnen indessen einen Vorschlag machen, der Sie mit dem Unabwendbaren etwas versöhnen soll. Meine Gäste bleiben bis höchstens 6 Uhr. Empfehlen Sie sich aus irgendeinem Grunde, den Sie sich selber ausdenken müssen, bald nach Tisch. Das dürfte etwa ein halb 4 Uhr sein. Sie fahren aber nicht nach Dresden zurück, sondern steigen in die Straßenbahn nach Pillnitz. Um 7 Uhr erwarte ich Sie zum zweiten Male und wir werden zu dritt (Sie, ich und Sophie) den prächtigsten und friedlichsten Geburtstag verleben. Ist es Ihnen so recht?

Georg an Agathe

12. Mai abends.

Beste gütigste Agathe.

Ich bin so namenlos glücklich im Besitze Ihrer Freundschaft und Ihres Vertrauens. Angenommen, mit Freuden angenommen. Ich werde also an Ihrem Geburtstage meinen Nachmittagskaffee nicht im Rosenhof trinken, sondern nach einer Besichtigung der Tulpenbeete des Pillnitzer Schlossgartens in der Hofkonditorei.

Tausend innige Grüße von

Ihrem Georg

Agathe an Georg

La Panne, Villa Bellevue, Montags, den 16. Mai.

Liebster Freund!

Eben sind wir angekommen, alle in bester Verfassung. Rasch diesen Gruß! Dann geht es an das Auspacken und Einrichten. La Panne ist kein Modeort. Den suchte ich nicht. Es gefällt mir hier. Wir haben ein nettes kleines Landhaus ganz für uns. Sabine, die Meisterin der Kochkunst – wie Sie immer behaupten, – ist über die Wirtschaftsräume entzückt. Meine Freude ist der Blick vom Fenster des Wohnzimmers: Strand, Wald und Meer!

In den fünf bis sechs Wochen, die ich hier ziemlich einsam verbringen will und muss, – denn an Ihr Nachkommen glaube ich nicht so recht! – werde ich mich in die mir von Ihnen mitgegebenen Bücher vertiefen: besonders in Flauberts »Frau Bovary«. Dazu habe ich mir vor der Abreise beim Buchhändler noch einige Neue ausgesucht: von Peter Altenberg, von Thomas Mann usw. Auch »Das Herz im Harnisch« von Ihrem Freunde Börries Münchhausen – Ihrem Geschmack zu Ehren! Es soll wenig, dafür umso gründlicher gelesen werden.

Georg an Agathe

19. Mai.

Liebste Freundin,

es freut mich, dass Sie gut geborgen sind.

Sie bezweifeln, dass ich nachkomme. Wahrlich, es liegt nicht in meiner Macht. Sie sind Naturfreundin. Die Schönheit des Meeres wird Sie über mein Fernbleiben hinwegtrösten. Sondern Sie sich aber nicht allzu sehr von der Gesellschaft! Vielleicht finden Sie ein paar angenehme Menschen.

Es ist ein guter Vorsatz, dass Sie Flauberts großen Roman kennenlernen wollen. Nehmen Sie Original und Übersetzung zugleich zur Hand! Man soll fremdländische Meister nie ohne eine gute Übersetzung daneben lesen. Umgedreht eine Übersetzung nie ohne das Original. Wir mögen uns einbilden, eine fremde Sprache leidlich zu beherrschen: In dem Maße verstehen wir sie doch nicht, dass uns beim Lesen der gleichwertige und gar der erlesene deutsche Ausdruck bei Wort um Wort immer blitzschnell erstünde. Es gibt in jeder Sprache stets nur eine Form, die nichts zu viel und nichts zu wenig enthält. Derartig begabt und geschult zu sein, ist die Grundlage des Nachschaffens. Ganz abgesehen von den dichterischen und künstlerischen Elementen, fehlt dem gewöhnlichen Leser der nötige, im Augenblick unwillkürlich zur Verfügung stehende Sprachschatz. Wir bedürfen eines feinfühligen Dolmetschers, wir, die wir selbst nicht kongeniale Nachdichter sind und nicht imstande, uns ganz und gar in ein fremdsprachliches Kunstwerk, bis in die leiseste Welle des einzelnen Worts in Form und Sinn einzufühlen, einzuleben.

Man hört in der Gesellschaft sehr häufig die Behauptung, dass man »natürlich im Original« läse. Merkwürdigerweise gilt diese eitle Lüge, abgesehen von bloßen banalen Unterhaltungsromanen, fast immer Büchern, die schon in Übertragungen vorhanden sind. Beobachten Sie dies einmal! Es ist sehr drollig. Es ist ja auch eine allgemein anerkannte Tatsache, dass unsre in der Schule erworbenen Sprachkenntnisse gleich Null sind. Ich möchte behaupten: Es gibt im ganzen große Bereiche des deutschen Sprachgebietes keine hundert Menschen, die z. B. Flauberts Salambo oder seine unvergleichliche Versuchung des heiligen Antonius im Urtexte so zu lesen verstehen, dass sie die wunderbaren Visionen und Sprachschönheiten dieser Perlen der Weltliteratur sofort im Augenblick des Lesens erfassen, nacherleben und genießen. Das ist nicht bloß Sache des Verstandes. Mit der Fantasie lesen kann man nur, wenn wir die technischen Hindernisse der Sprache nicht mehr merken. Dazu muss man geradezu Franzose sein. Glauben Sie mir, niemand überschätzt die Kultur der Deutschen maßloser als wir selber. Im großen und ganzen sind wir in tausend Dingen immer noch Barbaren.

Agathe an Georg

La Panne, den 21. Mai.

Mein lieber Freund!

Stundenlang lese ich am Meere. Ich habe mir dazu ein wunderhübsches stilles Winkelchen herausgesucht, wo mich niemand stört. Miss May und Sophie spielen unten am Strande.

Flauberts Frau Bovary haben Sie mir besonders gerühmt, und ich habe diesen Roman in den letzten Tagen aufmerksam gelesen. Bücher, die Ihnen gefallen und gar eins, das Sie lieben oder, wie in diesem Falle, in hohem Maße bewundern, die lese ich mit leidenschaftlichem Eifer. Es ist mir dabei zumute, als kämen Sie im nächsten Augenblick selbst, um sich mit mir über das Gelesene zu unterhalten.

Ich weiß, Frau Bovary ist ein berühmtes Kunstwerk, eins der Fundamente der modernen Erzählungskunst, der erste naturalistische Meisterroman. Diese Tatsache vor Augen, bin ich an das Lesen gegangen. Aber ich muss Ihnen offen sagen, schon nach ein paar Seiten habe ich das Buch nur noch als Mensch den geschilderten Menschen gegenüber gelesen. Es war mir nicht anders möglich. Ich will es nun noch einmal lesen und mich dabei von rein menschlichen Betrachtungen und Empfindungen freier zu machen suchen als bisher.

Ich habe das Gefühl gehabt, unmittelbar im Lebenskreise der Gestalten Flauberts zu stehen. Alles, was er erzählt, hat sich geradezu körperlich vor mir abgespielt, hat mich bis zum Grauen erschüttert. Ich habe gelitten. Ich wüsste nicht, von welchem Buche ich je eine so starke Wirkung erfahren hätte. Jedes Mal, wenn ich den Roman weglegte, habe ich noch stundenlang eine seelische Depression empfunden.

Das ist das Leben! Ein erst mit dem Tode aufhörender Kampf mit der Mittelmäßigkeit! In der Heldin dieser so niederdrückenden Dichtung lebt die Sehnsucht nach den Höhen des Menschentums. Wenn sich dieser Schönheitsdurst unter einer glücklichen Sonne hätte entwickeln können: Was wäre aus Emma geworden! Dass sie leichtgläubig war, dass sie sich täuschen ließ und sich selbst täuschte, dass sie keine Welt- und Menschenkenntnis besaß, ist alles das Schuld genug, um in Hässlichkeit unterzugehen? Nein, und doch ist nichts folgerichtiger als der grausame Gang der Erzählung.

Emmas Enttäuschung nach Ihrer Verheiratung hat mich an die unglücklichsten Tage meines Lebens erinnert. Ihr Gatte war unbedeutend, aber doch gutmütig. Und er liebte seine Frau auf seine Art, auf die des Alltagsmannes. Der meine ist ein bis in den Grund verdorbener Wüstling. Ach, schweigen wir davon! Ich habe kein Recht, mich zu beklagen.

Es ist mir sehr wohl verständlich, dass eine Schwärmerin wie Frau Bovary nach ihrer ersten Enttäuschung blindlings der zweiten entgegenrennt. Gerade, weil ihre Ehe eine Liebesheirat war. Wie viele Frauen mögen unter der Zwangsvorstellung leiden, irgendwo müsse das Glück ihrer harren. Es gehöre nur Mut dazu, der Mut zur Sünde.

Emma geht nach ihrer letzten, schwersten Enttäuschung freiwillig in den Tod. Durch den Selbstmordversuch, den sie schon einmal früher, im dreizehnten Kapitel des zweiten Buches, begangen hat, nachdem Rudolf sie verlassen, – scheint mir Flaubert anzudeuten, dass es im Grunde nicht die wirtschaftliche Not ist, weshalb sich Emma vergiftet, sondern in allererster Linie die Liebesenttäuschung. Sie hätte sicherlich auch ohne ihre Geldsorgen nicht weiter leben können. Allerdings hätte sie ohne diese niemals erkannt, wie trostlos ordinär und herzlos ihre beiden Liebhaber waren.

Noch etwas. Aus dem Nachwort erfahre ich, dass man sofort nach dem Erscheinen des Buches, im Jahre 1856, die Anklage gegen den Dichter erhoben hat, der Roman sei unmoralisch, er sei eine Apologie des Ehebruchs. Ich denke darüber ganz anders. Ich habe die Überzeugung, keine Moralpredigt der Welt kann auf eine Frau, die vielleicht im Begriffe steht zu fallen, so erschütternd und so warnungsvoll wirken wie diese erbarmungslose Schilderung des Zusammenbruches der Illusionen und des ganzen Daseins einer liebedurstigen Frau.

Georg an Agathe

25. Mai.

Liebste Freundin.

Ich stimme Ihnen bei. Emmas Selbstmord ist Heldentum. Zahlreiche Ehebrecherinnen erleben wohl ähnliche Enttäuschungen. Der Tag bleibt von hundert Sünderinnen vielleicht nur immer einer erspart, wo es ihr wie Schuppen von den Augen fällt, nichts gewesen zu sein als die Dirne eines sinnlichen, eitlen, gewissenlosen Mannes. Trotzdem stirbt von tausend solcher Betrogenen kaum eine daran. Die übrigen haben ihre hohen Träume, ihre letzte Scham, ihre Selbstachtung verloren, aber sie leben weiter; leben und vergnügen sich in den Oberflächlichkeiten der Gesellschaft – an der Seite ihrer gehörnten Ehemänner. Wie hoch über diesen steht die dumme, kleine, am Ende so mutige Emma Bovary!

Es ist hässlich, die Welt zu kennen. Ich fliehe auf die erdenferne Insel unsrer Freundschaft. Hier fühle ich mich glücklich. Hier und nirgendswoanders. Hier bin ich besser, jünger, reiner, kindlicher.

Früher habe ich geglaubt, eine ungestüme, leidenschaftliche Liebe müsse einmal mein Glück sein. Wie groß war dieser Wahn! Sie sollten in mein Leben eintreten, Sie, die Leidenschaftslose, Unnahbare, Verständige!

Sie haben mich glücklich gemacht, mit Ihrem Madonnengesicht, Ihrem Frieden, Ihrer Ruhe, Ihrer ewig gleichen Güte und Verständnisfähigkeit. Wie liebe ich alle Ihre Eigenschaften. Sie haben mich durchdrungen. Ich habe mich durch sie gewandelt, und nun weiß ich, dass ich der bleibe, der ich so spät geworden bin. Herbst und Reife sind über mich gekommen. Ich fühle mich in dieser heiteren, hellen Herbstwelt voll milden Sonnenlichts und zärtlicher leiser Wärme unsagbar wohl. Herbst? Ist er nicht ein Symbol der innigsten Zärtlichkeit ohne Ende? Der wetterwendische Frühling ist dahingebraust und der schwüle Sommer verraucht. Nichts ist beständiger als der goldene Herbst und sein stilles Glück.

Voll Dankbarkeit gedenke ich Ihrer.

Warum erzählen Sie mir so wenig vom Meere?

Agathe an Georg

La Panne, Dienstags.

Lieber Freund!

Ach, sagen Sie mir nicht wieder, wie schlecht Sie von den Menschen denken, von den Männern wie von den Frauen! Sie mögen recht haben. Aber lassen Sie mir meine Ideale! Es gibt eine Menge Menschen, die über der Masse stehen. Vergessen wir die Durchschnittskreaturen!

Ich soll Ihnen vom Meere erzählen, von meiner geliebten See! Fast den ganzen Tag gehöre ich ihr, und nachts noch, bis ich einschlummere, lausche ich ihrem fernen

Rauschen. Wenn ich diesen Brief fertig habe, eile ich wieder hin. Ich vermag es nicht auszudrücken, wie sehr ich mich hier wiedergefunden habe. Mein gesteigertes, freudiges Daseinsgefühl zu schildern, ist mir unmöglich. Alle meine Sinne schwelgen in harmonischen Rhythmen. Ich fühle mich befreit von aller Schwere, sonnig und leicht wie die Luft, die von der See herweht, vermählt mit den Elementen. Ich verliere mich in ihnen. Ich lebe mit dem Licht, das über die Fluten tanzt, mit den Wellen, die des Himmels Farbe in das Land hineintragen wollen. Ich streichle mit den Händen die Perlenkronen, ich tauche in die Wasser, die auf mich zueilen, ich gebe mich ihnen hin und zittere, wenn sie mich umgleiten ...

Hätten Sie mich für eine so verzückte Schwärmerin gehalten? Sicherlich nicht. Ich bin aber auch kein so verstockter Mensch, wie Sie das häufig sind, sondern ich sage Ihnen immer, wie es mir ums Herz ist. Eins bedrückt mich ein wenig: dass ich das Glück der Wellen allein genießen muss. Mein Töchterchen versteht mich hierin noch nicht. Ach, wenn ich auf mein ganzes bisheriges Leben zurückblicke, dann sehe ich mit Wehmut, dass ich immer das Körnchen Glück, das mir zuweilen vergönnt war, einsam und allein in mitgetragen habe. Wie gern teilte ich die jetzigen Tage mit Ihnen. Um wie viel wärmer und stärker müsste der Genuss zu zweien sein! Ach, auch das ist vielleicht nur ein fantastischer Glaube. Was weiß ich davon? Ich habe das volle Glück doch noch nie mit jemandem teilen dürfen.

Sie werden erstaunt sein, wenn ich Ihnen als Neuigkeit mitteile, dass seit ein paar Tagen ein Dresdner Gesicht hier aufgetaucht ist. Es ist Herr von Wolfframsdorf, einer Ihrer näheren Bekannten. Gestern hat er mich begrüßt. Er war bisher in Ostende. Weiß der Himmel, was ihn bewogen, das rauschende Leben dort mit der schlichten Beschaulichkeit hier zu tauschen! Ich hoffe, ihm nicht öfters zu begegnen. Ich will lieber die Sklavin meiner Einsamkeit bleiben. Ich hege eine leichte, allerdings eigentlich auf nichts begründete Abneigung gegen diesen allzu galanten Weltmann.

Georg an Agathe

29. Mai.

Meine geliebte Freundin.

Ich lasse Ihnen von Herzen gern Ihre Ideale. Ich selber bin ja durchaus keiner von denen, die eine teuflische Freude daran haben, wenn sie behaupten dürfen, die Menschheit sei schlecht, hässlich und verdammenswert. Wir beide stehen der großen Masse fern, und so kommt es auf unsre Augen an, wie wir die Welt erblicken. Wir können sie ebenso im Himmelslichte der Verklärung wie im Widerscheine roter Höllenglut sehen. Nichts hindert uns daran. Wir neigen dazu, ersteres vorzuziehen. Die Philosophie entschuldigt uns dabei. Denn die Sünde ist erst durch die Reflexion der Menschen in die Welt gekommen, und es ist zweifellos ein Gipfel der Lebenskunst, die herrlichste unsrer seelischen Kräfte besonders zu hegen und zu pflegen, unsre wunderbare Kraft zur Verklärung der irdischen Dinge.

Ich war gestern, zum wer weiß wievielten Male, im Don Juan. Keine andre Oper kenne ich so gut wie diese:

die Oper aller Opern. Es geht mir dabei wie Stendhal, der seine Lieblingsoper, »Die heimliche Ehe« von Domenico Cimarosa, mehr denn fünf Dutzend Mal gesehen hat. Mir vervielfältigt sich der Genuss, je gründlicher ich ein Kunstwerk kenne. Ganz abgesehen von dem Sichverlieren in die Musik, gewährt mir die geringste Variante in der Darstellung, Auffassung und Inszenierung das Vergnügen des Darüber- Nachdenkens. Dabei bildet sich vor meinem geistigen Auge mehr und mehr ein Ideal, zu dem jede Einzelaufführung Fragmente beisteuert.

Mozarts Don Juan ist die genialste Verklärung der Sinnlichkeit, der egoistischen Lebensfreude, des männlichen Verführungsdranges und der herrenhaften Unabhängigkeit. Sie wandelt Erdenhaftes zu Dämonischem.

Ich sende Ihnen anbei Kierkegaards Gedanken über den Don Juan.

Agathe an Georg

Villa Bellevue, den 3. Juni.

Mein lieber Freund!

Mozarts Don Juan ist ein Verführer, aber nicht im landläufigen Sinne des Wortes. Kierkegaard legt dies sehr fein fest, indem er sagt: Bei einem Verführer setzt man stets Reflexionen und Bewusstsein voraus, und soweit man das tut, darf man wohl von Ränken, List und schlauer Berechnung reden. Aber dieses Bewusstsein fehlt Don Juan. Damit verführt er also nicht. Er begehrt, und seine Begierde wirkt verführerisch. Insofern verführt er.

Die Gedanken des Dänen haben mich zu tausend Grübeleien verlockt. Kann eine femme tendre einen Mann lieben, der sie nicht begehrt oder der sie nicht mehr begehrt? Wenn sie es tut, was verführt sie dann dazu?

Übrigens gebe ich Ihnen recht. Der Genuss vervielfältigt sich, je öfter man dasselbe Kunstwerk betrachtet. Merkwürdig! Man erkennt und empfindet immer mehr. So weiß ich z. B. jetzt, dass auch Donna Anna den Juan liebt. Sie muss ihn lieben, wie ihn alle lieben müssen. Aber sie ist nicht mehr frei, und so geht ihre heimliche Liebe in tiefe Todessehnsucht über. Dann erst werden jene Worte verständlich, die sie zu ihrem Bräutigam spricht:

Forse un giorno il cielo ancora
Sentirà pietà di me.

Wenn ich unsre jetzigen Briefe lese, Ihre wie meine, dann muss ich leise vor mich hinlächeln, freudig und wehmütig zugleich. Wir disputieren wie zwei alte Leute. Und einstmals, da haben Sie mich so ungestüm begehrt!

Einstmals! Wissen Sie es noch?

Georg an Agathe

6. Juni.
Liebste Freundin.

Müssen wir unbedingt alte Leute sein, dieweil wir kluge – oder seltsame Leute sind?

Sie entzücken mich durch die Liebe, die Sie allem widmen, was mich gerade beschäftigt. Und wie vertiefen Sie unsre Betrachtungen! Ich fühle immer von Neuem, was ich Ihnen bereits in den ersten Tagen unsrer Freundschaft gesagt habe: Wir sind füreinander geschaffen!

Freuen wir uns alle beide dessen und grübeln Sie nicht über das Unabänderliche nach. Wo in der ganzen Welt könnten wir mehr Sonne finden als in unserm Herzensbunde?

Wann sehen wir uns endlich wieder? Wann kehren Sie zurück?

Agathe an Georg

Bellevue, den 10. Juni.

Liebster Freund!

Wenn man einsam ist, lebt man in tausend Erinnerungen. Mein ganzes bisheriges Dasein wandelt in einer langen Reihe von Augenblicksbildern an mir vorüber, während ich, in mein Träumen versunken, am Gestade sitze. Wie scharf, wie farbenvoll, wie eindringlich manche dieser plötzlich wieder auflebenden Episoden sind! Gewisse Szenen aus meiner Jugend stehen so greifbar vor mir, als hätten sie sich gestern abgespielt. Und wie verführerisch frisch bleibt mir alles im Gedächtnis, was mit Ihrer Persönlichkeit verknüpft ist. Ich wage Ihnen das gar nicht so recht zu sagen.

Um mich nicht ganz in diesen zuweilen gefährlichen Erinnerungen zu verlieren, unterbreche ich sie zu bestimmten Stunden. Ich gehe ein wenig spazieren, oder ich nehme ein schönes Buch vor. Auch einige angenehme Bekanntschaften habe ich zufällig gemacht. Zufällig, sehr zufällig. Sie kennen meine Scheu vor Reisebekanntschaften. In diesem Falle danke ich dem glücklichen Zufall. Ein Beweis, dass man sich nie gänzlich in sein Schneckenhaus verkriechen soll! Es sind zwei belgische Damen, Schwestern, die Töchter eines Generals, der lange Jahre Militärattaché in Berlin gewesen ist und seine alten Tage in seinem alten Herrenhause in Lüttich verbringt.

Ich habe die Walloninnen lieb gewonnen. Sie ähneln den Pariserinnen, vor allem in ihrem Hang zur raffiniert-schlichten, echten Eleganz (sehr zum Unterschied von den Brüsselerinnen, die den mehr schreienden Luxus lieben!). Auch in ihrer charmanten Art zu plaudern; in ihrer ganzen urbanen Lebensart. Entzückende Frauen! Und zugleich haben sie etwas Unfranzösisches, fast Germanisches, durch ihre gründlichere Gefühlsweise. Überhaupt sind mir die Belgier, der Fläme wie der Wallone, jeder in seiner besonderen Art, unsagbar sympathisch. Aus dem ganzen Volke blinkt gute alte Kultur entgegen, die einen sofort gefangen nimmt. Ich bereue es nicht, hierher gegangen zu sein.

Auf der Heimfahrt wollen wir je zwei volle Tage in Brügge und in Gent verweilen. Nach jenem Ort lockt mich natürlich Rodenbachs wundersame Geschichte. Sie haben mich mit Ihrer historisch -literarischen Art zu reisen angesteckt.

Gute Nacht! Es ist neun Uhr abends.

Ihre Agathe

Herr von Wolfframsdorf kommt mir auffällig oft in den Weg. Er macht mir, oder vielmehr, er versucht mir den Hof zu machen und in nicht ungewandter Weise. Aber er ahnt offenbar nicht, wie wenig gefährlich er mir ist und immer sein wird.

Ich will den Brief nicht mit diesem Vermerk schließen. Und so endet er mit einer mich rührenden Stelle aus einem der Briefe von Charles de Coster. Ich schreibe sie französisch hin, damit Sie nicht denken, es sei eine Elegie von mir selbst:

J'étais seule, je souffrais. Depuis longtemps, tu revenais tous les soirs, m'embrasser. Je te serrais dans mes bras; je pleurais ton nom; je souffrais que cela ne fut qu'un rêve. A chaque mauvaise heure, je t'appelais, et il me semblait te retrouver consolante. Je me croyais fort, affermi dans ma résolution de vivre seul, et chaque jour me rapprochait de toi. Le printemps et l'été passèrent cependant; je n'avais vécu qu'en pensant à toi ...

Agathe an Georg

Den 14. Juni, abends.

Liebster Freund!

Warum so schweigsam? Ich dachte, vorgestern Nachricht von Ihnen zu bekommen. Gestern. Heute. Aber keine Zeile, kein Wort. Sie sind doch nicht etwa krank? Daran denkt man immer am ersten. Nein. Ich würde es fühlen. Etwas in mir würde mir es sagen. Und doch bin ich besorgt um Sie. Nehmen Sie mir diese Unruhe und sagen Sie mir etwas Heiteres, Beschauliches, Harmonisches. Erzählen Sie mir aus Ihrem geruhsamen Dasein.

Sturm war. Drei Tage und drei Nächte hat er geheult. Die wilde wogende See sah unheimlich aus. Kennen Sie das Meer so? Die Nordsee wohl nicht. Sie haben mir einmal gesagt, dass Sie nie nordwärts wanderten. Immer nur über die Alpen oder nach dem Orient.

Das Meer war nachtschwarz. Tobend, brüllend. Ein großartiges Schauspiel. Wie mit Zaubergewalt zog es mich hinaus. Und ich bildete mir ein, der Ozean sei ein lebendiges Wesen; eines, das in Aufruhr war. In sinnloser Wut. Warum, wollte ich wissen. Ob aus schlimmem Schmerz? Oder aus leidenschaftlicher Freude?

Es ist Unsinn, so zu fragen, aber ich habe wie gefangen draußen gesessen und im Halbtraume über allerlei nachgegrübelt. Wie liebe ich diese Wildheit.

Gestern war alles vorüber. Grau die Flut, müde, wie wirklich erschöpft. Und unsagbar traurig und trübselig, wie verzweifelt bis zur Tatenlosigkeit. Ich bin selber von Wehmut und Trauer erfüllt worden.

Und heute. Goldenes ruhiges Sonnenlicht. Der Himmel wie von blauem Glas. Die See lichtblau, blassgrün, mattviolett. Und so festlich froh. Die Wellen am Gestade spielten, murmelten, plätscherten, – harmlos wie kleine Kinder. Und von den Dünen und den Wiesen her Duft von Kräutern und Ginster, würzig und schwer wie etwas Fremdes und Seltsames in der leichten Seeluft.

Meine Augen waren glücklich, und mein Herz wäre es auch gewesen, wenn ich ein paar Gedanken von Ihnen um mich gehabt hätte. Ich habe immer Ihrer gedacht. Ganz besonders, als die Sonne unterging, in tausend Farben.

Ganz, ganz leise Wehmut zitterte durch alle die Schönheit. Ein Klang aus weitester Ferne. Es wäre in Ihrer Macht gewesen, diesem Klang die Seele der Freude zu geben.

Ich habe in diesen Tagen einen Franzosen, einen Bretagner, kennengelernt, einen sehr gelehrten Vertreter seines mich immer wieder entzückenden Volkes. Die gemeinsame Literatur gibt uns die Gesprächsgegenstände: Die Weltliteratur, das heißt die Reihe aller Bücher, die etwas Großartiges, Unvergleichliches, Zeitloses, Typisches in sich haben. Er behauptet, die Tiefe der Bildung eines Volkes erkenne man am allerbesten an seiner Lieblingslektüre. Dies lasse sich im Durchschnitt feststellen. Kinder alter Kultur läsen mit Vorliebe immer wieder die altberühmten Bücher. Die kennen sie bis in die Einzelheiten. Sie sind mit ihnen verwachsen. In jeder Lage ihres eigenen Lebens kommt ihnen unwillkürlich eine stimmungsverwandte Szene einer lieben Dichtung in den Sinn. Irgendein längst dahingegangenes edles Vorbild wird zum Schutzgeist. Dagegen die Söhne und Töchter kulturjunger Völker, die stürzen sich auffällig mehr auf die Neuerscheinungen. Sie finden das gute Alte gern langweilig und disputieren vielzu-viel über junge, gärende, formlose, problematische Gebilde der

Schriftsteller ihrer Zeit, von denen man noch nicht weiß, sind sie überhaupt wahre Dichter. »Je älter ich werde«, meint er, »um so unüberwindlicher wird meine Scheu vor den angeblichen Größen der letzten Mode. Ich möchte behaupten, ein reifer Mann von erlesenem Geschmacke liest ganz selten etwas Neues, aber umso gründlicher und liebevoller das erhabene Alte.«

Ich weiß nicht, ob letzteres nicht auch einseitig ist. Sie haben sehr Ähnliches im Gebiete der Musik von sich und Mozarts Don Juan gesagt. Was der kluge Plauderer aber von alter Kultur behauptet, erscheint mir richtig. Die alten Griechen haben es in ihrer Freude an der plastischen Kunst so gehalten. Man schuf immer wieder Aphroditen, Dianen, Amazonen und Diskoswerfer, in jeder Generation, in jedem Jahrzehnt, mit jenen stilistischen Unterschieden, die schließlich eine langlinige Entwicklungsgeschichte bilden. Neben dem gefühlstiefen Genuss der Schönheit an sich hatte der feine Kenner die geistige Freude des nie rastenden Vergleiches.

Wir Deutschen sollten wieder Genuss daran finden, die alten Stoffe der Dichtung hin und wieder in neuen Fassungen vor sich zu sehen, die alten Legenden, die schönen Sagen von Merlin und Niniane, König Arthur, Parzival, statt uns immer nur auf das neueste Neuerfundene zu stürzen, das uns die trügerische Tageskritik anpreist. Von der Fabrikware für den Massengeschmack gar nicht zu reden, von den Tagesromanen, die heute erscheinen und morgen vergessen sind. Ich finde, die ältere Literatur könnte sehr gut in geistvollen Erneuerungen fortleben.

Georg an Agathe

Dresden, 17. Juni.

Liebste Freundin,

ich möchte Ihnen tausend liebe Worte sagen. Ich bin Ihnen immer wieder für unsre Freundschaft dankbar. Es vergeht keine Stunde, in der ich nicht Ihrer gedächte.

In den letzten Tagen bin ich öfters trübgestimmt gewesen. Sie fehlen mir. Ihre Gegenwart würde mich aufheitern. Warum ist es uns nicht vergönnt, uns zusammen des Meeres zu erfreuen? Ach, ich habe nicht den Mut, zu Ihnen zu kommen und mir von Neuem Kraft bei Ihnen zu holen.

Agathe an Georg

Köln am Rhein, den 21. Juni.

Liebster Freund!

Wir waren, wie vorgenommen, zwei Tage in Brügge und ebenso lange in Gent. Brügge ist wirklich die märchenhafte, geheimnisvolle Stadt, wie ich sie mir vorgestellt. Entzückt hat mich Gent. Leben und Leute berühren selbst den flüchtig Reisenden traulich. Am Abend eine halbe Stunde in der Kathedrale verträumt. Nun verweilen wir heute und morgen hier in Köln. Sophiens wegen, der die ununterbrochene Fahrt nicht gut bekommen würde. Es ist Sonnabend; ich müsste Ihnen also den gewohnten Sonntagsbrief schreiben. Seien Sie mir nicht böse, wenn es diesmal nur diese eine Seite ist. Ich bin müde und sehr abgespannt. Wir Frauen sind schlechte Reisende. Sie wissen, ich gedenke Ihrer – heute wie alle Tage!

Seien Sie bestens gegrüßt!

Ihre Agathe

Agathe an Georg

Steinbach, den 27. Juni 1913.

Liebster Freund!

Wir sind seit dem 24. nachts wieder hier. Nicht mehr am Meer und doch ist's so wunderhübsch! Das Haus voll fröhlicher Gäste, nur Ihr Zimmer wartet noch seines Bewohners. Wann treffen Sie endlich ein? Sie haben mir fest versprochen, solange hier zu bleiben, wie Sie nur können. Vergessen Sie auch nicht, uns Ihren Neffen Michael zuzuführen! Er soll seine letzten Schulferien bei uns verbringen. Nächstes Jahr ist er ja freier Studiosus, und dann wird er wohl lieber in die weite Welt hinauswandern wollen, als sich mit dem Landleben begnügen.

Mein Bruder Hermann ist seit vorgestern da. Er ist sehr erholungsbedürftig und doch spricht er schon wieder von allerlei afrikanischen Plänen. Sonderbar, diese Sehnsucht nach den Tropen! Meine Schwägerin ist im Begriffe, nach Baden-Baden abzureisen. Susanne soll hierbleiben.

Sie wissen, Hermann ist ein wenig geradezu. Gestern bei Tisch war die Rede von Ihnen. Flugs wandte er sich an Susi:

»Verehrte Nichte, immer noch nicht weiter mit Rockau? Sag einmal, wann haben wir das Vergnügen eines Verlobungsdiners? Mir schien es früher, als gälte es nur noch, ein offenes Geheimnis der Allgemeinheit zu verkünden!«

»Bester Hermann, deine Art, die Leute auszufragen, finde ich zum Mindesten drollig!«

»So? Na, ich wollte bloß wissen, wen man alles zu Rivalen hat, wenn man sich in der Schar der Bewerber um die schönsten aller Hände einzureihen gedenkt.«

»Tritt vorläufig nur brav mit an! Alles andre wird sich finden.«

Hermann scherzt natürlich bloß, aber er widmet sich meiner Nichte auf das Eifrigste – und damit hat er ihre Gunst und Gnade, da sie gern gefällt.

Heute Vormittag machte mir meine Schwägerin einen Besuch in meinem Zimmer. Sie wissen, wie ich mich mit der Schwester meines Mannes verstehe; dass mich im Grunde nur Höflichkeit und übergroße Rücksicht veranlassen, sie in meinem intimsten Kreis zu dulden. Sie bat mich nach tausend Umschweifen, Herrn von Szanto auf ein paar Tage nach Steinbach einzuladen. Ich habe nichts gegen den jungen Ungarn, so geringwertig mir sein Snobismus auch vorkommt. Und dem Glücke meiner Nichte will ich erst recht nicht entgegenstehen. So hat er denn seine Einladung erhalten. Was sagen Sie dazu? Er ist also der Erkorene!

Ich würde mich freuen, wenn Sie mit Susanne wieder zu der alten guten und doch nichtssagenden Kameradschaft kämen. Wenn der Ungar da ist, wird sich das von selbst machen. Susanne ist so schnelllebig und lebensdurstig, dass auf ihrer Seele wohl nur noch etwas wie der Reif eines Geschehnisses liegt.

In allen Gütern der Gegend herrscht die regste Geselligkeit. Es sind bezaubernde Erscheinungen da. Lockt Sie das nicht? Schöne Frauen gehören doch zu Ihrem Lebenselement.

Nochmals, kommen Sie bald!

Georg an Agathe

1. Juli.

Meine gütige Freundin,

in aller Eile meinen herzlichsten Dank für Ihre freundliche, mich rührende Einladung. Ich will am kommenden Sonnabend vorläufig auf vierzehn Tage kommen. Ich muss dann gegen Ende des Monats allerhand Geschäftliches erledigen. Mein Bruder scheint mir wieder einmal das Feld der Tätigkeit zu überlassen. Das geschieht immer dann, wenn gar nichts mehr in Ordnung ist. Mein Neffe Michael lässt tausendmal danken. Er wird mit Freuden am 12. eintreffen. Empfehlen Sie mich, bitte ich, allen Ihren Gästen.

Agathe an Georg

Steinbach, den 2. Juli.

Mein lieber Freund!

Ihre Zusage versetzt mich in die höchste Freude. Ist es denn wahr? Sie kommen wirklich!

Der Wagen ist halb zwölf an der Haltestelle. Wie schön, mit Ihnen das geliebte Land um unser Steinbach durchwandern zu dürfen!

Georg an Agathe

(Depesche)

Dresden, 6. Juli, 8 Uhr vormittags.

Frau von Uechtritz, Rittergut Steinbach, Lausitz. Abreise unmöglich geworden. Brief folgt. Tausend ergebene Grüße.

Georg Rockau

Georg an Agathe

Rockau, 5. Juli abends.

Meine geliebte Freundin.

Mein schöner Plan, nach Steinbach zu kommen, in tausend Träumen ausgemalt, hat sich zerschlagen. Ich kann noch nicht kommen und bin ganz trostlos darüber. Dazu fühle ich mich körperlich gar nicht wohl. Ein Landaufenthalt ohne Sorgen und Pflichten wäre vorzüglich für mich.

Ich bin auf unserm Gute und habe hier sehr viel zu tun. Mein leichtherziger Bruder ist, ich weiß nicht wo und mit wer weiß wem. Eins weiß ich nur, dass er sich in Grund und Boden ruiniert. Wie soll das enden?

Soviel ich voraussehe, muss ich zwei bis drei Wochen hier bleiben. Alsdann eile ich zu Ihnen, um mich von Ihnen recht hegen und pflegen zu lassen. Mein heutiger Brief wird Ihr Herz wenig erquicken. Denken Sie sich aber in meine Lage, und Sie werden nicht zu streng mit mir sein können.

Ich liebe Sie zärtlich. Sie allein sind es, die mich mutig und zuversichtlich macht.

Agathe an Georg

Steinbach, Sonntag den 6.

Mein armer guter Freund!

Dass Sie Mühen und Sorgen wegen Ihres Bruders haben, das ist unerfreulich. Dazu zerstört es meine Erwartungen und meine schönsten Pläne. Aber schließlich sind das Dinge, die man ergeben ertragen muss. Sie gehen vorüber. Viel ernster und mit großer Betrübnis nehme ich Ihre etwas zu wortkarge Mitteilung auf, dass Sie sich gerade jetzt, wo wahrscheinlich große Anforderungen an Sie gestellt werden, körperlich nicht wohl fühlen. Ich argwöhne, um mich zu schonen, verheimlichen Sie mir den Grad Ihres kranken und unbehaglichen Zustandes. Und das ist nicht recht von Ihnen. Es quält mich. Ich leide darunter. Ich muss über Sie immer in klarster Gewissheit sein. Ich bitte Sie, richten Sie sich allezeit und unter allen Umständen getreulich darnach. Es ist für uns beide am besten.

Noch eins. Es wäre möglich, dass Sie nervös und mutlos sind, weil Sie von vornherein sehen, dass aller Fleiß und alle Anstrengung umsonst ist ohne kräftige materielle Hilfe. Ich kenne solche Lebenslagen von meinem Vater her. Auch in diesem Falle wäre ich die erste Instanz, die Ihrer harrte. Es gibt Leute, die sich selber nichts abgehen lassen, aber peinliche Empfindungen verspüren, wenn es mit Taten zuzugreifen gilt und wäre es beim besten Freund. Gold gefährde die Freundschaft, sagt man dann heuchlerisch. Ich gehöre nicht zu diesen kleinmütigen Egoisten.

Seien Sie also in jeder Weise offen zu Ihrer

allergetreuesten Freundin und Schwester

Agathe

Georg an Agathe

Rockau, 10. Juli.

Meine angebetete Freundin.

Der Gedanke, dass Sie mir in allem Freundin und Schwester sind, macht mich glücklich. Sie haben recht vermutet, ich war mehr mutlos und nervös denn wirklich und ernstlich krank. Ich fühle mich seit gestern wieder kräftig. Ich übersehe die Dinge bereits besser, und ich kann zu meiner Freude vermelden, dass wir das Schifflein noch über Wasser halten. Ich habe meinem Bruder nochmals auf die Beine geholfen. Dafür habe ich vertragsmäßig die Sicherheit, dass er nun keinen Pfennig Schulden mehr auf das Gut eintragen kann. Ich habe getan, was in meiner Macht stand. Ich berichte Ihnen Einzelheiten vielleicht mündlich.

Ich gedenke, am 1. August im schönen Steinbach einzutreffen.

In herzlicher Dankbarkeit

Ihr Georg

Agathe an Georg

Steinbach, den 15. Juli.

Mein Freund!

Kommen Sie, morgen, übermorgen oder erst am 1. August, das heißt, wann Sie können und wollen! Ich wage nicht mehr zu hoffen, dass es bald geschieht. Meine erwartende Freude und dann meine Enttäuschung neulich, als Sie schließlich doch nicht kamen, waren zu groß. Bei meiner Abreise von Dresden war ich fest überzeugt, dass Sie mich hier besuchen würden. Ich wollte es auch! – werden Sie beteuern. Gewiss! Sie wollten!

Was soll ich Ihnen Schönes verheißen und vormalen, damit Sie Sehnsucht nach Steinbach bekommen? Alles, was ich Ihnen schon so oft von unserm Landgute erzählt habe: von der Fernsicht über die weite Ebene und nach den blauen Hügeln in der Ferne, vom Flüsschen und den Gondelfahrten auf dem großen Teiche, von den lauschigen Wegen und Winkeln, vom Park und dem Blumengarten, von den Ritten in der Morgenkühle, von den gemütlichen Plauderabenden nach Tisch auf der Terrasse, – alles das verlockt Sie doch nicht. Damals nicht und heute nicht.

Am besten haben es Menschen, die einfach sagen dürfen: Komm! Ich muss Dich sehen! Solch nicht jedes Mal wieder zu begründendes Privileg habe ich leider nicht. Soweit gehen die Rechte der Freundschaft nicht, das heißt: nach Ihrer Lebensanschauung. Nach der meinen gingen sie wohl soweit. Aber der gute Freund soll sich in Dingen, die der Freiheit des andern Zwang antun, immer nach der Anschauung des Freundes richten, nicht nach der seinen.

Mein Freundschaftsideal ist das des Michel Montaigne, dessen berühmten Essay über die Freundschaft Sie mir einmal vor Jahren vorgelesen haben. Erinnern Sie sich? Es ist altmodisch, Montaigne zu lesen. Und es wäre wohl in den Augen der Leute von heute ein etwas lächerlicher Anachronismus, wenn wir Ideen von ihm in uns aufleben ließen? Oder doch nicht? Nein, nichts ist lächerlich, was in sich wahr ist.

Seien Sie gegrüßt!

Michael ist seit gestern bei uns. Er hat bereits aller Herzen erobert. Auch er wartet Ihrer.

***

Georg an Agathe

Rockau, den 28. Juli.
Liebste Freundin.

Ich bin im Begriffe, Rockau zu verlassen. Am Sonnabend habe ich noch in Dresden zu tun. Wollen Sie mich gütigst am Sonntag erwarten? Ich steige halb zwölf Uhr in der Haltestelle aus dem Zuge. Schon male ich mir den glücklichen Augenblick aus, wo ich die Lipizzaner Schimmel ungeduldig vor dem kleinen Bahnhof scharren sehe. Sie machen sich keine Vorstellung, wie innig ich mich auf unser Wiedersehen freue.

Ich habe mich in den letzten Tagen grenzenlos einsam gefühlt. Ein Wort Goethes hat mich aufrecht erhalten: »Versuche deine Pflicht zu tun, und du weißt gleich, was an dir ist! Was ist aber deine Pflicht? Die Forderung des Tages.«

Es liegt ein stilles Glück in der Pflichterfüllung. Gewiss! Aber sagen Sie mir, Geliebteste, ist dieses Glück nicht auch der Beweis, dass man resigniert geworden ist?

Mein ganzes Leben ist an mir wieder vorübergezogen. Wenn es irgendeinmal Widerwärtigkeiten, Schatten, schwache Tage gehabt hat: Die Erinnerung, diese große Künstlerin, hat selbst sie durchsonnt. Ich habe allen Anlass, meinem Stern dankbar zu sein! Meine Kinderjahre, meine Soldatenzeit, meine zweite Erziehung, das Glück Ihrer Freundschaft, – um nichts in der Welt möchte ich alles das missen. Nach soviel Wunderbarem wäre das bitterliche Gefühl der Resignation die gröbste Undankbarkeit! Es ist ein falsches Wort; ein Begriff, den ich gar nicht kenne. Herbst ist kein Verzicht. Es ist nur ein Wandel des Daseins. Ach, ich will gern meine neuen Pflichten tragen, frei jedweder Misslaune.

Täglich, in der Morgenfrühe bin ich durch Wald und Feld geritten, und, wiederum mit meinem lieben Goethe, habe ich ausgerufen:

Lasst mich nur in meinem Sattel gelten!
Bleibt in euren Hütten, euren Zelten!
Und ich reite froh in alle Ferne,
Über meiner Mütze nur die Sterne.

Drittes Buch

Georg an Agathe

15. August 1912.

Liebste Agathe,

nochmals muss ich Ihnen von ganzem Herzen Dank sagen für die beiden glückseligen Wochen, die ich in Steinbach verlebt habe. Ich bin dort glücklich gewesen, glücklicher als ich es mir erträumt hatte. Jeder einzelne Tag, jede Stunde, jedes einzelne kleine Geschehnis, alles steht frisch und lebendig vor meinen Augen.

Und merkwürdig, ich verdanke an sich unbedeutenden kleinen gemeinsamen Erlebnissen unvergängliche Eindrücke und unvergessliche Erinnerungen. In gewissen Augenblicken war ich eins mit Ihrem Ich, vielleicht oft gerade, wenn Sie nicht das nämliche empfanden.

Erinnern Sie sich eines Morgens, als ich in Ihr Zimmer kam, ich glaube, um mir Briefpapier von Ihnen zu erbitten? Ihr Töchterchen war bei Ihnen. Sie hatten ein japanisches Morgenkleid an von gelber Seide, ein fantastisches Gewand, das Sie bleicher denn sonst machte und Ihr braunes Haar beinahe schwarz erscheinen ließ. Sie kamen mir vor wie eine Fee. Leicht und leise und langsam traten Sie mir entgegen und begrüßten mich. Ich solle ein wenig warten. Sie beschäftigten sich weiter mit Sophie, der Sie eine blaue Schleife ins blonde Haar banden, still, ohne etwas zu sagen, als ob Sie vergessen hätten, dass ich noch da war. Ich stand an das Brett des breiten offenen Fensters gelehnt und schaute Ihnen zu, ebenfalls stumm, versonnen, verloren in die Unbewusstheit des Augenblicks. Ich freute mich Ihrer Bewegungen, der Linien Ihrer Gestalt, des Lichtes, das Ihre Silhouette umfloss, des leisen Knisterns der bunten Seide – so recht nach Herzenslust. Und Sie, Sie hatten mich wirklich vergessen!

Sie können nicht ahnen, wie unsagbar glücklich ich in dieser Stunde gewesen bin. An ähnlichen Freuden waren jene vier Wochen so reich, und diese stillen Wonnen waren tausendmal mächtiger als alles, was mir Ihr gütiger Sinn bewusst gewährt hat. Es gibt nichts im gemeinsamen Leben zweier Menschen, was solch namenlosen Genuss übertreffen könnte. Er scheint mir Musik von Seele zu Seele. Dagegen ist jede andre Liebkosung grob und gewöhnlich. Ich verstehe nur noch die traumhafte Liebe der Seele.

Agathe an Georg

Steinbach, den 17. August.

Lieber Freund!

Dass Sie für die Ihnen bewusst geschenkten Freuden dankbar wären, könnte man nach Ihrem Brief nicht gerade behaupten. Ich will aber großmütig sein und nichts dagegen haben, wenn Sie zugunsten der Freuden geringschätzen, die Sie sich, offenbar als hoher Meister in derlei Künsten, selbst zu schaffen pflegen.

Nicht ohne leise Ironie, die natürlich den gutmütigsten Kern hat (ich bin keine berufsmäßige Spötterin!), erkühne ich mich nur, an ein vergessenes Gespräch zu erinnern, das Herr Georg vor drei Jahren einmal in einer ebenso längst verwehten Stimmung mit Frau Agathe geführt hat.

Es behauptete damals der Vielerfahrene in Dingen der Liebe, nur dann könne man sagen, man habe wahrhaftig geliebt, wenn dabei drei Kräfte in vollem Einklang und frei zur Wirkung gelangt seien: Körper, Geist und Herz.

Ich habe die Empfindung, als stünden Sie heute an einem dem völlig entgegengesetzten Punkte. Die Jagd nach überfeinen Gefühlserlebnissen hat Sie von Ihrem einstigen Ideal sehr weit weggeführt. Vielleicht aber befanden Sie sich damals gar nicht mitten im Strahlenkreise Ihres Ideals, sondern weit darüber hinaus, am jenseitigen Pol Ihrer gesamten Gedankenwelt. Gestehen Sie! Auf welche Art haben Sie mich damals geliebt? Ich erinnere mich Ihres Wesens. Sie waren ehrerbietig und doch ungestüm und von einem Willen beseelt, von dem ich in Ihnen längst keine Spur mehr finde. Wenn Sie damals bei mir waren, empfand ich zuweilen Angst vor Ihrem nur leicht verschleierten Willen. Ich überließ Ihnen kaum die Fingerspitzen, aus Furcht, dieser Wille könne wild hervorbrechen und mich erfassen. Und wenn Ihre

176

Augen leuchteten und wenn Sie flüsterten: Ich liebe Sie! – bin ich vor Ihnen geflohen, um brav zu bleiben, – und jetzt? Jetzt sagen und schreiben Sie diese einst so leidenschaft-durchlodernden Worte in jeder Stunde und in jedem Ihrer Briefe, aber so ganz anders, wie in abendlicher Kühle. Ich empfinde Freude am Klange dieser mich umschmeichelnden Worte. Aber ich höre Sie ruhig an; ich fliehe nicht mehr und habe kein bisschen Angst vor Ihnen. Wie könnte ich das auch, seitdem Sie mich auf einen Thron gesetzt haben, der so hoch über dem Erdboden steht, dass Sie gar nicht mehr mit Ihren Händen nach mir greifen können!

Sie lieben mich?

Wohin ist der Einklang der drei Kräfte?

Georg an Agathe

19. August.

Teuerste,

jetzt kennen Sie mich wirklich bis in den Grund meiner Seele. Sie wissen, was ich mir kaum selber zu gestehen wage. Ja, Agathe, einst habe ich Sie Ihrer unwürdig geliebt. Demütig bitte ich Sie um Verzeihung. Ich habe alles Recht auf Verzeihung, denn jene allzu irdische Liebe von einst ist längst der allerreinsten Verehrung gewichen. Ich bin voll Reue, dass ich Sie einst begehrt habe, wie man jede andere begehrt. Und doch, meine heutige schwärmerische Neigung war in der Wurzel schon damals da. Sonst wären wir niemals die Freunde geworden, die wir zu unserm Glücke sind.

Georg an Agathe

30. August.

Meine geliebte Freundin.

Warum dies lange Schweigen? Ich entsinne mich deutlich, in meinem letzten Briefchen Abbitte geleistet zu haben. Aber statt der erhofften Vergebung in trostreichen Worten strafen Sie mich mit Vergessenheit. Warum? Offenbar zürnen Sie mir. Sie sind unwillig über mich. Da ich nun weiß, dass Sie mir in Ihrer gewohnten Großmut doch schließlich verzeihen, sei es, was es auch sei, worüber Sie mir grollen, so bitte ich Sie, verzeihen Sie mir sofort! Sonst mache ich mich augenblicklich auf den Weg und eile nach Steinbach. Verzeihen Sie mir dann?

Im Ernst: Ich könnte drei bis vier Tage bleiben, wenn Sie mich haben wollen. Schreiben Sie mir schnell ein paar Worte! Ich bin darüber beunruhigt, dass ich Sie irgendwie verletzt habe. Warum nehmen Sie dies so schwer, wo Sie wissen, dass ich Sie zärtlichst liebe?

Agathe an Georg

Steinbach, den 31.

Mein lieber Freund!

Zuvörderst, Sie sind herzlich willkommen! Eben habe ich eine Besichtigung des Turmzimmers abgehalten, das ein für alle Mal Ihr Heim sein soll. Es ist in bester Ordnung. Sogar das Allerneueste zu lesen harrt Ihrer, aus der Büchersendung, die gerade gestern angekommen ist.

Warum ich schweigsam war? Darauf hinreichend zu antworten, wäre ziemlich umständlich. Ich verstehe nicht mehr alles an Ihnen, nicht mehr alles in mir. Ich grüble einem bestimmten Seelenrätsel nach und kann keine mir einleuchtende Lösung finden. Darüber bin ich unruhig, nervös, befangen, gequält, kurzum in einem Zwiespalt, der auf die Dauer meiner seelischen wie körperlichen Gesundheit schädlich sein muss.

Sie sind mir gegenüber immer korrekt, taktvoll und feinfühlig. Gewiss, man möchte meinen. Sie fänden nur Genuss an Dingen, die hoch über der Erde gedeihen. Da, auf einmal kommt es durch ein Geständnis Susannens zutage, dass Sie sich auch an recht irdischen Dingen zu vergnügen verstehen. Ich bin betroffen über diese Unstimmigkeit zwischen Sein und Schein. Ach, es ist zu seltsam, wenn man von einem Schwärmer und Träumer, der mit höchster Kennerschaft dem Überzarten und Ganz-Erlesenen nachspürt, gelegentlich erfährt, dass er auch im Reiche der banalen Wirklichkeit recht munter auf den Beinen ist.

Ich muss mich daran gewöhnen. Wie könnte ich so töricht und naiv sein, zu glauben, ich hätte Sie in ein götterhaftes Wesen ohne menschliche Schwächen gewandelt?

Ich bin heute ein bisschen boshaft?

Georg an Agathe

179

3. September.

Liebste Freundin.

Ich komme am Sonnabend gegen Abend.

Nachdem Sie die Erdenliebe weit von sich gestoßen, habe ich den stoischen Vorsatz gefasst, den zuweilen aufzwirbelnden Weihrauch der Sinnlichkeit vom Tempel unsrer Freundschaft fernzuhalten. Ich habe weder eine Freundin noch einen Freund außer Ihnen. Sie besitzen mein Innenleben ganz. Fordert solche große Freundschaft auch noch Mönchstum? Aber, wenn Sie diesen neuen Beweis meiner Vasallentreue erheischen, so will ich auch ihn bringen. Tun Sie es aber lieber nicht!

Neugierig bin ich, zu erfahren, was Ihnen Susanne gebeichtet hat. Ich meinerseits war verschwiegen und wäre es auch geblieben. Selbstverständlich! Da sie es aber von selbst erzählt hat, so will ich alles zugeben. Kurz nach meiner Rückkehr von der großen Reise war sie einmal zum Teestündchen bei mir. Zuletzt ein Abschiedskuss in Ehren. Mein Gott, das war alles! Hat sie es Ihnen weniger harmlos dargestellt? Dann intrigiert die liebe Nichte gegen die verehrte Tante. Wissen Sie, in dem Kusse, den ich ehrfürchtig und leise auf Ihre Hand drücke, schlummert tausendmal mehr Zärtlichkeit und Hingebung, als in jener Galanterie lag und liegen konnte. Übrigens wissen Sie doch zur Genüge, dass Susanne den Ernst des Lebens aus dieser kleinen Episode nicht geschöpft hat.

Auf frohes Wiedersehn am Sonnabend! Ich bitte, schicken Sie Ihr herrliches Schimmelgespann zum Zuge, der dreiviertel sechs eintrifft.

Agathe an Georg

Steinbach, den 5.

Sie Tollkopf, wollen Sie wohl still sein! Ich gebe mir die peinlichste Mühe, spitzfindig-diskret zu sein, und Sie, Sie stellen die Tatsachen unverblümt hin. Sprechen wir hierüber nicht mehr!

Ich erwarte Sie mit inniger Freude.

Georg an Agathe

Mittwoch, den 11. September.

Liebste Agathe.

Nach dem köstlichen Sonntag bei Ihnen – der Montag mit einer trübseligen Rückfahrt bei Regen und einer grässlich-einsamen Heimkehr. Ich erhoffte heute, ja schon gestern, einen langen Brief aus Steinbach voller zärtlicher Worte. Aber ach, es ist keiner gekommen.

Es gedenkt Ihrer immer Ihr

Georg

Agathe an Georg

Steinbach, den 12. September.

Liebster Freund!

Sie Ungeduldiger, hier haben Sie den ersehnten Brief! Wir haben uns am Sonnabend und Sonntag soviel gesagt, und ich soll Ihnen immer noch mehr sagen? Ich lebe in diesen Erinnerungen.

Das saubere Fischerhäuschen von Markkleeberg, unter der hohen Linde die beiden alten Gebäude, der moosgrüne Hof, die Fischtröge und Forellenkästen, die schwarzen Kähne, die träumerischen Weiden und das glitzernde Wasser, darin sich alles noch einmal im zitternden Spiegelbild zeigt: Steht diese Welt nicht noch lebendig vor Ihnen? In der klingenden Abendluft und im wärmenden Widerschein des roten Himmels atmen alle ihre Dinge so seltsam und sonderlich.

Erinnern sie sich des Abendganges? Der Bootfahrt mit dem schwatzenden Gondoliere auf der dunklen Flut zwischen den buschigen Weiden, über denen das Abendsonnengold hervorlugte?

Erinnern Sie sich der Stunden nach dem Abendessen auf der Gartenterrasse des Hauses, unserer glückseligen, zufriedenen, goldenen Stimmung? Alle anderen waren fort, zum Parkfest nach dem Nachbargute. Ihnen zuliebe war ich nicht mitgefahren. Sie sollten sich des Abends vor Ihrer Wiederabreise so recht in Frieden und Behaglichkeit erfreuen.

Das Abendessen zu zweit, schon ziemlich spät: Ich sehe Sie noch vor mir sitzen, vom Lichte der Tischlampe umflossen, hinter Ihnen das dunkle Zimmer, und draußen vor den Fenstern das Dunkelblau der Sternennacht.

Welch unvergesslicher Abend!

Ich denke viel über Sie nach. Sie waren so heiter und froh. Nur einmal kam flüchtige Melancholie über Sie: als Sie von Ihrer Sehnsucht nach einer Ihnen passenden ernsten Beschäftigung sprachen. Sagen Sie, was tun Sie jetzt in den Stunden, wo Sie nichts Bestimmtes vorhaben? Arbeiten Sie?

Aus innigster Freundschaft bitte ich Sie immer wieder: Sammeln Sie Ihre Willenskräfte um einen festen Pol! Ich wünschte, ich könnte Ihnen meine Energie übertragen. Ich habe sie selber zwar nur im kleinen erprobt, aber ich bin felsenfest überzeugt, sie würde auch vor einer großen Aufgabe des Lebens nicht einen Augenblick versagen.

Georg an Agathe

14. September.

Geliebteste Freundin,

ich fürchte, die Willensübertragung, die Sie auf mich ausüben möchten, wäre, selbst wenn derlei sonst möglich, bei mir ganz gewiss unmöglich. Eine mein ganzes Leben beschäftigende große Arbeit, die hätte ich gern. Aber um Gotteswillen keinen sogenannten Beruf! Nein, nein. Es steckt nun einmal kein Drang in mir, eine Rolle in der Welt zu spielen. Wozu auf andre Menschen Einfluss ausüben wollen? Ich räume ja auch niemandem das Recht dazu mir gegenüber ein. Niemandem mit der einen Ausnahme: Ihnen! Ich entziehe mich jedem Zwange. Mein sozialer Sinn wird von Jahr zu Jahr geringer. Ich lebe in der Anbetung schöner Dinge. Und etwas übt den allergrößten Einfluss auf mich aus, einen größeren noch als die Künste: Das ist die Landschaft. Ich sehne mich mehr und mehr nach dem Leben inmitten der freien Natur. Es erscheint mir allein eines freien Mannes würdig, und ich glaube, am längsten in der Stadt gelebt zu haben. Ich werde es Ihnen nachmachen und mir irgendwo auf den Bergen ein kleines Haus suchen.

Sie wissen, die Träumerei füllt die Stunden, in denen ich mir selbst angehöre. Seit Sie in mein Dasein eingetreten sind, haben sich aber Ansätze zu einer regelmäßigen Beschäftigung gebildet. Ein Ergebnis kennen Sie: die langweilige Regimentsgeschichte. Ein andres habe ich Ihnen bisher verheimlicht. Da ich aber in Ihren Augen nicht als unverbesserlicher Nichtstuer dastehen möchte, so lege ich auch das in Ihre geliebten Hände. Es ist mein Reisetagebuch von 1909 und 1911. Ein ganz stattlicher Band. Damit er zum Mindesten äußerlich Ihr Wohlgefallen erregt, habe ich ihn in einer Kunstwerkstätte einbinden lassen.

Lesen Sie! Es stehen Schilderungen, Bekenntnisse, Meinungen, Träumereien, Visionen; viele innere und einige wenige äußere Erlebnisse darin.

Agathe an Georg

Steinbach, den 18. September.

Mein lieber Georg!

Sie sind schon ein volles Jahr wieder zurück von Ihrer Weltumsegelung, und erst heute bekomme ich zu meiner freudigsten Überraschung die köstliche Frucht der täglichen Eindrücke auf Ihre empfängliche Seele während jener Zeit, da uns die Vorsehung getrennt hatte. Ich habe die halbe Nacht in Ihrem herrlichen Manuskript gelesen, und mein aller Heuchelei bares Urteil über diese schriftstellerische Arbeit, die Sie in Ihrer keuschen Selbstlosigkeit allein meiner Kenntnis unterbreiten, deckt sich mit dem Geständnis fiebernder Freude. Sie sind kein Dichter im schöpferischen Sinne und doch eine Poetennatur von eigentümlicher und eigenwilligster Art, halb Träumer und Romantiker, halb gelehrter Weltmann und in manchen Dingen ein klarsehender Vorläufer jener kommenden freieren Zeit, die sich aus der Asche unsrer sterbenden Gesellschaft erheben wird. Ihr Reisetagebuch mit dem eigenartigen Titel »Meine Erziehung zum Europäer« ist ein wundervoller Spiegel Ihres Geistes, in dessen Banne ich nun schon lange lebe. Wir haben beide geglaubt, sein übermütiges Spiel vergehe und verwehe mit dem flüchtigen Augenblick. Sie haben mir so oft resigniert bekannt, es gelänge Ihnen nicht, Ihre erlesenen Stimmungen, die bunten Gebilde Ihrer Träume, Ihre feinlinigen Visionen festzuhalten. Sie haben sich wehmütig beklagt, nur ein Liebhaber der Künste und kein Künstler zu sein. Und Sie sind dies doch und waren es stets. Und niemand auf der ganzen Welt freut sich darüber herzlicher und glückseliger als

Ihre Agathe

Georg an Agathe

21. September.

Meine beste Freundin.

Ich bin stolz auf Ihr Lob. Es ist keine erheuchelte Bescheidenheit, wenn ich Ihnen gestehe: Ich will nichts als

Ihr Lob. Freudigen Herzens verzichte ich auf die Anerkennung meiner sämtlichen andern Zeitgenossen. Die große Masse soll nichts mit mir gemein haben. Ich bin glücklich, dass mein Buch einer Einzigen gefällt. Ihnen! Lassen wir es bei diesem schönen Erfolge! Ich will das Manuskript aber gern nach Ihren zielbewussten Wünschen ausarbeiten und vollenden, wenn ich dazu imstande bin. Ahnen Sie nicht, wie dieses mein erstes und letztes Buch entstanden ist?

Zu Ihnen habe ich alle Abende gesprochen, während ich fern von Ihnen war, in einsamen langen Nächten, an den wunderbarsten Orten der Erde. Ich bin kein Darsteller, nur ein Träumer, den die Sehnsucht zu besonderer Stunde einmal halbwach geküsst hat. Seit ich Ihre süße Freundschaft wiedergewonnen habe, bemühe ich mich nicht mehr, die Bilder festzuhalten, die vor meinen wirklichen oder seelischen Augen entstehen. Ich hole meine Seligkeit aus der Schönheit dieser Visionen und schenke sie Ihnen in unsern Gesprächen. Ich weiß, Sie lieben den Plauderer seiner Träume in mir. Und so wird mein Glück zu dem Ihrigen, und dies Ihr Glück ist wiederum mein Glück. Wir machen uns gegenseitig glücklich. Was wollen wir mehr vom Leben? Wir wären der Bevorzugung des Himmels nicht wert, wollten wir unser Glück vor die Menge der Gleichgültigen werfen. Mit einem Worte: Es ist mir unmöglich, mein dilettantisches Buch der Öffentlichkeit zu überlassen. Es ist und bleibt nur für Sie in Zärtlichkeit und Freundschaft geschrieben.

Ihr Georg

Agathe an Georg

Steinbach, den 24. September.

Mein verehrter lieber Freund!

Wenn Sie menschenscheu und egoistisch sind, wo es gilt, Ihr erstes Buch auf den Markt zu tragen, wenn Sie schüchternem Bedenken Gehör geben, während sich Ihnen als Erfüllung Ihres Wunsches nach einem höheren Lebensziele eine passende und obendrein prächtige, dankbare, beneidenswerte und (vergessen Sie nicht!) freie Beschäftigung eröffnet, ja, dann werden Sie niemals zu dem Berufe kommen, den ich gerade Ihnen von Herzen wünsche.

Sie wollen Ihre Seele, Ihr Herz, Ihr innerstes Leben nicht jedem Beliebigen enthüllen! Ich verstehe Ihre Zaghaftigkeit, Ihre Zweifel. Aber Dichter und Denker müssen sich zu manchem Opfer verstehen. Derlei gehört zu dem Opfer, das ihr Schicksal erheischt. Es ist wahrscheinlich nicht einmal das Schmerzlichste.

Im Grunde teile ich auch hierin Ihre Gefühle. Es wäre auch mir unmöglich, mit Bekenntnissen in literarischer Form vor die Welt zu treten, angenommen sogar, ich hätte die nötigen Fähigkeiten dazu, die Sie zweifellos besitzen. Man würde mir genau so zureden müssen wie Ihnen. Aber ich habe zu meinem seelischen Wohlsein keinen weiteren Beruf nötig. Ich bin nicht zur Künstlerin oder Künderin geboren. Wenn ich das wäre mit freier Wahl der Art, dann möchte ich Werke der Musik schaffen. Ich weiß zwar, dass Frauen auf diesem Felde noch niemals unsterbliche Werke hervorgebracht haben. Somit wäre das sowieso ein fruchtloser Wunsch. Wie dem auch sei, ich bin bescheiden. Ich halte mich für musikalisch, ich reproduziere geliebte Meisterwerke, und wenn ich im Lobesmunde meiner Freunde und Freundinnen nicht nur wertlose Schmeicheleien höre, so bin ich eine erträgliche Nachempfinderin. Damit muss ich mich zufriedengeben. Mehr kann man in der Musik als Weib nicht erreichen.

Sie haben einmal gesagt, nach einer Abendgesellschaft mit endloser musikalischer Dilettanterei, Sie misstrauten neunundneunzig von hundert Musikschwärmerinnen. Sie haben recht. Es ist eine grässliche Mode unter unbegabten Frauen, von Musik zu reden, vor ihren Gästen zu singen und schlecht Klavier zu spielen. Solche Liebe und Pflege der Musik, solch fragwürdiges Wollen und Nicht-Können ist aber echt weiblich. Wir lieben an der Musik ihre Wirkung auf unsere Gefühlswelt, nicht das rein Künstlerische in ihr. Gerade die lautesten Musikschwärmerinnen sind gewöhnlich musikalische Nullen, sentimentale Genießerinnen des Rausches der Töne. Seltene Ausnahmen kenne ich allerdings ebenso wie Sie. Wir reden hier ja nur vom typischen Dilettantismus. Es gibt auch unter den Frauen wunderbar musikalische Seelen.

Vor Werken der Malerei, der Plastik, der Dichtung sind die Frauen vielmehr zurückhaltend. Die meisten lieben in diesen Künsten das Hübsche und das Rührende, und ohne sich zu verstellen, gestehen sie dies naiv ein. Nicht wie, sondern was dargestellt wird, interessiert sie. Es gibt auch hier Dilettantinnen, aber keine ist so geschmacklos, in ihrem Salon eigene Verse oder eine selbstgeschriebene Novelle vorzulesen. Warum tut man dies zur Qual der Anderen im Gebiete der Musik?

Wohin bin ich geraten? Kehren wir zu uns beiden zurück. Ich habe mein Haus, meinen kleinen Wirkungskreis, ich bin damit zufrieden. Ihnen aber fehlt ein Feld der Tätigkeit. Sie sind nicht zufrieden, nicht im männlichen Sinne. Sie bedürfen eines Berufes, der Sie fesselt und Sie von unseligen Stimmungen abhält. Deshalb darf es für Sie keine Bedenken geben, wenn es gilt, Ihre Begabung endlich auszunutzen.

Schauen Sie sich einmal um! Sehen Sie geschichtlich zurück! Seit Rousseau gibt es vor allem eine Literatur der Beichte. Goethe sagt von seinem Gesamtwerk, es sei eine große Konfession. Denken Sie weiterhin an Musset, an Novalis, an die Droste, an Dostojewski, Gottfried Keller, an Peter Jacobsen, Strindberg, Ibsen, d'Annunzio, an Gerhart Hauptmann, an Ihren Geistesbruder Stendhal! Die Bücher dieser Menschen- und Seelenkenner sind überreich an Selbstbeobachtungen, Selbsterlebnissen, Selbsterfahrungen. Keiner von ihnen hat sich gescheut, die allerfeinsten Empfindungen und die heimlichsten Gefühle, ja, mikroskopische Schwächen in seinen Dichtungen weiterleben zu lassen. Sie haben sie hineingezaubert, um sie los zu werden. Wir besitzen von den Genannten mit wenigen Ausnahmen noch keine Biografien, von meisterlichen Psychologen aufgrund von maßgebendem Material geschrieben. Wir wären wohl erstaunt, wenn wir sehen könnten, bis zu welch kühner Ehrlichkeit die Geschöpfe dieser Dichter ihrem wahren Ich ähneln. Alles das soll Sie überzeugen, bereden, ermuntern, verlocken! Wehren Sie mich nicht ab und sagen Sie nicht, ich überschätze Sie! Ich weiß wohl, Sie sind noch lange kein Meister der Feder. Aber Sie verstehen Ihre Erlebnisse schlicht, natürlich, lebhaft und anschaulich wiederzugeben. Arbeiten Sie planmäßig an Ihrer Ausdrucksweise – und wer weiß, ob Sie nicht eines schönen Tages ein nicht geringer Darsteller, Erzähler, Dichter werden! Sie haben soviel Merkwürdiges, Schönes, Erhabenes in sich aufgenommen, haben einen so prächtigen, beneidenswerten Entwicklungsgang erfahren, sind mit so zahlreichen nicht alltäglichen Menschen zusammengekommen. In allem dem waren Sie ein Begnadeter vor Tausenden. Übrigens, was Sie an Anderen so reizvoll finden, das unverkennbar Eigene, die persönliche Note, wie man sozusagen pflegt: das, was Sie mich gelehrt, an Kunstwerken zu erkennen! – das entdeckte ich auch in Ihren Blättern. Kein Andrer als nur Sie könnte dies geschrieben haben! Nur ist die Form noch nicht gestählt, geschliffen, geläutert, rhythmisch-rein, wirkend gegliedert, voll der rechten Lichter und Schatten. Aber schon leuchtet an allen Ecken und Enden Ihr literarisches Ideal hervor: knapp, klar, wahr zu sein, rein wie Kristall und bestrickend wie Musik!

Und ahnen Sie nicht, wie unsagbar glücklich ein Mensch sein muss, wenn er als Künstler die geheimnisvolle Kraft besitzt, sich zur Ergänzung dieser so unvollkommenen, sehnsuchtsreichen, leidvollen Welt eine zweite mit eignen Händen zu schaffen, voll von göttlichen Gestalten inmitten alles dessen, was wir hienieden nie erringen?

Warum bin ich heute so redselig? Ach, mein liebster Freund, aus innigster, tiefster Anteilnahme an Ihnen und Ihrem Glücke.

Georg an Agathe

26. September.

Ich erwartete eine Strafpredigt, ich nutzloser Erdenpilger, und ich bekomme den liebenswürdigsten Ermunterungsbrief, der je einem literarischen Neuling zuteilgeworden! Mein Lampenfieber hat sich inzwischen einigermaßen gelegt. Und für etwas danke ich Ihnen ganz besonders. Ich verspüre die herrlichste Arbeitslust, zuweilen geradezu Arbeitsbegeisterung. Etwas Wunderschönes! Wie sehr nottut mir, wenn ich nicht bei Ihnen weile, ein greifbarer Inhalt der Stunde! Tatenlose Träumerei ist so süß, aber ebenso gefährlich!

Bei alledem fällt mir das Niederschreiben schwer. Nichts ist so ermüdend und entmutigend, wie Gefühle und Empfindungen zweimal zu erleben: zuerst in der Fülle und Wärme des flüchtigen Augenblicks und dann das zweite Mal mit dem noch so unbeholfenen langsamen Bemühen des Nachbildners. Eines überkommt einem dabei aus einem ganz neuen Grunde: hohe Bewunderung der Meister!

Aber ach, diese ehrliche Erkenntnis führt mich zuweilen zurück in mein beschauliches Träumerdasein, dem Sie mich mit so viel Eifer und Beredsamkeit entrissen haben. Es ist mir immer wieder genussreicher, und darin bin ich unverbesserlich: am Genie Größerer meine neidlose heilige Freude zu haben, als mich mühselig und vielleicht erfolglos selber in das Hochgebirge der Kunst zu versteigen. Erfolglos? Ich bin undankbar. Meine bescheidenen Versuche finden vor den gütigsten, klügsten und klarsten aller Frauenaugen Gnade. Was will ich mehr?

Ich sehne mich nach Ihnen, liebste Freundin, nach Ihrer Sophie, nach Ihrem Haus und nach dem schönen Parke mit seinem friedsamen Ausblick in die stummen nebelblauen Fernen.

Empfehlen Sie mich allen, insbesondere der ehrwürdigen Schlossherrin im weißen Haar und voll fremdländischer Anmut, die ich übrigens in Sophie wiederfinde.

Schreiben Sie mir, damit ich mich in allen Augenblicken in Ihr Leben hineindenken kann!

Agathe an Georg

Steinbach, den 30.

Warum kommen Sie denn nicht schnurstracks her, wenn Sie so große Sehnsucht nach uns allen haben? Muss ich Ihnen das immer wiederholen: Ihr Zimmer bleibt allezeit für Sie bereit und wird nie von einem andern Gaste betreten.

Hier ereignet sich nur wenig. Ein einziges wichtiges Begebnis, das am Sonnabend stattgefunden hat, wäre in der Familienchronik zu vermerken: Sophiens erste Reitstunde auf dem alten braven Pony Darling. Hermann macht den Reitlehrer. Seine Schülerin hat die besten Anlagen: viel Passion und keine Furcht. Mehr braucht man für den Anfang nicht. Sie kann bereits englisch traben. Da wir keine Reitbahn haben, finden die Unterrichtsstunden in der großen Kastanienallee statt. Hermann reitet meinen Schimmel.

Mein Bruder ist sehr vorsichtig, aber ich bin doch ein bisschen ängstlich, was ich, selber im Sattel, so gar nicht bin. Aber mein Töchterchen soll keinen Unfall erleiden. Ich sehe das Sattelzeug jedes Mal auf das Sorgfältigste selbst nach. Josef, der die Gewissenhaftigkeit in Person ist, steht stumm lächelnd dabei. Der alte Mann fühlt sich nicht gekränkt. Er versteht mein Mutterherz.

Nun ein anderes Lied.

Graf Szanto war gestern, Sonntag, den ganzen Tag über da. Er ist nach wie vor bis über die Ohren in Susanne verliebt, aber sie weiß die Entscheidung mit raffiniertem Geschick immer wieder hinauszuschieben. Ich glaube wirklich, Sie und kein andrer sind heimlich ihr Ideal. Sie spricht von Ihnen immer in einer ganz eigentümlichen Verträumtheit, die man sonst gar nicht an ihr bemerkt. Kein Wunder! Im Umgang mit Frauen sind Sie ein Meister. Sie tun immer, als nehmen Sie jede ernst. Und je verschiedener die Verschiedenen sind, umso mehr reizt es Sie, sich ihnen anzupassen. Damit siegen Sie. Jawohl! Ich kenne meinen Georg!

Die Damen, meine Mutter, Susanne, meine Schwägerin werden in diesen Tagen nach Dresden übersiedeln. Meine Nichte beginnt, sich hier zu langweilen. Ausdauer hat sie nirgends, bei keiner Sache. Sie haben also bald Gelegenheit, alle wiederzusehen. Ich bleibe mit Hermann und Sophie noch den ganzen Oktober hier. Ich kann mich von Steinbach ja nie trennen.

Genug für heute. Leben Sie wohl!

Agathe an Georg

Sonntag, den 6. Oktober.

Mein nachlässiger lieber Freund!

Ich bin sehr betrübt, dass ich so lange – seit dem 27. September – ohne jede Nachricht von Ihnen bin. Das nimmt mir beinahe den Mut, meinerseits zu schreiben. Kennen Sie nicht das eigentümliche Gefühl, das einen in solchem Falle beherrscht? Man denkt unwillkürlich, man sei vergessen, und die Furcht, aufdringlich zu sein, bindet einem die Flügel der Sehnsucht, mit denen man doch so gern zum Freunde hinfliegen möchte. Und so schreibt man auch nicht, sitzt trübsinnig und traurig am Fenster und grübelt über das Warum nach, ohne dass man dabei klüger oder ruhiger würde.

Meine Mutter ist wieder in Dresden; Susanne und ihre Mutter auch. Meine Schwägerin schreibt, dass vom 11. ab an den Freitagen ihre wöchentlichen Diners wieder beginnen. Unter den Gästen hofft man, Sie zu sehen. Ich bin neugierig, ob Susanne Sie noch immer als Ihren Beichtvater betrachtet. Diese Freundschaft zwischen Ihr und Ihnen dünkt mich ein Kuriosum. Ich glaube indessen, alles erfahren Sie von ihr doch nicht!

Wir Frauen, wir haben jede jederzeit unsre kleinen und großen Heimlichkeiten. Vielleicht weil wir uns selber nicht einmal recht kennen, weil wir ganz besonders in Zeiten der Aufregung, der Sorgen, der Krisen uns in uns selber oft nicht mehr zurechtfinden, wahren wir häufig unsere geheimsten Regungen vor den Männern. Wenige von euch durchschauen uns. Die meisten bescheiden sich einfach damit, dass sie uns inkonsequent, launisch, widerspruchsvoll, unlogisch finden. Höfliche Männer nennen uns rätselhafte Wesen.

Oft möchte auch ich Ihnen beichten: Dinge und Vorgänge, von denen Sie nichts ahnen. Dann sage ich mir aber immer wieder: Was haben Traumleben und Wirklichkeit miteinander zu tun? So wenig wie die weißen Wolken, die über das Himmelsfeld fliehen, mit dem Wasser des Weihers, auf dem sie sich spiegeln.

Eines nur sei Ihnen gebeichtet. Ich gewinne Sie jedes Mal lieber, wenn Sie ein paar flüchtige Tage mit mir zusammen verlebt haben. Sie wären der beste Freund in der Welt, wenn Sie nicht so schrecklich verschlossen und dazu noch grenzenlos schreibfaul wären. Aber selbst das muss ich Ihnen, ob ich es will oder nicht, gutmütig und nachsichtig verzeihen.

Georg an Agathe

7. Oktober.

Geliebteste Freundin in der Ferne!

Eben bin ich im Begriff, nach Rockau zu fahren, um dort verschiedene Anordnungen zu treffen. Mein Bruder überlässt mir mehr und mehr die Herrschaft. Im Augenblick weiß ich nicht einmal, in welchem Winkel der Erde er sich amüsiert.

Warum ich so schreibfaul war? Soll ich ehrlich sein? Ihr vorletzter Brief enthielt so gar nichts von Ihrem inneren Leben. Ach, sagte ich mir, es ist ihr lästig, mir immer und immer zu schreiben. Wozu habe ich meine Fantasie? Ich träume mir für mich aus, was Sie wohl denken und tun.

Seien Sie herzlichst gegrüßt!

Und schreiben Sie mir wieder alles!

Agathe an Georg

Steinbach, den 9. Oktober.

Mein lieber Freund!

Ich soll Ihnen alles schreiben und Sie vernachlässigen mich so schrecklich!

Was soll ich aus meiner großen Einsamkeit berichten?

Hermann ist vorgestern nach Paris abgereist. Er gedenkt seinen Posten am 1. November wieder zu übernehmen. Er geht über Dresden und wollte Ihnen persönlich Lebewohl sagen. Da Sie aber wohl schon auf Ihrem Gute sind, wird er Sie verfehlt haben. Er fühlt sich ganz wiederhergestellt; indessen hege ich große Befürchtungen um ihn. Er betreibt mir die Rückkehr nach Togo allzu eifrig. Er will von weiterer Schonung durchaus nichts wissen. Ich vermag hierin gar nichts über ihn. Des Menschen Wille ist sein Himmelreich.

Ich mache alle Tage eine schöne Herbstwanderung, oft mit Sophie, sehr oft aber ganz allein. Ich möchte Ihnen von den Reizen dieser stillen Gänge erzählen, aber meine Worte wären doch nicht imstande, meine und der Landschaft Stimmung wiederzugeben. Wie der Tau frühmorgens in der Sonne in tausend Farben glänzt und glitzert, und wenn man ihn in die Hand nimmt, hat man nichts als fließende Tränen, so ist es auch mit meinen Gedanken. Die Schwermut der Einsamkeit macht kleine Wunder daraus. Aber nehmen Sie sie nicht in Ihre Hände. Es wäre wie bei den Tauperlen.

Ich bin nicht mehr, die ich war, da Sie mich fanden. Damals war ich in einem gewissen, wenn auch mühsam genug errungenen Gleichgewichte. Sehr oft sogar heiter und fast glücklich. Ich hatte zwischen mir und meiner eingesargten Sehnsucht die feste Mauer des Verzichts errichtet. Und nun verzehre ich mich von Neuem in elegischen Träumereien, ohne dass ich recht weiß, wohin mich meine Sehnsucht treibt.

Der Wald bebt im Oktoberwinde, die Wipfel der alten Eichen rauschen eintönig, das Heidekraut und die dürren Ginsterbüsche knistern, das rote Laub raschelt und rollt über die Wege, der Gräberduft der Herbsterde umweht mich. Das ist alles wie alle Jahre. Aber noch nie hat mich die Wehmut der sterbenden Natur so ergriffen, so müde und matt gemacht, so trübsinnig und nachdenklich.

Wo ist in diesem Grau und fahlem Erdbraun ringsum das glühende Gold und die trunkene Glückseligkeit, die Sie am Herbst so preisen?

Leben Sie wohl!

Ihre Agathe

Georg an Agathe

Rockau, 13. Oktober.

Liebste Freundin.

Ich vernachlässige Sie? Das ist etwas hart ausgedrückt. In meinem Arbeits- und Einsiedlerleben hier ist das, was des Berichtens wert wäre, sehr bald erschöpft.

Alle Morgen großer Spazierritt. Das ist mein Vergnügen, meine Zerstreuung. Ich komme, außer mit meinen Leuten, sehr selten mit Menschen zusammen. Nicht einen einzigen Besuch in der Nachbarschaft habe ich gemacht. Man wird es mir übel nehmen. Heute auf dem Morgenritte traf ich zufällig einmal die Damen von Seehausen: die Mutter sehr respektabel, noch eine schöne Frau, die Tochter zwanzigjährig, schlank, semmelblond. Ich konnte unmöglich anders, als meinen »Geheimrat« (englisches Halbblut, dunkelbraun, rassige Linien, sehr ausdauernd, kurzum Prachtgaul!) zum Halten zu parieren. Gegenseitige Begrüßungsworte. Kühl, formell, beobachtend, – zu deutsch: »Lebst du Flegel denn eigentlich noch?«– »Wartet nur«, dachte ich bei mir, »ich will euch schon wieder genießbar machen !« Wenn ich just so gute Reiterslaune habe wie heute früh, an so einem frischen frohen Herbstmorgen, da soll der Fuchs die ungnädigen Gesichter holen! Es machte mir Spaß, die beiden »Kühlen« zu erobern.

»Die Damen kommen von Zuhause? Wie wär's mit einem kleinen Jagdgalopp? Die frische leichte Luft ist so verlockend dazu.«

Ich kenne meine verehrte Frau Nachbarin. Eine passionierte Reiterin. Sie hatten keinen Reitknecht mit. Ein Ritt ohne Begleiter, das ist nichts Ordentliches für Damen. Also war ich nicht ganz überflüssig.

Man wurde gnädiger. Na, und dann juchtelten wir los. Sieben Kilometer und hinterher ein Frühstück im Krug, das einem halben Bauernschinken die Existenz kostete! Die Semmelblonde hatte Backen bekommen, wie zwei Pfingstrosen, so schön rot. Sie sah beinahe hübsch aus. Und wie waren wir alle drei lustig und ungezwungen. Nichts mehr von Ungnade.

Abgesehen von derlei kleinen Erlebnissen, die wie gesagt selten sind, ereignet sich um mich herum nichts. Und von der Außenwelt dringt wenig zu mir. Tageszeitungen kommen mir nicht in die Hände. Ich lese sie sowieso ungern. Hier aber sind Baumeister, Dachdecker, Zimmerleute im Hause. Es gilt, alles Mögliche zu erneuern. Mein Bruder hätte schließlich Haus und Hof verfallen lassen.

Ich gedenke, noch vierzehn Tage hierzubleiben.

Die herzlichsten Grüße von Ihrem

getreuesten Georg

Geben Sie Sophie für mich einen Kuss!

Seien Sie mir nicht bös, wenn meine Briefe nicht immer prompt als Echo auf die Ihren eintreffen. Um alles nur keine pedantische Regelmäßigkeit! Das wollen Sie doch auch gar nicht! Warum schweigen Sie aber?

Agathe an Georg

Steinbach, den 14. Oktober.

Lieber Freund!

Aus so ärmlichem Grunde hätte ich mir nicht Schweigsamkeit auferlegt. Nein, dergleichen ist es wahrlich nicht. Ach, fühlen Sie es nicht? Ich mache eine bedeutsame seelische Krankheit durch. Ich bin in diesem Zustande ungenießbar, selbst dem besten Freunde. Deshalb bin ich stumm.

Ich hätte Ihnen wirklich nichts Ordentliches zu erzählen gehabt. Sophie und ich, was sollen wir Einsamsten aller Einsamen erleben? Ich sehne mich auch gar nicht nach Zerstreuung, Abwechslung oder geselligem Vergnügen. Im Gegenteil, nichts wäre mir widerwärtiger. Ich mag gar niemanden sehen.

Dass Sie Arbeit, stille Freuden und kleine Erlebnisse haben, das wird Ihnen sehr wohl tun. Im Grunde sind Sie doch eine gesellige Frohnatur. Und das ist gut so. Ich gönne Ihnen von ganzem Herzen, dass Sie zufrieden geworden sind. Bleiben Sie das!

Ich denke viel über das Leben nach. Aber in allen meinen Grübeleien lebt Schwermut, die alle Tage düsterer wird. Mitunter empfinde ich sie wie ein berauschendes Gift. Seltsam, dann will ich sie nicht einmal vertreiben. Das kann nicht gut für mich sein. Geben Sie mir ein Mittel dagegen! Helfen Sie mir, ehe es zu spät werden könnte!

Ich habe Ihr lila Zimmer im Turme zu meinem Aufenthalt genommen. Es liegt viel höher als mein Arbeits- und mein Musikzimmer, und ich bilde mir ein, es sei auch gesünder. Es ist ein Sonnenort, und ich kann hier vom Fenster aus über den Park hinwegblicken, weit in die blaue Ferne. Dieses Schauen ins Weite passt zu meiner Sehnsucht nach unbekannten Landen.

Was sagen Sie zu alledem? Eine Dreißigjährige, die bis dahin das Leben ohne Sentimentalität hingenommen hat, verfällt mit einem Male dem sonderbarsten Gemütsleid.

Warum soll ich Ihnen meinen Zustand verheimlichen? Ich wollte, ich könnte eins von Ihnen lernen: Ihren Fatalismus. Ihre Kunst, an allem Ungemach doch schließlich neue Quellen des Genusses zu entdecken. Ihre wunderbare Fähigkeit, ohne eigentlichen Kraftaufwand und unter endlosen Widersprüchen und Sonderlichkeiten, doch im Grunde ganz vortrefflich zu wissen, was Sie vom Leben wollen. Und vor allem Ihre Virtuosität, trotz aller Zickzacks doch geistig und seelisch langsam immer höher zu gelangen.

Ich dagegen, mein lieber Freund, ich treibe auf dem Strome des Lebens steuerlos dahin. Kommen Katarakte, dann muss mein Schifflein zerschellen. Helfen Sie mir hindurch! Sie können es, wenn Sie nur wollen!

Georg an Agathe

Rockau, 17. Oktober.

Meine liebe Freundin.

Ich bin immer wieder stark besorgt um Sie. Was geht in Ihnen vor? Worüber sind Sie so übermäßig schwermütig und mutlos? Sie bitten mich um Hilfe? Seit wann haben Sie Ihre schöne Sicherheit und ehedem fast männliche Selbstständigkeit verloren? War ich es nicht erst, der Ihrer Hilfe bedurfte? Und jetzt Sie der Meinigen?

Sie vergessen offenbar eins. Sie dürfen kein einseitiges Leben führen. Nicht bloß ein Innenleben. Der Körper hat auch seine Rechte. Schaffen Sie sich ermüdende körperliche Bewegungen! Suchen Sie anderen Zeitvertreib denn trübe Träumereien. Reiten Sie! Kümmern Sie sich ein wenig mehr um die lieben Nachbarn! Oder geben Sie die gefährliche Einsamkeit ganz auf! Gehen Sie nach Dresden zurück! Verlieren Sie sich nicht in Ihre uferlose Sehnsucht!

Sie steuern auf die Insel Utopia zu. Machen Sie rasch halt! Heute verzehren Sie sich in ziellosem Liebesbedürfnis. Sie beklagen Ihr Dasein, weil es ohne eine große Leidenschaft dahingeht. Sie bilden sich ein, allein da Ihr Lebensglück zu finden. Und morgen wären Sie gerade durch die Erfüllung Ihrer Wünsche sterbensunglücklich. Wäre das nicht tausendmal schlimmer für Sie?

Seien Sie verständig und ergeben in Ihr Schicksal! Ich ermahne Sie innigst. Sie sind vor Jahren eine Vernunftsheirat eingegangen aus dem ehrbarsten Grunde. Sie müssen alle Folgen tragen. Die Ehe ist ein Vertrag, in Ihrem Falle zwar von der andern Seite längst gebrochen, aber in der Grundlage nicht aufgehoben, somit nach dem Herkommen zu respektieren. Für Sie ist dies schlimm und schwer. Die alte Geschichte. Zwei Menschen ohne innere Zusammengehörigkeit gehen eine Verbindung für das Leben ein. Beide meinen, es müsse leidlich auslaufen. Die Frau lässt die Sinnenliebe des ungeliebten Mannes über sich ergehen. Früher oder später lebt dann jedes für sich, je nach Eigenart und Neigung, und vielleicht dies mehr denn in einer sogenannten Liebesehe. Die Frau hegt und pflegt ihr geruhsames Dasein ohne überspannte Erwartungen und unmögliche Forderungen. Die volle Kraft ihrer unverbrauchten Liebe wird alsbald ihren Kindern zuteil. Aber diese wachsen heran, gedeihend oder nicht gedeihend, und die Sorglichste weiß von Anbeginn, dass man sie eines Tages doch allein ihren Weg durch die weite Welt wandern lassen muss. Und schon erwacht in der Mutter wieder das Weib. Mit einem Male denkt sie an die vergessenen Verheißungen ihrer Jugend zurück; wie einst träumt sie von Liebe und Leidenschaft, von all den umsonnten Dingen, die ihr das Leben so kärglich gespendet hat. Der nie gefundene und nie findbare Heiland ihrer armen Seele schreitet durch ihr stilles Gemach. Sie schenkt ihm die ganze Fülle der Zärtlichkeit, die sie während so langer Einsamkeit unbewusst gesammelt und ahnungslos in der Seele getragen hat. Und immer wieder fragt sie sich: Ist mir das Glück denn auf ewig versagt?

Liebste Freundin, sicherlich hätten Sie die eine unüberwindbare Enttäuschung erlebt, wenn sich Ihre Sehnsucht zunächst einmal scheinbar erfüllt hätte. Eine Fata morgana hätte Sie verführt. Die Seelen derer, die sich finden, musizieren immer nur in der Ouvertüre. Im

Drama selbst agiert das Körperliche. Selbst in der überschwänglichsten Leidenschaft triumphieren auf dem Höhepunkte die Sinne. Der seelische Rausch verweht unwiederbringlich. Und im Finale steht der Erwachende am Scheidewege zwischen dem Abschied auf ewig oder der Begnügsamkeit mit dem, was einem zuvor nicht gewaltig genug war: der ehrlichen Kameradschaft. Verstehen Sie mich? Wozu erst den Umweg?

Haben Sie denn gar keine Freude mehr an den so mannigfaltigen Schönheiten unsres Daseins? Nicht nur das Eine macht den Menschen glücklich.

Agathe an Georg

Steinbach, den 19.

Lieber Freund!

Ich gestehe Ihnen, dass ich leide, und Sie ziehen daraus den kühnen Schluss, ich sei verliebt. Ja, das ist wohl möglich, aber es war nicht gesagt, um dafür die Leitsätze eines skeptischen Weltmannes zu ernten. Ich habe Ihnen in einer schwachen Stunde vielleicht allzu mitteilsam mein ganzes Herz ausgeschüttet. Vergessen Sie das wieder! Es wird für uns alle beide gut sein. Ich will es auch versuchen. Seien Sie herzlichst gegrüßt!

Ihre Agathe

Georg an Agathe

Rockau, 21. Oktober.

Beinahe hätte ich Lust, Ihnen auch eine kleine Strafpredigt zu halten. Habe ich nicht einst schwer gelitten, ehe ich Ihr wahrhaftigster Freund geworden bin?

Es scheint mir. Sie lieben (ich muss es wiederholen), aber nicht mich, nicht eine bestimmte Person, sondern ein unerreichbares Geschöpf Ihrer Traumwelt. Darum leiden Sie, sind schwermütig, unfroh und nicht mehr im Gleichgewichte. Lassen Sie ab von diesem Trugbilde! Es macht Sie unglücklich und krank. Verjagen Sie die Traurigkeit!

Es ist für Sie zu viel der Einsamkeit. Kommen Sie zurück! Zerstreuen Sie sich im Treiben der Gesellschaft, der Stadt, der Menschen!

Ich küsse Ihre lieben guten Hände in einer Zärtlichkeit, die täglich wächst.

Agathe an Georg

Steinbach, den 30. Oktober.

Lieber Freund!

Die Art und Weise, mit der Sie mein Herzeleid niedertreten möchten, belustigt mich beinahe. Was kommt dabei heraus, wenn Sie sich Sorgen um den Frieden meiner schwachen Seele machen? Sie kennen viele Frauen. Gewiss. Und doch verstehen Sie in diesem Falle nichts von der Frau. Von der Frau meiner Art ganz bestimmt nichts!

Seien Sie mir nicht bös, wenn ich Ihnen so bittere Worte sage! Ach, ich übertreibe. Weiß ich doch, dass Sie unter hunderttausend Männern der Gütigste, Feinfühlendste und Klügste sind. Zuweilen waren Sie ein Meister im Verstehen.

Sie werden denken, ich rede irr, dass ich zwei sich so widersprechende Behauptungen nebeneinander aufstelle. Beide sind richtig. Sie mögen einwenden, was Sie wollen!

Gestern Abend hat mich auch Mutter zu trösten versucht. Viel wirksamer als ein gewisser Andrer! Ich kam aus Sophiens Zimmer. Ich hatte ihr den Gute-Nacht-Kuss gegeben. Müd ließ ich mich im Musikzimmer in einem der altvaterischen Lehnstühle am Kamin nieder. Sie kennen den gemütlichen Platz! Mutter saß am runden Tische in der Ecke und strickte Strümpfe für Dorfkinder. Der ganze Raum war nur in diesem einen Teil erleuchtet; eigentlich allein die arbeitsamen Hände unter der grellen Lichtzone der umschirmten Stehlampe. An den Wänden spielte der rote Widerschein der glimmenden Klötze im Kamin.

Schwermütiges Grübeln und Träumen hatte mich im Bann, bis mich Mutters Worte in die Wirklichkeit zurückriefen, die mit stillem Leid gesprochenen Worte:

»Meine liebe Agathe, deinem Dasein fehlt die innere Freude. Es kommt dir leer vor. Es befriedigt dich nicht mehr. Ich weiß es wohl. Aber du wertest das dir Fehlende zu hoch. Es hat dir deine heitere Harmonie geraubt. Ruhlose Gedanken, unmögliche Wünsche, unbestimmte Erwartungen quälen dich. Du musst sie verscheuchen. Denn um sie dir zu erfüllen, müsstest du frei sein. Und du weißt, dass diese unumgängliche Vorbedingung vielleicht noch Jahre lang auf sich warten lassen wird. Lass ab von diesen eitlen Hoffnungen! Mache dich Ablenkungen und Zerstreuungen zugänglich! Verschließe dich nicht länger der Welt! Wenn du willst, unternehmen wir zusammen eine große Reise. Du hast dir einmal gewünscht, Ägypten kennenzulernen. Es bedarf nur deiner Anregung und wir reisen. Der Anblick fremder schöner Gegenden wird dir wohltun. Überlege dir einmal meinen Vorschlag!«

Wie gütig sie mir dies gesagt hat! Viel herzlicher als Sie mir ähnliche Mittel geraten haben. Ich habe Mütterchen geküsst und ihr willig und gern versprochen, mich langsam zu bessern.

Ich soll und muss mich also zerstreuen! Das ist aller Tröstungen Kern. Gut, ich ergebe mich. Sobald ich wieder in Dresden bin, werde ich Ihnen das nähere Programm entwickeln. Bis dahin bitte ich meinen lieben Freund Georg, den Führer in der mir auferlegten Weltlichkeit zu machen. Nehmen Sie diese Berufung an? Dies soll Sie zu keinem Opfer verpflichten. Sagen Sie: Ja! Alles andere wird sich schon machen.

Georg an Agathe

Dresden, 15. November.

Meine liebe Freundin.

Befürchten Sie wirklich nicht, dass Sie mich durch diese neue Auffassung unsrer Freundschaft tief verletzen? Die Freundschaft ist eine ebenso zarte Blume wie die Liebe. Und solche Blumen wollen gehegt und gepflegt sein.

Seien Sie offen und ehrlich zu mir! Sie mögen mich nicht mehr, sind aber zu zartfühlend, es mir einfach zu sagen. Und so wollen Sie es mir durch eine echtweibliche List allmählich beibringen. Ich bin Ihnen von ganzem Herzen zugetan, und so kann ich mir meine grenzenlose Zuneigung nur unter großem Schmerz zerstören lassen. Ich verlöre den Inhalt meines ganzen jetzigen Lebens, und die größte Enttäuschung meines Lebens, die ich damit erlebte, könnte ich niemals überwinden.

Sehen Sie, zu solchen friedlosen Betrachtungen zwingt mich Ihr letzter Brief! Zu meinem Herzeleid und zu Ihrer Seele Nachteil wollen Sie dieses Jahr, solange es der milde Winter nur zulässt, auf Ihrem Gute bleiben. Wenn Sie unsre gegenseitige Zugehörigkeit weiterhin anerkennen, müssen Sie mir wenigstens wieder häufiger schreiben. Sonst hält uns nur noch die Erinnerung zusammen, denn ich gehöre zu den Menschen, die sich aufdringlich fühlen, wenn sie nicht immer wieder sichtliche Zeichen erhalten, dass sie geliebt werden. Es bereitet mir Sorge und Kummer, wenn ich nichts von Ihnen höre. Schreibfaulheit ist unter uns keine Entschuldigung. Es drohen hier im Hintergrunde ernstere Dinge.

Wenn Sie in einer inneren Krise stehen, dann gäbe es doch keinen verständnisvolleren Beichtvater als mich. Offenbar wollen Sie sich mir aber nicht mehr anvertrauen. Das ist es, was mich erschreckt.

Seit drei Tagen bin ich wieder in Dresden. Ich war auf dem Gute meines ehemaligen Kameraden Troski ein paar Tage zur Jagd. Körperliche Anstrengung bekommt mir immer prächtig. Umso weniger wohl fühle ich mich jetzt. Ich möchte mich körperlich müde machen und kann es nur geistig. Ich empfinde meine Einsamkeit als Last. Das geht mir selten so, aber umso schlimmer ist es dann immer.

Es gibt wohl zwei Hauptarten von einsamen Menschen. Die einen sind zum Einzelgängertum verdammt, die andern dafür geboren, damit begnadet. Jene fühlen sich abseits der Menge, gemieden, verstoßen; diese sehen sich über ihr, mehr oder weniger hoch über ihr, und genießen sich selbst bis zum stolzesten Hochmut, befreit, erlöst. Am glücklichsten erscheinen mir die, die nicht grübeln, zu welcher Sorte sie gehören, denen ihr Anderssein als der profane Haufe gar nicht oder nur selten zum Bewusstsein kommt. Für sie gibt es weder die schmerzliche Empfindung des Verzichtens oder Verzichtenmüssens auf gesellige Freuden noch auch jenen unsozialen Hochmut, jene egoistische Selbstsonderung.

Ich bin viel zu sehr glücklicher Träumer, als dass ich die Einsamkeit – wie soll ich sagen? – als Stunden ohne Inhalt, als etwas Leeres empfände. Ich lebe in tausend Erinnerungen, künstlerischen Reminiszenzen, Assoziationen. Meine Fantasie schläft nie. Sie arbeitet unermüdlich am kaum Geschehenen, eben Erlebten, selbst noch an den alten Erinnerungen meines Lebens, bis ich schließlich vor einer langen Reihe köstlich gewordener Bilder träume, aus denen jeder Missklang der Wirklichkeit gewichen ist. Meinem eignen Dasein gegenüber bin ich ein wundervoller Bildner. Unbewusst vergesse ich alles, was gegen das sonnige Leitmotiv meines Lebens ist, und was bleibt, das verklärt, stilisiert und symbolisiert sich. Und wenn ich etwas Hässliches, Betrübliches, Lastendes nicht vergessen kann, weil es von zu großer

Bedeutung gewesen, dann schlägt es zu meinem Glück ins leise Humorvolle um, und so fallen eigentümliche bunte Lichter in die Schatten meiner Erinnerungen.

Seit ich Ihnen verfallen bin, kristallisiert sich mein Denken und Fühlen um Sie. Weil ich aber nun daran zweifle, dass Sie die meine bleiben wollen, ist Unruhe und Sturm in die Kristallisation gekommen. Meines Friedens beraubt, empfinde ich mitunter meine einst so geliebte Einsamkeit als Qual.

Außer Ihnen habe ich keine Freunde. In jüngeren Jahren hatte ich deren oder glaubte welche zu besitzen. Allmählich bin ich darin Zweifler geworden. Ich habe eigentlich nur noch ein paar alte Kameraden zu – Freunden. Freund hier nicht in der Auffassung der Gesellschaft, die mit dem Ideal dieses Begriffs nicht viel zu tun hat. Der Einzige aber, den ich, ohne es ihm zu sagen, am meisten liebe, weil er ein wirklich höherer Mensch ist, ein Jugendfreund, der ist mir gegenüber, so wie ich zu ihm, längst verschlossen, seit ihn sein erlesenes Leben zum Weltmanne im höchsten und vornehmsten Sinne gemacht hat. Wenn wir uns gelegentlich treffen, was selten geschieht, dann liegt eine wunderschöne heimliche Freundschaft in dem stummen Drucke unserer Hände. Wir erzählen uns unsre Erlebnisse, aber nur die äußeren, und es gehören ganz feine Ohren dazu, um aus dieser Plauderei die warmen Untertöne herauszufühlen, die jedem von uns beiden leise sagen: »Wir kennen uns seit unfern so glücklichen Jugendtagen. Ich weiß, was tief drinnen auch in deinem verleugneten Romantikerherzen steckt. Wir sind beide kühle Weltkinder geworden und sind doch im Kerne die alten Gefühlsmenschen geblieben, ohne dass wir dies rührselig einander versichern.«

Wozu erzähle ich Ihnen das alles? Es klingt Ihnen – wie wohl oft in meinen Briefen – doch nur wie das halbironische Bekenntnis eines fast schon zum Sonderling gewordenen Einzelgängers. Ich weiß das. Aber ich weiß auch, dass Sie genau so an mir Anteil nehmen wie ich an Ihnen. Und ich möchte, dass Sie auch die Widersprüche an mir verstehen, die Gegensätze und Schwächen. Wahre Freunde müssen nun einmal auch das gegenseitig lieben.

Agathe an Georg

Steinbach, den 16.

Liebster Freund!

Wie herzlich ich mich über Ihren Brief gefreut habe! Sie haben also noch Anteil an mir! Ich bin wirklich etwas in Ihrem Leben!

Fürchten Sie doch nicht, ich könnte mich von Ihnen wenden! Das wird niemals geschehen. Unbeständigkeit liegt nicht in meiner Natur. Zudem brauche ich Sie. Sie sind eine Lebensbedingung für mich! Vielleicht die Wichtigste. Ich kann nicht mehr von Ihnen lassen. Keinen Augenblick, im Wachen wie im Traume, lebe ich ohne Sie. Ich habe mich in Sie verloren. Ich suche nach mir und kann mein früheres Leben nicht wiederfinden, nirgends. Das ist mein Leiden.

Ich verbrauche meine körperlichen und seelischen Kräfte im viel zu häufigen Ringen mit mir selbst oder mit dem Ideal, das ich vor mir selber sein möchte, und ich verzehre mich dabei in Qualen, die kein Mensch ahnt. Auch Sie bisher nicht!

Es kommen Tage unendlicher Mattigkeit, an denen ich mich gebrochen und traurig und unselig fühle, an denen ich den Tod herbeisehne, damit er meinem armen Herzen den Frieden bringe. Die Worte des alten Augustinus klingen mir oft durch die Seele: Unser Herz ist ein ruhlos Ding, bis dass es ruhet, Gott, in Dir!

Aber ich darf ja den Mut nicht verlieren. Ich muss leben – für mein Kind. Ich will genesen. Ich will! Also werde ich gesunden. Sie haben einmal gesagt: Um gesund zu werden, muss der Mensch es vor allem sein wollen!

Sprechen wir nicht mehr darüber! Reden wir lieber von Ihnen: Ich weiß auch Sie im Kampfe, anders als ich es bin: mit allerlei Sorgen und Lasten, mein lieber Freund. Das bekümmert mich schwer. Ich bete für das Gelingen Ihrer Arbeit. Sie werden das Gut halten. Das ist mein fester Glaube. Ihre kühnsten Hoffnungen werden sich erfüllen. Ich wünsche es sehnlichst um Ihretwillen, denn für mich bedeutet die Erfüllung dieser Wünsche doch schließlich Entsagung. Sie werden sich fortan häufig auf dem Gute aufhalten müssen und mir dadurch fern sein. Räumlich nur, ja, aber immerhin fern. Doch will ich es gern erdulden, wenn ich Sie dafür beschäftigt und glücklich weiß.

Seit einigen Tagen habe ich mich wieder so weit, ein wenig Freude am Lesen zu finden. Hin und wieder wenigstens, an den gar zu langen Abenden. Und was lese ich? Sie haben einmal gesagt: Das Vernünftigste, was ein gescheiter Mensch lesen könne, sei das Unvernünftigste: Märchen! Die lese ich jetzt mit einem Male am liebsten. Ganz merkwürdig! Gestern hatte ich den Peter Schlehmil in den Händen. Kennen Sie das Buch noch? Als kleiner Junge haben Sie sich sicher den Kopf zerbrochen, wie es möglich sei, dass einer seinen Schatten verschachern könne. Ich besitze eine alte Ausgabe mit den allerliebsten Stichen von Cruikshank...

Wissen Sie, liebster Freund, ich glaube, auch ich habe meinen Schatten verloren. Und Sie haben nun deren zweie!

Georg an Agathe

Dresden, 19. November.

Meine verehrte Freundin!

Es ist an vielen Tagen meine einzige Freude, von Ihnen ein paar Blätter zu bekommen und Ihnen etliche Seiten zu schreiben. Meine Briefe an Sie bedürfen zu ihrer Entstehung immer einer ganz besonderen Stimmung. Ich muss jedes Mal eine Weile mit mir allein gewesen sein, bis ich Ihre imaginäre Gegenwart völlig befreit von andern Gedanken empfinde. Erst dann plaudre ich gleichsam allein mit Ihnen. Erst dann gehören wir ganz einander. Ähnlich ergeht es mir, wenn ich in der Wirklichkeit bei Ihnen weile. Nichts ist mir unerträglicher, als wenn sich ungleichgültige Dritte in unsre Unterhaltung drängen. Das Innerste in mir erstarrt zu Eis. Oft rede ich dann wie ein mir selber Fremder.

Ich sitze seit einer Stunde in meinem behaglichen Bibliothekszimmer. Nur die Schreibtischlampe glüht unter ihrem breiten grünen Dach. Ein matter Schimmer von Licht hängt an den langen Reihen meiner geliebten Bücher. Ich verweile schon seit Geraumem in Gedanken bei Ihnen, und nun erst beginne ich, an Sie zu schreiben.

Auf dem Tischchen neben dem großen Schreibtisch steht offen die Zedernholzkassette mit den blinkenden Silberbeschlägen, die Ihre Briefe an mich birgt. Ihr köstliches Geschenk! Seit wir uns kennen, sind wir sehr oft räumlich voneinander getrennt gewesen. Die stattlichen Bünde Briefe zeugen davon. Eben habe ich etwa ein Dutzend davon wieder durchgelesen. Das hat mich in eine nachdenkliche, sonderbar gerührte Stimmung versetzt.

Wer nicht an sich selbst erlebt hat, was Freundschaft zwischen Mann und Weib bedeutet, wirklich innige echte Freundschaft, der müsste eine Vorstellung davon bekommen, wenn er unsre Briefe lesen dürfte. Diese Dokumente sind ein klares Spiegelbild unsres zärtlichen Bundes. Man kann in ihnen alle seine Wandlungen verfolgen und daran ersehen, wie schwer es zwischen Mann und Weib ist, einander Freunde zu sein, ohne weder in den Fehler der gesellschaftlichen Oberflächlichkeit noch in den der gewöhnlichen Verliebtheit zu verfallen. Zwischen beiden Klippen führt nur ein ganz schmaler Pfad hin.

Wenn diese geliebten Briefe nicht an mich gerichtet wären, wenn ich unbefangen über sie nachsinnen und sprechen könnte, wäre ich versucht, aus diesem Dokument einen Essay über dieses seltsame Kapitel der menschlichen Kultur zu schöpfen. Ein Romandichter fände vielleicht den Stoff zu einem psychologischen Roman darin. Man könnte ihn »Herzensfreundschaft« betiteln. Wenn ich dieser Romandichter wäre, wurde ich Tagebuchfragmente der beiden seltsamen Leute dazwischen fügen. Wenn man sie selber erlebt hat, lassen sich die sonderbarsten Bizarrerien der Herzen schildern. Man muss sich nur hüten, das Rätselhafte in nicht rätselhaften Worten erklären zu wollen. Wie im Leben muss das Letzte der Seelen in der Geste, im Aufleuchten der Augen, im Druck der Hand sein kaum verspürbares Symbol behalten. Die wunderbaren Geheimnisse der Mona Lisa zu enthüllen, würde selbst Lionardo niemals versucht haben. Er begnügt sich, sie zu malen. Das hat die Kunst vor der Wissenschaft voraus.

Ich habe bereits einmal über die Schamlosigkeit der Dichter geplaudert. Meine Bedenken teilen alle sensiblen Schriftsteller. Es fällt mir aus dem mir geistesverwandten Vigny folgende Stelle ein: »Ich weiß nicht, ob ich dermaleinst, und sei es nur für mich selbst, alle geheimsten Einzelheiten meines Lebens niederschreiben werde. Ich will nur von einem Gefühle reden, das mich von vornherein dabei beherrscht. Zuweilen, wenn die Seele von der Vergangenheit gequält wird und von der Zukunft nicht mehr viel erwartet, tritt die Versuchung an uns heran, die Mysterien der über unsern Lebensweg Geschrittenen und unsres eigenen Herzens der Nachwelt zu verraten. Ich begreife vollkommen, dass sich geistvolle Männer daran ergötzt haben, die Blicke aller Welt in das Innere ihres Lebens und sogar ihres Gewissens eindringen zu lassen; dass sie keine Scheu empfanden, ihr Herz bloßzulegen und vom Lichte der Öffentlichkeit durchleuchten zu lassen: wirr, wie es war, ein buntes Durcheinander von Vorzügen und Schwächen, verlorenen Illusionen und trautesten Erinnerungen. Es gibt solche Werke unter den schönsten Blüten der europäischen Literatur, die ich mit jenen herrlichen Selbstbildnissen vergleichen möchte, die Rembrandt nicht müde wurde zu malen. Aber die Künstler, die sich so dargestellt haben, sei es leicht verschleiert, sei es nackt, hatten gewisse Rechte dazu, und ich glaube nicht, dass man seine Bekenntnisse der Welt mitteilen darf, bevor man hinlänglich bejahrt, hinlänglich berühmt oder hinlänglich zerknirscht ist.«

Die Beschäftigung mit diesem Problem wird Ihnen meine immer wieder zum Vorschein drängende geheime Sehnsucht verraten, künstlerisch zu schaffen. Warum sollte ich sie Ihnen verheimlichen? Aber gleichzeitig sehen Sie immer wieder die starke Gegenströmung. Wenn mich innere Erlebnisse bewegen, habe ich den Drang, sie vor andern zu verbergen. Meine beständige Sorge, mein Innenleben nicht zu profanieren, hat mich ost zur Ironie meine Zuflucht nehmen lassen. Ich bin in den Ruf eines spöttischen Skeptikers gekommen. In Wirklichkeit bin ich aber doch ein gefühlsseliger Romantiker.

Mit dieser schönen Selbsterkenntnis will ich schlafen gehen. Gute Nacht, meine gütige Freundin!

Agathe an Georg

Steinbach, den 20. November.

Mein lieber Freund!

Das war endlich wieder einmal ein lieber Brief! Jede Zeile darin hat mir gezeigt, dass Sie Ihr – Ihnen wie mir heiliges – Innenleben mit mir teilen. Diese wundervolle Zusammengehörigkeit ergreift mich tief und füllt mir das einsame Herz von Neuem mit warmer Dankbarkeit.

Herzensfreundschaft! Nennen Sie unsern Bund. Ich glaube, einen trefflicheren Namen könnte niemand finden. Mein Herzensfreund, ja, das sind Sie!

Sie haben recht: Wir sind häufig voneinander getrennt gewesen. Wirklich, wir haben uns wenig gesprochen, seitdem wir uns richtig kennen. Aber Sie tragen daran die Hauptschuld! Fassen Sie das nicht als Vorwurf auf, denn ich denke zwar leichter, als ich schreibe, aber ich schreibe leichter, als ich spreche. Es gibt so vieles, was einen im Gespräch ablenkt. Ein Blick, ein Lächeln, eine Bewegung, zu große Aufmerksamkeit oder Zerstreutheit des Andern, alles Derartige kann mich plötzlich aus der Fassung bringen, wie ich ja überhaupt viel Leute um mich nicht vertrage. Das Zarte und Feine meiner Gedanken vermag ich nicht ohne Nachdenken in Worte zu kleiden. Was meine Seele bis in die dunklen Winkel und in die geheimsten Gründe erfüllt, das kann ich nicht im Augenblick voll zum Ausdruck bringen. Gespräch ist Improvisation. Mit Natürlichkeit plaudern zu können, voll Geist und Anmut, ist etwas Geniales, also etwas sehr Seltenes. Die meisten Menschen verstehen wenig von der Kunst, aus ihrem eigenen Innern zu schöpfen. Der vorhandene Stoff ist zu spröd und der sich Mitteilende zu unbeholfen. Mir geht es Ihnen gegenüber trotz aller Vertrautheit oft so. Wenn ich aber schreibe, bin ich unbefangen, zumal vor Ihnen. Ich träume minutenlang zwischen zwei Worten. Ich sehe Sie dann immer im Geiste vor mir, find es kommt mir dabei vor, als sei Ihr Blick gütig, nachsichtig, voll Zuspruch und Verständnis für das Gewirr meiner Gedanken. Dann beschwöre ich den »gefühlsseligen«, besser: feinfühligen Romantiker herauf, der insgeheim in Ihnen lebt. Und dann schenke ich Ihnen die ganze Welt meines Herzens. Es gehört doch nur Ihnen! Und wenn ich nicht fürchtete, Sie zu langweilen, wüsste ich Ihnen alle Tage viele, viele Seiten lang daraus vorzuplaudern! Sehr oft schreibe ich Ihnen lange bekenntnisreiche Briefe, die ich freilich nie absende! Vielleicht sind das meine allerschönsten, herzlichsten Briefe.

Ihre so oft stumme Freundin – Frau Verschwiegenheit, wie Sie mich eines Abends so drollig genannt haben, – lebt längst oft Abende lang in einer überirdischen Gefühlswelt, die ihr die Sprache der Wirklichkeit verhasst macht.

Sagen – kann ich Ihnen so Vieles nicht, aber warum soll ich es Ihnen nicht schreiben? Ich weiß ja, Sie verstehen mich immer, auch wenn es Ihnen Ihre in gewisser Hinsicht egoistische Philosophie gebietet, es sich mir gegenüber ja nicht anmerken zu lassen.

Seien Sie vielmals von Herzen gegrüßt!

Ihre Agathe

Georg an Agathe

22. November.

Liebe Freundin.

In aller Eile nur ein paar Zeilen. Herzlichen Dank für Ihr letztes Briefchen voll Gesundheit und Vernunft! Es hat mich sehr erfreut. Es scheint mir zu vermelden, dass Sie wieder froh und lebenslustig sind. Sie waren wirklich einer Gemütskrankheit nahe. Ich hegte große Sorge um Sie. Jetzt, da die Gefahr abgewendet ist, darf ich es Ihnen ja sagen.

Wann kommen Sie nun endlich? Ich erwarte Sie sehnsüchtig.

Soviel für heute! Ein bisschen wenig? Das nächste Mal will ich Ihnen umsomehr vorschwatzen. Ich habe Besuch, und wenn jemand im Zimmer sitzt, wird nie etwas Ordentliches aus einem Briefe.

Agathe an Georg

Steinbach, den 24. November.

Mein lieber Freund!

Sehnsucht haben Sie nach mir?

Wie soll ich das glauben, wenn Sie einen solchen flüchtigen Brief an mich abzuschicken imstande sind!

Dass Sie Besuch hatten, das ist keine Entschuldigung, zum Mindesten nur eine, die mich tief betrübt. Ein guter Freund schreibt seinem Freunde nur in guter Stunde. Warum muss ich Ihnen das sagen? Sie wissen es selbst und haben es hundertmal selbst so gehalten, vor allem mir gegenüber.

Dazu loben Sie meine Vernunft in einer Art (so von oben herab!), die mich kränkt. Sagen Sie nun aber nicht, ich sei misslaunig! Nein, das bin ich niemals, am allerwenigsten vor Ihnen.

Als ob Verstand und Vernunft Vorrechte der Herren der Schöpfung seien. Das sind sie zu keiner Zeit gewesen. Heutzutage gleich gar nicht, – ich möchte beinahe sagen: bedauerlicherweise. Erinnern Sie sich, dass wir einmal recht gründlich über die selbstständigen, einen Beruf ausübenden Frauen von heute gesprochen haben? Sie waren statistisch gut unterrichtet. Sie gaben auch vollkommen zu, dass die unverheiratete Frau ein Recht auf wirtschaftliche und gesellschaftliche Selbstständigkeit, öffentliche Tätigkeit und wissenschaftliche Anerkennung habe, mit gewissen Beschränkungen, indessen waren Sie in einer Hinsicht ein starker Zweifler. Sie behaupteten, bei der (sagen wir) altmodischen Frau herrsche die Gefühlswelt und eine ihr entsprechende Wertung aller Dinge vor. Die moderne gebildete Frau sei auf der Jagd nach Wissen allzuleicht eine blinde Durchgängerin. Dabei fülle sie nicht nur ihr Hirn, sondern leider auch ihr Herz mit Reichtümern des Verstandes. Und was sei eine Frau ohne ein unverfälschtes Herz?

Merkwürdigerweise unterhalten Sie sich trotz dieser Meinung ganz gern mit gelehrten Frauen. Sollte das nur zur Abwechselung sein? Oder studieren Sie bisweilen auch diese Abart des Weibes? Haben Sie nicht einmal gesagt, es bereite Ihnen hohen Genuss, sich in andere Menschen hineinzudenken. Einmal, bei einem Abendessen im Schöningschen Hause, waren Sie Tischnachbar einer allbekannten Führerin der Frauenbewegung. Ich beobachtete Sie. Beide waren Sie sehr aufgeräumt und sehr vertieft in irgendein wissenschaftliches Thema. Hinterher brachte ich Sie gelegentlich dazu, sich über jene Frauenrechtlerin zu äußern. Was sagten Sie da unter anderem? Gelehrte Frauen seien für Sie geschlechtslose Wesen.

Vielleicht haben Sie im Allgemeinen nicht unrecht. Aber ist es nicht ein Zeichen unserer Zeit überhaupt: die Überschätzung der Wissenschaft als Selbstzweck. Erzieht man etwa auf unseren Schulen und Hochschulen das Gemüt? Nein, man vernachlässigt es.

Genug davon! Ich kenne Ihre Weltanschauung. Gefühlsmenschen stehen Ihnen unendlich höher als Gehirnmenschen. Ach, loben Sie nie wieder an mir den Verstand!

Wissen Sie, in gewissen Augenblicken erscheinen Sie mir selber als eine Verstandesnatur. Ich kann mir nicht helfen. Dann empfinde ich ein leises Kältegefühl vor Ihnen – bei all meiner Treue zu Ihnen. Und dann fühle ich mich todeinsam. Verstehen Sie mich?

Gute Nacht!

Ihre Agathe

Georg an Agathe

26. November.

Meine liebe Freundin.

Deuten Sie es nicht falsch, wenn ich Ihnen im folgenden Dinge schreibe, die Sie vielleicht verstimmen. Aber ich muss Ihnen allezeit ehrlich sagen, was ich denke. Sie befinden sich auf einem seelischen Abwege. Glauben Sie mir das! Ihnen tut eine andre Umgebung immer mehr not. Warum zaudern Sie solange? Sehen Sie es nicht längst selber ein? Ich erkenne meine männlich-feste Freundin in ihrem jetzigen kraftlosen und unlustigen Zustande nicht wieder. Dabei glauben Sie Tatkraft zu üben, indem Sie mit Windmühlen kämpfen.

Eines schickt sich nicht für alle. Eine Träumernatur, wie ich sie zum Beispiel habe, die sich dem Leben der Wirklichkeit bewusst abwendet, verträgt ein auf sich beschränktes Leben, wie Sie es jetzt führen, ohne unbestimmter, von Tag zu Tag wechselnder Schwache zu verfallen. Mir genügt zuweilen das ständige Rauschen des Waldes, die milde Stille der Luft, das ruhige Blau des Himmels und schlaftrunkene Einsamkeit ringsum. Ich begnüge mich gern mit dem, was ist. Das ist mein Glück. Aber eine tätige und tatenlustige Natur wie die Ihre, der Träume gern zu Plänen werden und für die Gedanke und Ausführung am liebsten eines ist, muss dieses ewige Alleinsein mit einem Kinde auf einem stillen Gute zur Verzweiflung bringen. Das ist die Ursache Ihrer seelischen Trübsal und Ihres körperlichen Unbehagens. Bücher und Grübeleien machen Sie immer schwermütiger. Sie brauchen Beschäftigung und Veränderung. Ich habe viel darüber nachgedacht.

Kommen Sie also schleunigst zurück! Vierundzwanzig Stunden hier in Dresden – und Sie sind wieder frisch und gesund! Sie waren doch ehedem so gern lebenslustig.

Ich will Ihnen zum Schluss noch ein bisschen was von unsern Bekannten und Freunden berichten.

Heute Abend bin ich zu Tisch bei Ihrem Schwager. Vorgestern traf ich Fräulein Susanne auf der Straße. Sie hat mich ziemlich ungnädig behandelt. In ihrem Köpfchen, das doch schließlich nur ein Kindskopf ist, gehen Dinge vor, von denen ich nichts wissen soll, durch deren Verheimlichung man mich in Verlegenheit zu setzen glaubt. Szanto scheint bei dieser mir unbillig grollenden kleinen Mondäne endgültig Favorit geworden zu sein. Ich versichere Ihnen, dass ich froh bin, nicht mehr der Beichtvater Ihrer launenhaften schönen Nichte zu sein. Das war eine undankbare Sache.

Agathe an Georg

Rosenhof, Sonntag den 1. Dezember.

Lieber Freund!

Endlich sind wir wieder hier! Seit gestern Abend! Sehen wir uns morgen bei meiner Schwägerin? Ich freue mich, Sie wieder zu haben. Sie ahnen nicht wie sehr!

Auf frohes Wiedersehen!

Ihre Agathe

Agathe an Georg

Am 8. Januar 1913.

Lieber Freund!

Gestern in der Oper, während des mir liebsten aller Werke Wagners, des Tristans, haben Sie mir etwas gesagt, was mich recht gekränkt hat. Unsere Freundschaft schreibt mir volle Offenheit vor. Sie erinnern sich vielleicht nicht einmal mehr Ihrer Worte.

Sie haben gesagt: »Ich mag helle Samtkleider nicht. Die sind grässlich auffällig; sie verletzen meinen Schönheitssinn.« Der harte fast feindliche Ton, in dem Sie dies äußerten, hat meinem Herzen sehr weh getan. Und dann haben Sie sich den ganzen Abend Evelinen und Susannen gewidmet. Nicht wie sonst haben Sie mich gebeten, mich in das Foyer führen zu dürfen. Ahnen Sie nicht, welche Freude Sie mir damit vorenthalten haben? Ich wandle so gern an Ihrer Seite.

Mir war jeglicher Genuss an der himmlischen Musik und an dem sonst so wohligen Gefühl, in Ihnen der Welt zu gefallen, mit einem Schlage genommen. Ich litt qualvoll und wäre am liebsten sofort nach Haus gefahren, wenn mich meine Schwägerin nicht so scharf beobachtet hätte, nachdem sie bemerkt, wie kühl Sie mich behandelten.

Warum lassen Sie mich Ihre schlechte Laune entgelten? Warum missachten Sie einen ganzen Abend lang unsere alte liebe Freundschaft? Warum werfen Sie mir auf einmal schlechten Geschmack vor?

Ich weiß wohl, sensible Menschen sind nervös. Ist das aber die rechte Entschuldigung für eine Gefühllosigkeit von einem sonst so oft überfeinfühligen und gegen alle Welt rücksichtsvollen Manne? Es muss da ein anderes Motiv mitwirken. Warum sagen Sie mir nicht die Wahrheit? Was meinen schlechten Geschmack anbelangt, so liegt mein Fehler darin, dass ich zu wenig eitel bin und meinem Schneider (es ist übrigens der erste Dresdens) oft zu freie Hand zu lassen pflege. Gut, ich werde mich hierin ändern! In Äußerlichkeiten gebe ich gern nach. Ich lege großen Wert darauf, von meinem grausamen Freunde unter die erlesen-eleganten Frauen gerechnet zu werden. Wenn ich aber fortan einmal in den Fehler des Extrems (den der Koketterie) verfalle, so bitte ich ihn im Voraus, die Schuld gelassen auf sich zu nehmen.

Glauben Sie nicht, dass ich wie die meisten Frauen keinen Tadel vertrüge. O nein. Sie haben mich in Ihrer freimütigen Art schon manchmal arg getadelt. Aber ich habe stets bewundert, wie gütig und liebenswürdig Sie das immer zu tun verstanden. Ich schätze die Aufrichtigkeit und hasse nichts gründlicher als die alberne landläufige Schmeichelei der Männer. Ich vertrage Ihren Tadel, aber gestern haben Sie mich ihn in einer Art empfinden lassen, die mich bis ins Tiefste verwundet hat.

Demütige Unterwerfung liegt nicht in meiner Natur. Ich bin zur Herrin geboren, nicht zur Sklavin. Sie haben mich gedemütigt, nachdem Sie mich so lange wie eine Fürstin behandelt haben. Lieber will ich auf Ihre mir so teure Freundschaft freiwillig und immerdar verzichten, als noch einen solchen Abend verleben.

Ich habe mein Herz auf die Opferschale der Freundschaft gelegt. Das Ihre liegt mit einem Male nicht mehr daneben, und so nehme ich auch das meine stillschweigend zurück. Ich möchte beinahe glauben, mein Entschluss wird die behagliche Beschaulichkeit Ihres Daseins nicht allzu sehr stören.

Georg an Agathe

8. Januar abends.

Meine beste Freundin.

Ganz bestürzt und bekümmert durch Ihren Brief, sehe ich ein, dass ich mich durch eine leichte Verstimmung zu einem unritterlichen Benehmen gegen Sie habe hinreißen lassen. Ich spreche diesen schweren Vorwurf gegen mich ehrlich aus, ohne Sie auf Ihr Gewissen zu fragen: Sind Sie nicht noch aus irgendeinem andern mir verborgenen Grunde etwas gereizt gegen mich? Kennen Sie sich hierin genau? Liegt seit Kurzem nicht etwas Fremdes zwischen uns beiden? Wie dem auch sei, ich komme zu Ihnen und will Ihnen den Grund jener Verstimmung persönlich beichten. Sie werden zu Ihrer Befriedigung hören, dass er in einem äußeren Umstande wurzelt. Ich bitte Sie herzlich um Ihre freundschaftliche Verzeihung. Was kann uns beiden eine flüchtige schlechte Laune anhaben, eine kleine menschliche Schwäche, wie wir sie einander gewiss gern lächelnd nachsehen. Glauben Sie mir, ich achte Sie so hoch, ich liebe Sie so innig, ich fühle mich mit Ihnen so über dem Alltag mit seinem unvermeidlichen Ungemach, dass ich an die Unwandelbarkeit unsres Zusammengehörens und Einander-Verstehens fest glaube. Sie sagen, Sie vermissten mein Herz in unsrer Freundschaft! Selbst wenn Sie das Ihre zurücknähmen, so soll das meine doch in unserm Heiligtume verbleiben und bis zu meinem letzten Stündlein treu und ergeben Ihnen gehören.

Georg an Agathe

21. Januar.

Beste einzige Freundin.

Unsre Freundschaft erscheint mir viel zu fest begründet, als dass sie eines Missverständnisses und einer vorübergehenden leisen Verstimmung wegen wanken könnte. Das ist doch sicherlich unser beider Überzeugung.

Vor vierzehn Tagen, in der Oper: Ich will Ihnen den Hergang einfach berichten, so herzbedrückend es mir jetzt ist, daran zurückdenken zu sollen. Aber es gilt ja, Sie mir wieder zu versöhnen. Der Zufall fügte es, dass ich eine hässliche Bemerkung hören musste, die zwischen zwei mir unbekannten Herren in der Nachbarloge fiel. Diese dummen Worte hefteten sich an Ihre Toilette. Sie kennen mich: Ich bin in Fragen der Mode kein Spießbürger. Ich weiß nicht, was es war, irgendetwas reizte auch mich von diesem Moment ab an Ihrer Kleidung. Im Allgemeinen hasse ich hellen Samt an Frauen. Oder war es das leuchtende Grün, das mich an jenem Abend ärgerte? Bei Gott, ich weiß es nicht mehr. Kurz, ich war nervös geworden, ärgerlich, verstimmt. Ich litt,

litt maßlos, glauben Sie mir! Sonst hätte ich mich beherrschen müssen. Dass andre auf Gedanken kommen, die Sie, wenn auch nicht in meinen Augen, herabsetzen, das kann ich nicht vertragen. Das tut mir weh. Wie soll ich mich ausdrücken, ohne Sie noch einmal zu verletzen?

Sie werden lächeln, Sie, das geliebte Weltkind! Ich habe mich lächerlich gemacht. Gewiss. Lassen wir es dabei! Nur seien Sie nicht ungerecht gegen mich! Eine schicke Frau geht nach der Mode, und die Mode hat mitunter Eigentümlichkeiten, die einem contre coeur sind. Wie konnte ich so entgleisen, wo ich Sie sonst in allem, was Sie tragen, so aufrichtig und voller Entzücken bewundere? Ich sehe ein, dass es töricht und unliebenswürdig von mir war, mir meinen Ärger anmerken zu lassen. Aber jetzt, wo Sie den verborgenen Zusammenhang kennen, verzeihen Sie mir doch? Ich bitte Sie innigst darum. Ihnen Schmerzen bereiten, das habe ich nicht gewollt!

Mein letzter Brief an Sie ist ohne Antwort geblieben. Ich erwartete ein paar halb verzeihende Zeilen von Ihnen und hatte mir vorgenommen, Ihnen daraufhin einen Besuch zu machen, um Ihre volle Verzeihung zu erlangen. Da aber kein Briefchen kam, habe ich mich aufgemacht und bin zu Ihnen hinausgewandert.

»Die gnädige Frau ist ausgegangen!«, meldete mir Josef.

Ich witterte Ihren Befehl hinter den Worten Ihres Dieners, und um Gewissheit zu haben, bin ich am Tage darauf nochmals gekommen.

»Die gnädige Frau ist ausgegangen!«

Ihr Getreuer machte eine verlegene Miene dazu. Er weiß, welchen ausgezeichneten Stand er bei mir hat. Ich erkundigte mich, ob Ihr Töchterchen und Miss May zu Hause seien. Erhöhte Verlegenheit.

»Nein, Herr Baron!«

Was soll dieses Sich-Verleugnenlassen, dieses Sich-Verstecken besagen? Unter so guten alten Freunden?

Am Sonntag darauf war ich bei Ihrer Frau Mutter. Ich ging mit Absicht zeitig hin, um der erste aller Gäste zu sein. Ich hoffte ganz bestimmt. Sie zu sehen. Ich fragte nach Ihnen.

»Agathe? Sie war vor Tisch da, nur auf ein paar Minuten. Sie hat für Nachmittag irgendetwas vor. Übrigens ist sie seit einiger Zeit recht nervös – –«

Von da an habe ich Ihren unverkennbaren Wunsch, mir aus dem Wege zu gehen, geachtet und Sie nirgends gesucht. In solchen Fällen bin ich ein mir selber unbegreiflicher Dickkopf. Aber gestern habe ich durch Ihre Frau Schwägerin erfahren, dass Sie leidend seien. Das hat mich besorgt gemacht. Sagen Sie mir, bitte ich, ist es an dem? Am liebsten eilte ich unverwandt zu Ihnen. Seit Sie mich meiden, leide auch ich. Von Tag zu Tag habe ich auf einen Ruf geharrt. Wenn ich Sie verletzt habe, so war das doch nicht Absicht von mir. Sie dürfen mich nicht so hartherzig behandeln.

Ich selbst vermag niemandem etwas nachzutragen. Ihnen vollends, das wäre mir unmöglich. Und so will ich das Schweigen brechen, das ich nicht länger ertragen kann. Liebe Agathe, reichen Sie mir Ihre Hand zur Versöhnung. Das ist mein heißester Wunsch, mein innigstes

Begehren! Dass Sie sich so lange mir verschließen, martert mir das Herz. Wenn Sie es weiterhin tun, machen Sie mich todunglücklich. Ich bitte Sie demütig um Verzeihung. Lassen Sie mich unter Ihrem Zorn nicht noch mehr leiden!

Wollen Sie mich annehmen, wenn ich morgen als reumütiger Sünder an Ihre Tür klopfe, um mich nach Ihrer Gesundheit zu erkundigen? Wollen Sie mich einen Blick in Ihr grollendes Herz tun lassen? Sagen Sie mir zur Ermutigung ein einziges liebes Wort! Wie endlos lange ist es her, dass ich das entbehre!

Ich küsse Ihre Hände untertänigst.

Agathe an Georg

(Depesche)

Loschwitz, 22. Januar, 10 Uhr vormittags.

Wenn Ihnen recht, kommen Sie heute vier Uhr.

Agathe

Agathe an Georg

Rosenhof, den 22. Januar abends.

Mein geliebter Freund!

Bin ich noch dieselbe, die Ihnen noch gestern, noch heute früh so leidenschaftlich gegrollt hat? Ach, ich bin des Lebens müde, bin zu Tode verwundet durch diese grausame Freundschaft. Ich weiß nicht mehr: liebe ich oder hasse ich? Heute sind Sie ganz nahe meinem geheimsten Wesen und morgen ist es mir, als stünden wir uns hunderttausend Meilen fern.

Wie steht es um Ihr Herz? Was geht in dem Ihrigen vor? Lieben Sie mich noch? Haben Sie mich je wirklich geliebt? Wie groß ist Ihre Liebe?

Weil ein paar uns beiden Unbekannte irgendetwas an mir ausgesetzt, haben Sie mir harte und hässliche Worte zu sagen vermocht! Und heut? Heut überschütten Sie mich mit Ihrem Lob. Sie tun mir weh! Wie jene Frauengestalt des Voltaire rufe ich aus: Lieben Sie mich, Fürst, aber loben Sie mich nicht! Ich kenne mich nicht mehr, weiß nicht, wohin ich steure. Als Sie heute in der Dämmerstunde in mein Zimmer traten, als ich Sie nach so langer Zeit wieder vor mir sah, in Ihrer ungezwungenen Lebhaftigkeit, im Ausdruck alle Ihre Güte und Milde, da hätte ich vor Herzensangst sterben mögen. Ich hatte mich nach Ihren dunklen Träumeraugen gesehnt, und als Sie vor mir standen ..., ach, wozu Ihnen noch mehr sagen? Sie sind vor mir niedergekniet, haben mir die Hände geküsst und haben mich »Herzliebste!« genannt.

Bin ich denn das?

Sie haben mich gefragt: »Was soll ich tun? Was verlangen Sie? Was bin ich Ihnen?« Mein Gott, ich hatte nicht die Kraft, Ihnen einfach zu antworten: »Helfen Sie mir!«

Ich habe stumm Ihr Haar gestreichelt, – und jetzt, da Sie fort sind, ohne dass ich Ihnen mein Herz offen in die Hände gelegt, jetzt weine ich und rufe die Stunde zurück, in der Sie von mir gegangen sind, zweifelnd und traurig.

Sie haben mir einmal gesagt, ein großes Unglück, das den meisten Menschen widerfahre, sei dies: ihr Leben lang der Seele nicht zu begegnen, zu der sie aufrichtig sein könnten. Und dies sei auch nur dem möglich, der gelernt habe, gegen sich selbst aufrichtig zu sein.

Ich habe mich in den letzten Wochen viel mit mir selbst beschäftigt. Ich bin tief in mich gegangen. Das war vielleicht das Gute an dem Leid, das Sie mir zugefügt haben. Es hat an unserer Freundschaft gerüttelt. Aber sie ist unerschütterlich. Das weiß ich jetzt. Nur wusste ich nicht, dass sie im Grunde rätselhaft und traurig ist. Diese geheimnisvolle Melancholie haben wir beide geliebt, ohne uns klar zu werden: warum?

Ihre Seele ist ruhig geworden, aber die meine ist voller Unruhe. Einst war es mit uns umgekehrt. Sie haben sich überwunden. Ihr Herz empfindet klare kühle Freundschaft. Aber meines ist in Glut geraten. Es will sich nicht mit den Tropfen begnügen, die Sie mich aus dem Becher der Liebe nippen lassen. Sie weisheitsvoller Gefährte. Es begehrt darnach, den Trank in heißen Zügen ganz auszutrinken, und wäre es tödliches Gift.

So steht es mit mir. Geben Sie mir den Trank! Ich will dann zufrieden sterben. Mag kommen, was da will!

Ihr Wesen, Ihre Zusprüche, Ihre Tröstungen bereiten mir Qualen. Sie spielen mit meinem Herzen. Ach, Georg, ich bin nahe daran, es schmerzlich zu bedauern, dass Sie in meinem Leben erschienen sind. Ehe ich Sie kannte, war ich zufrieden mit meinem armseligen Schicksal, fast mit mir selbst. Ach, beinahe glücklich. Und jetzt bin ich verwirrt, schwach, elend, krank, sterbensunglücklich.

War es aus Vorahnung, dass ich Ihnen zuerst aus dem Wege gehen wollte? Die dunkle Warnung war nicht stark genug. Und alles entwickelte sich wie aus sich selbst. Dann wehrte ich Sie ab. Aber wenn ich Ihnen damals wehgetan habe, so büße ich jetzt dafür. Sie sind gerächt!

Einst war mir mein Töchterchen alles. Jetzt genügt mir die Fürsorge für meinen Liebling nicht mehr. Die Liebe zu meinem Kinde feit mich nicht mehr gegen die Stürme in meinem Herzen. Einst liebte ich die Wunder der Natur; ich ging in der Anbetung schöner Werke auf. Jetzt mahnt mich alles nur an den Wunsch, es zusammen mit Ihnen zu genießen. Wenn ich einsam bin und in Grübeleien versinke, so kreisen meine Gedanken immer um Ihre Person. Wenn ich durch die herbstliche Heide wanderte, wenn ich am Meeresstrande in die Ferne sah, wenn ich mich in der Oper in die Melodien und Harmonien verliere, immer sind Sie es, den meine Träume suchen. Ich flüstere Ihren Namen vor mich hin und wehre die unsichtbare Macht ab, die Sie wider mich entsendet haben.

Das ist seit einem Jahre so. Ich leide und kämpfe mit keinem andern Erfolge, als dass sich meine Verzweiflung vermehrt und meine Sehnsucht vergrößert. Sie ist schon riesengroß. Ich weine, ich bete, ich ringe mit mir. Nichts vermag mein armes Herz zu erleichtern. Und heute kommen mir Ihre Worte von der Aufrichtigkeit in den Sinn. Ich klammere mich an sie. Ich gebe alle Verstellung auf.

Um der Barmherzigkeit willen, Georg, helfen Sie mir! Schützen Sie mich vor mir selber! Wenn ich wanke, so ist das für mich schändlicher und qualvoller als für jede andre: weil Sie mich nicht mehr lieben. Weil Sie mich nie so innig geliebt haben wie ich Sie.

Ich muss mir gehören, mir allein. Dazu müssen Sie mir helfen. Sonst sind Sie nicht mein echter, treuer, lieber Freund.

Nun kennen Sie meine Herzensnot. Ein wenig macht mir das mein Herze leichter.

Georg an Agathe

23. Januar.

Meine Agathe,

betroffen stehe ich vor Ihrem Bekenntnis. Ich fühle bis ins tiefste Herz, was es heißt, die Liebe einer über alles verehrten Frau erworben zu haben. Sie wollen sie mir schenken, und Sie müssen sich dies zugleich doch schmerzlich versagen. Ihr großer Schmerz ist auch der meine.

Ich halte mich für im höchsten Maße schuldig und bin bereit, alles zu tun, um Ihnen wieder zu Ihrem inneren Frieden zu verhelfen. Das Schicksal ist sehr hart gegen Sie, dieweil es Ihnen das höchste Erdenglück nicht vergönnt.

Was soll ich Ihnen sagen? Was soll ich tun, um Sie nicht noch unglücklicher zu machen? Befehlen Sie! Soll ich von Neuem weit in die Welt hinaus pilgern?

Ein Wort von Ihnen genügt, meine angebetete Freundin.

Bis in den Tod der Ihre,

Georg

Den 26. Januar.

Liebster Freund!

Nein! Verlassen Sie mich nicht! Was sollte dann erst aus mir werden? Ich würde mich mit meinen Grübeleien zu Tode quälen. Hören Sie mich lieber nachsichtig an! Ich musste Ihnen doch alles sagen, was ich denke und fühle. Ihnen mein ganzes Herz offenbaren. Hätten Sie nicht sonst meiner scheinbaren Launenhaftigkeit gar bald überdrüssig werden müssen?

Sie sollen mich nicht anders lieben, als Sie mich just lieben, denn ich möchte um alles in der Welt den unvergleichlichen, zuverlässigen, geliebten, unentbehrlichen Freund nicht verlieren. Hätte ich in meinem Schweigen verharrt, so wäre unsre Freundschaft sicherlich der alten Offenheit verlustig gegangen. Zweifellos hätten Sie manche Züge an mir falsch deuten müssen, so vor allem meine Traurigkeit, die Sie schließlich selber unruhig und nervös gemacht hat. Ich muss Ihnen dies Geständnis machen. Meine Seele ist zerrissen, und ich fühle mich verloren. Ich bin alles andre denn Ihre Heilige mehr. Mit Tränen in den Augen schreibe ich Ihnen.

Eines tröstet mich in meinem Leid. Sie lernen mich dadurch ganz kennen, und Ihre Liebe und Ihre Achtung für mich müssen wachsen. Sie werden nachsichtig über so manches hinwegsehen, was Sie wie Unfreundlichkeit, Entfremdung berühren muss, und was sich gegen meinen innersten machtlosen Willen oft gerade dann zeigt, wenn ich Sie am innigsten liebe. Reichen Sie mir hilfreich Ihre Hand, dann werde ich genesen! Ich liebe Sie. Meine einzige Hoffnung ist die, dass die Vision, die mich betört hat, sanften Tränen weichen wird. Die will ich gern vergießen, wenn sie nur auf Ihr Herz fallen und es mir weicher machen.

Meine Leidenschaft bereitet mir nicht nur seelische Schmerzen und Gewissensweh, sondern seltsamerweise auch körperliche. Ich gebrauche fast übermenschliche Kraft, um meinen schwachen Körper zu beherrschen. Glauben Sie aber nicht, dass ich Ihnen diesen Brief schreibe, um Sie zu rühren! Ich will nichts weiter als Sie in all der Einsamkeit meines Herzens lieben. Dies darf ich Ihnen auch sagen, damit Sie wissen, dass ich aufrichtig bin. Zu Ihnen muss ich das sein. Dieser Gedanke soll mich aufrecht erhalten und – glücklich machen. Glücklich? Sie haben mir einmal eine Verherrlichung des Glückes der Resignation gepredigt. Erinnern Sie sich?

Fern von Ihnen versuchte ich, Sie zu vergessen. Ich habe es nicht zuwege gebracht. So fest halten Sie mein Herz. Behalten Sie es also! Ich will es nie wieder zurückhaben. Wie meine kleine Sophie will ich alle Abende beten: Niemand soll in meinem Herzen wohnen als du allein!

Wie ist es so weit gekommen? Ich weiß es nicht. Nur das weiß ich, dass ich Sie liebe, mit allem Schönen, was in Ihnen ist, und auch mit allen Ihren Fehlern und Schwächen. Wenn Sie mich anschauen, so berühren mich Ihre Blicke wie Liebkosungen. Die eigentümliche Art, wie Sie manches sagen, ist für mich erlesenster Genuss. Und so viele Ihrer Gedanken umschmeicheln mich wie die warme Sonne.

Die Sonne? Das war es ja, was mir in den letzten sieben Jahren gefehlt hat: die Sonne, auf die jedes gesunde Menschenkind ein Recht hat.

Lassen Sie mich drei Worte wieder und wieder schreiben, die ich nicht aussprechen darf:

Georg, die Deine!

Georg an Agathe

27. Januar.

Liebste Freundin.

Ich bin tief ergriffen und fühle mich schuldig. Aber was soll ich Ihnen sagen? Diese plötzliche Leidenschaft! Ihre größte Feindin ist Ihre empfängliche Natur.

Wenn ich bisher innerlich nicht ganz gefestigt war, so bin ich es von heute an. Sie können keinen besseren Schutz haben als mich. Ich reiche Ihnen meine Hand und will Sie durch Nacht und Sturm sicher geleiten.

Ich habe Ihrem Gefühl nach in Ihnen die Liebe wachgerufen. Das ist eine schlimme Krankheit, die vorübergeht. Rasch oder langsam, je nachdem. Unsre Freundschaft ist älter als Ihre Leidenschaft. Lassen wir diese verlodern und wünschen wir nichts, als dass uns aus ihrer Asche die alte kostbare Freundschaft unversehrt wiedererstehe und uns dann umso inniger eine. Da ich die Ursache Ihres Leids bin, will ich alles tun, es wieder zu bannen. Ihre Leidenschaft ist Lebensdurst. Einmal musste dies Sie ergreifen. Sie sind zu jung, zu sehnsuchtsvoll, zu liebefähig, als dass Sie dauernd verschont bleiben sollten. Soweit ich mitschuldig bin, vergeben Sie mir! Ich glaube, unsre Freundschaft war zu zärtlich, die Verwandtschaft unsrer Seelen zu stark, die Nähe unsrer Herzen zu groß.

Meine Liebe zu Ihnen gleicht nicht der Ihren. Wenn in beiden von uns eine Mischung von Liebe und Freundschaft herrscht, so hat bei mir längst die Freundschaft die Obergewalt, bei Ihnen mit einem Male die Liebe, eine große starke Leidenschaft. Es wird Ihnen tausendmal schwerer fallen, Ihrer Sinne Herr zu werden, als mir ehedem.

Sie besitzen ein unverbrauchtes Herz. Sie haben niemals geliebt. Sie möchten den Becher der Lust austrinken. Sie wollen Ihre Rechte an das Leben endlich geltend machen. Ich aber, als ich Sie fand, ich war übersättigt vom Leben, ohne noch an das ganz große Glück glauben zu können. Ich sehnte mich, angeekelt von allerlei schwülen Abenteuern und überwundenen Erlebnissen, nach einem sonnigen Hafen des Herzens. Ein letzter kleiner Sturm focht mich an. Sie wissen! Dann war ich fähig, Ihnen der Freund ohnegleichen zu werden. Heimlich sind Sie bei alledem meine angebetete Geliebte, aber in einer Art, die Sie niemals verletzen kann. Meine Augen haben Sie jedes Mal geküsst, wenn wir uns sahen. Meine Nerven haben sich um Sie gesponnen und Sie umarmt. Ihre Gegenwart hat mir die Wangen gestreichelt, Haar und Hände, ohne dass Sie selbst es ahnten. Ihre Stimme hat mich auf das Süßeste umschmeichelt.

Ach, keine andre Liebe der Welt hatte mich glücklicher machen können! Sie sind mir der Kristallisationspunkt der erlesensten Lebensfreude. Ihre anmutige Mütterlichkeit, Ihre Begeisterungsfähigkeit, Ihre Anpassungskraft, Ihre Natürlichkeit, Ihr häuslicher Sinn, dies und noch sehr viel mehr wirkt da mit. Mit einem Wort: Sie sind die Madonna meines Lebens.

Zürnen Sie mir nicht, wenn ich Ihnen alles das sage. Ich fühle es. Sie hörten lieber ganz andere Worte. Liebste Agathe, ich bin tief betrübt, dass ein dunkles Etwas zwischen uns aufgetaucht ist. Tun wir alle beide alles, damit wir einander nicht entfremdet werden! Das ist meine Angst. Erscheint sie Ihnen egoistisch? Vielleicht gar.

Bekämpfen wir den Feind!

Sie sind ein Stück meiner Existenz. Wenn ich Sie verlöre, spränge ein Teil meines Herzens ab.

Ich habe Sie so namenlos lieb!

Ihr Georg

Agathe an Georg

Den 26. Januar.

Mein lieber Freund!

Schuldig? Das sind wir wohl beide nicht. Sie nicht und ich auch nicht! Es ist mein Schicksal, dass ich Sie lieben muss!

Sie haben mir gute, liebreiche Worte, Worte voller Nachsicht geschrieben, und ich bin Ihnen dankbar dafür. Ach, könnte ich damit zufrieden und froh sein! Aber ich bin es nicht. Ich weine hilflos und untröstlich. Und ich habe nicht die Kraft, mich zu fassen.

Warum durfte ich nicht früher auf Ihren Lebensweg kommen? Zu Zeiten, da Sie noch an das ganz große Glück fest glaubten?

In tausend wehmütigen Stunden verwünsche ich mein Herz. Weil es nicht mehr schläft, nicht mehr leidenschaftsfremd ist. Warum habe ich es nicht auch verbraucht, im Wirbel des wilden Lebens, ehe Sie in meinen Daseinskreis traten? Was wäre uns beiden dann für eine wunderbare Freundschaft beschieden, eine goldschwere, dabei doch kühle bis ans Herz hinan! Und dann hätten Sie wenigstens einmal in Ihrem ereignisreichen Leben eine Ihnen vollkommen erscheinende Frau gefunden!

Du mein Gott, das ist Ironie! Ich verliere mich. Helfen Sie mir! Ich möchte mich wiederfinden.

Sie nennen mich Ihre Madonna, Ihre Heilige. Ich möchte sie sein – oder möchte ich es nicht? Ich weiß es nicht. Ich kenne mich nicht mehr. Ich weiß nicht mehr, was ich will. Also habe ich wohl auch nicht die Kraft, Ihre Heilige zu sein? Sie, Sie müssen mich schützen, vor mir selber!

Die Erinnerung an jenen Augustabend liegt mir beständig im Sinn. Ach, warum entfloh ich damals und ließ Sie allein im Garten? Allein mit den lichten Sternen der wunderbaren Nacht? Ach, es war nicht vor Ihnen, dass ich geflohen! Es war vor meinem Gewissen, vor der Sünde, vor der Liebe.

Warum haben Sie Ihre Leidenschaft sich verkriechen lassen? Warum rufen Sie sie heute nicht zurück? Was fürchten Sie?

Ich weiß es: die Enttäuschung.

Ich bin jung. Sie haben mir tausendmal gesagt, ich sei liebenswert, reizend, verführerisch. Was weiß ich noch? Waren das nur Schmeicheleien? Bin ich heute nicht mehr begehrenswert? Warum begehren mich andere, deren Beteuerungen ich nicht hören will. Es stellen mir so viele nach. Sie wissen es, wenn Sie es auch stumm zu übersehen pflegen. Sie wissen auch, geliebtester Freund: Wenn ich das in dieser Stunde erwähne, so ist das alles andere denn armselige Eitelkeit.

Neulich, bei einem Diner, da haben Sie mir gesagt: »In diesem blassen Seidenkleide, in diesem Wirrwarr von Spitzen hab ich Sie unsagbar gern!« An demselben Abend, eine Weile später, traten Sie an mich heran, und fast mit dem herrischen Gehaben eines Ehemannes befahlen Sie: »Kommen Sie, Agathe! Brechen wir zusammen auf! Ich beginne, mich zu langweilen.« Ich musste über Ihre Tyrannei lächeln und habe mich wohl durch meine Miene dagegen leise gewehrt. Heimlich aber war ich über Ihre Natürlichkeit entzückt. Erschrocken flüsterten Sie, und Ihre Augen schimmerten so eigentümlich: »Seien Sie mir nicht bös! Sind Sie nicht die Meine?«

Und als wir dann im Wagen saßen, fröstelnd, da sind Sie ganz nahe an mich herangerückt oder ich an Sie? Sie lehnten Ihren Kopf zurück und sagten heiter wie ein kleiner Junge: »Agathe, jetzt ist mir so froh zumute!«

Sie überschätzen meine Kräfte, wenn Sie hin und wieder leise, süße Zärtlichkeiten in unsere seltsame Freundschaft legen. Haben Sie nie geahnt, wie gewaltsam ich mich in solchen Augenblicken beherrscht habe? Ach, während mir die Sinne vergehen wollten, war Ihnen alles das nur ein schönes Spiel.

Die Liebe des höheren Mannes? Ein Spiel ist es der Sinne, der Nerven, der Erinnerungen. Kaum mehr. Ich weiß es wohl. Und doch:

Georg, ich bin die Deine!

Bringt Ihnen mein Bekenntnis Freude, wahrhaftige glückliche Freude, Georg?

Agathe

Georg an Agathe

1. Februar.

Liebste Freundin und Schwester.

Ich möchte zu Ihnen kommen, aber ich wage es nicht. Es ist mein Beruf, meine heilige Pflicht, Sie sicher zu geleiten, und doch fürchte ich, es könne eine Stunde kommen, in der ich meiner Rolle nicht gewachsen wäre.

Sie müssen sich und Ihrer Lebensanschauung treu bleiben! Unmöglich hat uns das Schicksal zusammengeführt, damit Sie gegen Ihre innere Bestimmung fehlen. Sie sind keine Ihrer leichtherzigen Genossinnen, die reuelos ihre eignen Ideale umwerfen. Ertragen Sie den Schmerz, den ich Ihnen um Ihrer Ehre willen zufüge! Gerade dieses Leid wird Ihre Liebe läutern. Unsre Liebe muss dem Irdischen fernbleiben. Wollen Sie, dass mir Ihr Hass eines Morgens sicher ist?

Was soll ich Ihnen sagen? Soll ich morgen doch zu Ihnen kommen? Vielleicht finde ich da die rechten Worte?

Agathe an Georg

Rosenhof, den 2.

Lieber Freund!

Es ist besser, Sie kommen nicht. Ich fürchte mich vor dem Feuer, vor dem Sturm. Ich habe mich an Sie verloren. Ich bin schwach. Wenn Sie kommen, bin ich nicht mehr die ehemalige Agathe. Das weiß ich.

Niemand ahnt den tollen Aufruhr in mir. Ich zwinge mich auf das Mühseligste, ruhig zu erscheinen. Welche Komödie nach außen! Und drinnen, tief drinnen die unseligste Tragödie.

Außen Lächeln und Nicken,
Innen schluchzendes Weh!

Sie wollen mir helfen, Herzliebster! Darum dürfen Sie nicht kommen! Im Allein mit Ihnen verlässt mich die Herrschaft über mein zitterndes Ich, das nichts mehr kennen und anerkennen will als seine übermächtige Leidenschaft. Überlassen Sie mich der einsamen Trauer! Sie soll meinen so armselig gering gewordenen Willen wieder stark machen.

Ich möchte mich der ganzen Welt verschließen.

Ihre Agathe

Doch! Ich muss Sie sehen! Inmitten der Menschen, im Schwarme der Anderen, da wird es gehen. Ich bin morgen mit meiner Schwägerin in der Oper. Wir haben einen Platz für Sie. Toska, Frau Eva von der Osten! Wundervoll! Die Musik hat einen unerträglichen Text. Aber es ist ein Stück der Leidenschaft.

Kommen Sie! Still neben Ihnen: Lust und Leid zugleich! Aber ich muss Sie sehen.

Agathe an Georg

Sonnabends.

Mein lieber Georg!

Die Leidenschaft ist eine Sirene. Man kann nicht vor ihr fliehen. Sie sind mein Schicksal! Ich muss Sie alle Tage sehen, mit Ihnen plaudern. Ihnen immer mehr gehören, bis ich ganz die Ihre bin. Ich habe mich Ihnen geschenkt. Sind Sie stolz und glücklich darüber? Zeigen Sie mir Ihr Herz, das viel zu verschlossene! Rasch, kommen Sie! Reden Sie! Drücken Sie mir die fiebernden Hände! Sagen Sie nicht, Sie dürfen meine Nähe nicht suchen, da Sie mir helfen sollen und wollen! Sie helfen mir doch nur, wenn Sie bei mir sind. Wenn Sie kommen, werde ich dem Leben wiedergehören. Wenn Sie aber nicht kommen, – du mein Gott, ich könnte es nicht ertragen! Ich stürbe an meiner Sehnsucht zu Ihnen. Ich warte ja schon so lange auf Sie.

Ganz Ihre Agathe

Georg an Agathe

Sonntags früh.

Meine liebste Agathe.

Ich bitte Sie, gestehen Sie mir einmal das Recht zu, mir, Ihrem allerbesten Freunde, für Sie mit wahrer Vernunft zu denken und mit kühlen Augen zu sehen. Und lassen Sie mich einmal frei sagen, was ich denke und was ich sehe. Betrachten und werten wir einmal das menschliche Dasein ohne fantastische Zutaten und ebenso das, was das Leben der Menschen mit so starker Kraft treibt und bewegt, die Liebe.

Trotz der schmerzlichen Erfahrung Ihres Leben glauben Sie an die Liebe, und zwar an eine idealistische Sinnenliebe. Diese Art gibt es wohl im Rausche einer schönen Stunde, aber sie ist von sehr flüchtiger Dauer. Mit der Stunde rinnt auch sie dahin. Der Schatten ihres unvermeidlich frühen Todes gießt Wehmutstropfen in diesen Liebestrank und macht ihn dadurch seltsam verlockend. Es ist Romantik in dieser Liebe.

Wären Sie die meine geworden, so hätten wir diesen Trank alle beide getrunken. Dann aber? Wenn der Rausch dahin gewesen wäre? Glauben Sie mir: Schmerz, Scham und Reue wären in Ihnen mächtiger geworden als die Erinnerung an die trügerische Seligkeit der glücklichen Stunde. Das hätte unsre Liebe zertrümmert. Und was wäre aus unsrer Freundschaft geworden? Die Freundschaft zwischen Mann und Weib lebt von dem, was sie sich von der Liebe borgt, der uneingestandenen

Liebe, die in jeder solchen Freundschaft schlummert. Mit dem Tode unsrer Liebe wäre auch unsre Amitié amoureuse hingestorben. Es hätte so sein müssen.

Sie beseelen das Körperliche und erwarten Dinge, die das Körperliche nicht geben kann. Wenigstens uns beiden nicht. Eines Morgens würden Sie ernüchtert sein. Ihre innere Not könnten dann auch meine heißesten Küsse nicht ersticken. Vor diesem Morgen fürchte ich mich.

Das Ihnen entschwindende Wolkenbild der Liebe verträgt die Erdenluft nicht. Jedes Ideal ist übersinnlich! Und mich haben Sie dereinst zu diesem Ideal bekehrt. Ich kann und mag nicht mehr umkehren. Ich bin in dieser Liebe glücklich; die Freuden und Wunder solch himmlischer Liebe erscheinen mir unvergleichlich gegenüber den Genüssen der irdischen Liebe. Und warum wollen Sie nun mit einem Male umkehren?

Agathe, vergessen Sie Ihr Begehren!

Agathe an Georg

Rosenhof, den 7.

Ich komme zu Ihnen, und ich sage: Ich habe mich in Sie verloren. Ich kann nicht mehr. Helfen Sie mir! – Und Sie? Sie finden als Erwiderung nichts denn Worte, Worte, Worte. Sie klingen klug und weise, ja. Aber was soll ich damit? Ihr Herz will ich! Ihr wahrstes Ich! Sie sollen mir sagen, dass Sie mich noch lieben! Warum entgegnen Sie mir nicht einfach und ehrlich, dass Sie Ihre einstige Liebe zu mir nicht zurückzurufen vermögen? Dass sie von hinnen gegangen ist, damals als ich sie nicht erhörte!

Mein Gott, strafen Sie mich doch jetzt nicht für das Einst! Meine Sinne schliefen damals. Wie vermochte ich zu geben, was nicht da war?

Jetzt bin ich erwacht, nach so langer Zeit. Groß und unbezähmbar ist sie nun da, die späte Leidenschaft. Maßlos. Sie beherrscht, treibt, quält, beseligt mich. Es ist ein Zustand; wie ich ihn nie erfahren. Wilde, törichte Wünsche peinigen mich. Georg, die Deine! Hören Sie mich an! So schwach, so unfrauenhaft bin ich! Sagen Sie nicht, es sei zu spät!

Steht nicht gerade das in Ihrem Brief da vor mir? Gibt er mir nicht deutlich genug zu verstehen, dass Ihre Wünsche, Ihr Begehren, Ihre Forderungen an Leben und Lieben bescheiden geworden sind? Erschrecklich zwerghaft sogar! Dass Sie sich nichts mehr wünschen denn beschaulich dahinzuleben? Um Gottes willen keine Leidenschaft! Sie würde Sturm und Aufruhr, Angst und Not in die philosophische Idylle Ihrer Seele tragen, den behaglichen Einklang darin stören, die Weihkerzen des Selbstkults in einem Tempel der Eigenliebe auslöschen ... Und Sie sind vierzig Jahre alt? Sagen Sie! Können Sie eigentlich lieben? Haben Sie es je gekonnt?

Wenn Sie ein so überlegener Weltweiser sind, dann mussten Sie zu allererst eines wissen: dass Freundschaft zwischen Mann und Weib etwas Unmögliches, Unwahres, Unhaltbares ist. Sie haben dies gewusst! Denn Sie sind ein Vielerfahrener. Also haben Sie ein müßiges und frevelhaftes Spiel mit mir getrieben! Ich war Ihnen nicht viel mehr denn ein Instrument, Ihre legendensüßen Träume zu begleiten. Und jetzt zerreißen Sie die Saiten, da Ihnen die Melodie meines lautpochenden Herzens zu laut, zu schrill erklingt!

Ich könnte wie eine Bacchantin lachen, wenn ich nicht wie ein Kind, das seine Heimat verloren, weinen müsste.

Georg an Agathe

9. Februar.

Liebe Agathe.

Die Liebe ist eine Krankheit. Ich bin Ihr Arzt. Ich bereite Ihnen Schmerzen, in der Hoffnung, Sie zu heilen, zu retten. Sie widersetzen sich mir. Nichts aber darf mich, den Arzt, kränken oder verletzen, nichts von meiner ernsten Pflicht abhalten oder zurückschrecken. Der Tag wird kommen, wo Sie mir das danken werden, was Ihnen heute so qualvoll und grausam an mir erscheint.

Die Liebe ist eine Krankheit. Sie entsteht heimlich, sie entwickelt sich langsam, sie schleicht in alle Winkel des Körpers und der Seele. Auf dem Höhepunkt verwüstet sie, brennt sie, lodert sie in Fieberschauern und Fantasien. Es gibt Naturen, die an ihr zugrunde gehen. Andere genesen, werden wieder gesund. Manchem bleibt das Herz auf immerdar krank, zerbrochen, leer. Glauben Sie ja nicht, ich hätte den Verzicht von damals ganz und gar überwunden!

Es ist das Schicksal aller Menschen, zu lieben, um zu leiden, und zu leiden, um zu lieben. Wir wissen es auch alle, und dennoch sehnen wir uns alle nach dieser fernen Vision, als sei sie das höchste Glück. Solange wir jung sind, ist uns Lieben und Leiden überhaupt das volle Leben. Und sind wir alt und weise geworden, dann blicken wir auf jene Leiden wie auf etwas Selbstverständliches zurück. Abermals sind sie ferne Visionen. Und die wehmütigsten Erinnerungen leuchten dann verklärt am fernen Horizont, von mildem Abendsonnenschein wundersam durchglüht. Fast möchten wir sie uns wieder zurückwünschen. Was wäre unser Leben ohne diese Leiden gewesen! Schon der späteren schönen Erinnerung wegen müssen wir also mitten im Leid tapfer und heldenmütig sein. Seien auch Sie tapfer, meine arme liebe Agathe!

Ich werde Ihnen wieder sehr sehr wortreich und allzu vernünftig vorkommen. Ich bin mir dessen bewusst. Vielleicht rede ich hartherzig, nüchtern, unzart, beinahe gemütlos. Sie haben es mir in bitteren Worten schon vorgeworfen. Sei es! Gegengift muss ebenso stark sein wie das Gift. Es ist meine Pflicht, Ihnen Leid anzutun. Es bewahrt Sie vor tödlicher Reue. Alle Zärtlichkeiten meines Herzens könnten Ihnen niemals die Verzweiflung aus der Seele verscheuchen. Es wäre nicht nur der bedrückende Vorwurf des Ehebruchs. Den vermöchten Sie mit innerem Rechte wohl zu überwinden. Tausendmal schwerer würde etwas ganz anderes auf Ihnen lasten: die für Sie wehmütige Erkenntnis, dass ich Ihnen nur die Trümmer eines Herzens darzubringen gewagt hätte. Ich liebe Sie, ja, aber nicht mit dem heiligen Feuer, das in Ihnen lodert. Die Freundschaft, die ich für Sie empfinde und betätige, die werden Sie nicht wieder in Ihrem Leben finden. Die Liebe hingegen, die ich Ihnen schenken könnte, die fänden Sie jeden Tag in jedem Männerherzen. Soll ich meine uns beiden solange köstlich gewesene Freundschaft schänden, indem ich ihr die Maske der Liebe vorbinde? Wenn es möglich wäre, dass Sie die Ehescheidung durchsetzen könnten, würde ich Ihnen, zumal um eines Umstandes willen das eheliche Geleite durch unser weiteres Leben anbieten: Sophiens wegen. Aber gerade Ihr Töchterchen wäre der Ihrem jetzigen Gatten zu zahlende Kaufpreis Ihrer Freiheit! Das haben Sie mir so oft gesagt.

Über den vielen vergessenen und halbvergessenen Frauen, die meinen Lebenspfad gekreuzt haben, ragen Sie wie eine Heilige. Sinken Sie nicht zu ihnen hinab, Schwester, Gefährtin, einzigste Freundin! Achten Sie meine Ehrenhaftigkeit höher als eitle Liebesworte! Lassen Sie Ihre Liebe wieder zur Herzensfreundschaft wandeln! Haben Sie ein wenig Geduld dazu!

Während ich Ihnen dies schreibe, blutet mein Herz. Alles, was ich auf Erden habe, möchte ich hingeben, wenn dafür ein Licht- strahl vom Himmel käme und Ihnen meine Gesinnung, mein Verhalten, meine Worte verständlich machte. Ich erfülle meine Pflicht. Ich kann nicht anders.

Wie lieb habe ich Sie, um Ihnen so viel Schmerz bereiten zu können!

Agathe an Georg

Rosenhof, den 12. Februar.

Herzliebster Freund!

Diese Briefe, o diese Briefe!

Sie sind der kühlste Verstandesmensch, der mir je im Leben begegnet ist! Kalt und vielerfahren, sehen Sie die Leiden, die Sehnsucht, die Schande, die Entnüchterung, kurz, die ganze Bahn der Leidenschaft voraus. Ich hasse Ihre Kenntnis des Herzens, Ihre Gelassenheit, Ihre Klugheit. Ich hasse Ihre mich verschmähenden Briefe. Ach, ich hasse Sie – und ich liebe Sie, bis zum Wahnsinn.

Warum verachten Sie meine Liebe? Ist sie Ihnen nicht erhaben genug? Bete ich Sie nicht an? Fühlen Sie das Allgewaltige nicht, das mich willenlos zu Ihnen drängt? Ist das Ihnen nicht etwas Wunderbares? Eilt mir Ihr Herz nicht deshalb allein schon entgegen?

Sie können nie geliebt haben! Ach, heben Sie mein armes gequältes, schon halbzertretenes Herz rasch auf! Ich will Sie lieben lehren. Es ist so süß! Sagen Sie nicht, Sie könnten nicht lieben! Sie wissen es nicht. Es ist unmöglich, dass meine Liebe nicht auch in Ihnen auflodern muss! Ich komme zu Ihnen wie im Traume. Ich schäme mich nicht mehr, es Ihnen frei zu sagen, dass ich Sie liebe. Vielgeliebter, ich will nicht mehr vor mir und meiner Liebe bewahrt werden. Es war ritterlich, edel, gut von Ihnen, es tun zu wollen. Aber es ist gegen die Natur. Haben wir je gesehen, dass eine Blume kurz in der Entfaltung wieder zur scheuen Knospe wird? Niemals. Es müsste der Reif des Winters über sie fallen. Ich fühle mich so namenlos glücklich, mich Ihnen schenken zu dürfen. Seien Sie nicht mehr herzlos!

Ewig die Ihre,

Agathe

Georg an Agathe

13. Februar.

Geliebte Agathe!

Tiefgerührt bin ich, und tiefbeschämt, und voll des Gefühles, so großer Liebe nicht würdig zu sein! Ich habe Ihnen mein Herz nicht verschlossen, aber ich habe es vor Ihnen verleugnet. Sie wissen, warum! Nicht aus Eigenliebe, gewiss nicht! Glauben Sie mir, ich bin voller Sehnsucht und Verehrung, heute wie damals, wo Sie mich nicht verstehen und nicht erhören wollten! Ich habe mich dann stärker gestellt, als ich es in Wahrheit war. Ich bin nicht kalt und nicht herzlos, aber ich glaubte, zu Ihrem Seelenheil müsste ich lügen.

Ich liebe Sie, ich bete Sie an. Ich erwarte Sie, Innigstgeliebte! Geben wir den törichten Widerstand gegen uns selbst auf. Kommen Sie! Ich will Ihnen von meiner bisher stummen Sehnsucht erzählen. Ich will Sie küssen, bis Sie mir sagen. Sie seien glücklich!

Von fünf Uhr ab erwarte ich Sie. Ist diese Zeit Ihnen recht?

Ihr Georg

Agathe an Georg

Nachts.

Mein Freund!

Sie hatten recht. Ich war von Sinnen! Ich dürstete nach Ihrer Liebe, nach einer Liebe gleich der meinen. Was hätten Sie mir aber gewährt? Die ersehnte große grenzenlose Liebe? Nein. Doch wohl nur Ihr Mitleid! Also Scheidemünze für Gold!

Die Krisis ist vorüber. Noch schüttelt mich wildes Fieber. Werde ich es überwinden? Wenn ich mich zur alten Freundschaft durchringe, dann werde ich nicht sterben. Beichten will ich Ihnen aber gleich heute. Alles, alles sagen. Bis ins Kleinste. Es soll mir eine Art Buße sein. Ich will mich nicht nur vor mir schämen. Auch vor Ihnen. Es ist vielleicht heilsam. Sprechen wir dann beide nie wieder davon!

Ich erhielt Ihr Briefchen mittags um eins. Mein Wunsch, darin zu finden, was ich mir von Ihnen erbeten, war so mächtig, dass ich beim Lesen fast ohnmächtig wurde. Dann war ich froh und zuversichtlich. Stand ich doch endlich vor dem Tore meiner Sehnsucht. Umständlich und wählerisch machte ich mich zum Ausgehen fertig und fuhr dann mit der Straßenbahn zur Stadt. Am ersten Droschkenhalteplatz nahm ich mir eine Droschke. Es war dreiviertel fünf Uhr. Aus Vorsicht gab ich dem Kutscher die Nummer des Hauses neben dem Ihrigen an.

Der Wagen hielt. Ich weiß nicht, was mich hinderte, auszusteigen: eine seltsame Schwäche. Ich ließ eins der Fenster herunter und befahl dem Kutscher: Halten Sie hier! Ich erwarte jemanden. – In seiner behäbigen Antwort kam das Wort: Fräuleinchen! vor. Nach ein paar

Minuten war er offenbar eingenickt. Ich wollte meine Schwäche überwinden und lehnte mich in meine Wagenecke ...

Fräuleinchen! So hatte er mich genannt.

Ich lächelte belustigt vor mich hin und dachte mir eine kleine Geschichte aus, in der ich als Fräuleinchen die Heldin war. Aber mit einem Male schlug meine Stimmung um. Fräuleinchen! Ja, mehr war ich wirklich im Augenblicke nicht: ein unbesonnenes, ängstliches, liebebedürftiges armes Ding. Ich schauerte zusammen. Ich war verstört. Hatte Fieber. Mir ward zumute, als hätte ich etwas ganz Schlimmes vor. Die Tränen kamen mir. Ich war tiefunglücklich.

Unentschlossenheit und Sehnsucht, Liebe und Angst, Scham und Verlassenheit kämpften in mir. Eine volle Stunde ging so vorüber. Die Uhr der Kreuzkirche drinnen in der Stadt schlug langsam sechsmal: sechs Uhr! Es war finster geworden. Die Straßenlaternen brannten bereits, und durch das blätterlose Astwerk der Bäume der Bürgerwiese blinkte der Schimmer ferner Lichterreihen. Tiefe Ruhe. Schreckliche Einsamkeit. Mein Kutscher regte sich nicht.

Ich sah, in Ihrer Wohnung war es hell; alle fünf Fenster erleuchtet. Einmal erblickte ich Ihre Umrisse im Fenster. Sie warteten auf mich.

Wieder verging Minute auf Minute. Nervös, halbmechanisch, eine grässliche Leere im Kopfe, suchte ich Ihren letzten Brief aus meinem Handtäschchen. Das Papier knisterte zwischen meinen zitternden Fingern. Was brauchte ich erst zu lesen? Wie Flammenschrift standen mir die Worte vor den Augen meiner Fantasie: Ich erwarte Sie, Inniggeliebte! Geben wir den Widerstand gegen uns selbst auf!

Ich dachte über diese Worte nach und suchte mich auf den Wortlaut des ganzen Briefes zu besinnen. Und wiederum verstrich viel Zeit. Ich vermochte nicht mehr recht klar zu denken. Ich hatte die Herrschaft über mich verloren. Frost und Fieber schüttelten mich. Ich hätte nicht sprechen, nicht gehen können. Einmal sagte ich vor mich hin: Es regnet ... Der Kutscher schläft ... Mich friert ... Wie spät ist es eigentlich? ... Er wartet auf mich ... Dort oben! ... Ich muss zu ihm hinauf ... Er wartet ... Er wartet noch immer ... Wer liebt mich so wie er in der ganzen Welt? – Aber alles das waren Worte ohne rechten Zusammenhang, beinahe ohne Sinn und Verstand. Ich lebte kaum mehr; ich war gelähmt, halbtot.

Die Straßenlaternen kamen mir wie lodernde Fackeln vor. Ich besinne mich dunkel: die ferne Turmuhr schlug sieben, dann viertel acht, schließlich dreiviertel acht ... Da auf einmal traten Sie aus dem Hause. Einen Augenblick verweilten Sie unter dem Torwege. Sie knüpften gemächlich Ihre braunen Handschuhe zu. Sie bückten sich, um Ihre Beinkleider aufzukrempeln, weil der Boden vor Feuchtigkeit glänzte. Ich sah das Lichterspiel auf Ihren Lackschuhen. Dann zogen Sie Ihren Überzieher ein wenig zurecht. Und dann, die Hände in den Taschen, gingen Sie mit gleichmäßigen weichen Schritten davon, ein freier, glücklicher Mann.

Da bin ich in heiße Tränen ausgebrochen und habe so geschluchzt, dass der Kutscher aufwachte. Er ist von seinem Bock heruntergestiegen, hat den Wagenschlag geöffnet und versuchte, mich zu trösten.

Wie ist das Leben traurig und sonderbar!

Dabei nannte er mich wieder Fräuleinchen. »Weinen Sie nur nicht!«, sagte er. »Das geht allen so. Hab ja schon manche so gesehen wie Sie. Nur nicht gleich den Kopf hängen lassen! Ein andermal wird er schon kommen. Nur nicht weinen! Es geht alles vorüber!«

Es geht alles vorüber! Genau wie Sie das manchmal sagen! Es fiel mir ein, und ich fing an zu lachen – laut und unheimlich – über die groteske Übereinstimmung. Der dicke Droschkenkutscher tröstete mich gemütlich mit Ihren Worten! Ich lachte. Ich konnte nicht anders. Der Mann sah mich bestürzt und ratlos an.

»Na, Fräuleinchen, wohin soll ich Sie nun fahren?«

Diese Frage brachte mir meine Fassung zurück. Ich sehnte mich nach meinem Heim, nach meinem Töchterchen, nach dem Frieden meines Hauses.

»Fahren Sie mich zum Hauptbahnhof!«

Ich hatte den Entschluss gefasst, mir dort ein Auto zu nehmen. Fort aus dieser schrecklichen engen Droschke!

Zu Haus habe ich mich am Bett meines Kindes ausgeweint. Ohne mein Töchterchen hätte ich den Nachklang jener dunklen Stunden nicht ertragen. Georg, was wollte ich aus Liebe zu Ihnen tun!

Es ist elf Uhr. Ich habe seit Mittag noch keinen Bissen gegessen. Alles im Hause schläft außer mir und einem der Hunde.

Georg, ich glaube, ich bin über den Berg meiner Liebestorheit. Ich empfinde etwas wie leise, süße, glückselige Dankbarkeit für Sie. Gestern noch grollte ich Ihnen, weil Sie sich zu kühl, zu überlegsam, zu klug zu verhalten schienen. Jetzt verzeihe ich Ihnen die vielen Leiden, die Sie mir bereitet haben. Ach nein, ich kann alles das noch nicht vergessen. Das Herz blutet mir. Wie habe ich Sie geliebt, und wie sehr liebe ich Sie immer noch! Warum war ich so feig, trotz meiner großen Liebe? Und hätte ich hinterher sterben müssen! Ich verachte mich. Was werden Sie von so armseliger Liebe denken?

Georg an Agathe

15. Februar.

Geliebteste Agathe.

Wie rührend lieb und gütig waren Sie gestern zu mir, und wie schön und anbetungswürdig haben Sie ausgesehen. Nur so müde und matt. Ich hätte Sie auf Ihre geliebten Augen küssen mögen.

Ich verehre Ihre Offenheit, Ihr Märtyrertum, Ihre Ergebenheit in Ihr Schicksal. Als ich vor Ihnen lag und Ihre Hände küsste, so lang und so zärtlich, in Liebe, in Anbetung und innigster Herzensfreundschaft, da haben Sie mich so wehmütig angeschaut. Sie sind über die Krise hinaus, gewiss, aber Ihr Blick hat mir unsagbar wehgetan. Sie müssen noch immer leiden.

Darf ich morgen Nachmittag wiederkommen? Erlauben Sie mir dies! Sie bedürfen des Freundes. Ich will alles tun, damit Sie recht bald wieder ganz gesund sind.

In Liebe und Verehrung

Ihr getreuester Georg

Loschwitz, den 16. Februar 1913.

Sehr geehrter Herr von Rockau!

Meine Tochter ist schwer krank und verlangt im Fieber nach Ihnen. Der Arzt meint, Ihre Anwesenheit wäre heilsam. Daher bitte ich Sie, möglichst sofort zu kommen.

Ihre

Barbara von Strahlenheim

Agathe an Georg

Rosenhof, den 25. Februar.

Lieber Freund!

Der Arzt hat mir erlaubt, wieder Besuche anzunehmen. Aufstehen darf ich noch nicht, aber Sie müssen der erste sein, der eine Tasse Tee an meiner Seite gereicht bekommt.

Ich erwarte Sie morgen, Mittwoch, recht zeitig um 4 Uhr. Erzählen Sie mir schöne kleine Geschichten, wie Sie das so gut können, wenn Sie guter Laune sind. Ich will auch frohgemut sein. Ganz so wie Sie mich am liebsten mögen. Sagen Sie: Liebe Agathe, lieben Sie mich! – Nein, nicht so viel! – Na, doch ein bisschen mehr! So, so ist's brav! – Ich tue alles. Ich bin ja nun Ihre gute Freundin,

wie Sie sich die in Ihren Träumen schon lange gewünscht haben.

Ihre Agathe

Georg an Agathe

3. März.

Liebste Agathe.

Unsrer gestrigen Verabredung gemäß habe ich die
Fahrkarten nach dem Gardasee für Sie, Ihre Frau Mutter,
Sophie, mich, Miss May und Ihre Jungfer besorgt. Des-
gleichen die Schlafwagenkabinen bestellt. Ich erwarte
Sie alle morgen Abend gegen elf Uhr im Hauptbahnhof.

Je nachdem es Ihr Zustand gestattet, verweilen wir
entweder einen oder zwei Tage in München oder im lieben alten Bozen. Im Greifen! Ich brauche nur den Namen hinzuschreiben: Gleich steht der ganze Walther-
Platz vor meinen Augen. Oder aber wir reisen ohne Un-
terbrechung. Das wird sich unterwegs entscheiden. Auf
jeden Fall ist es für Ihre Gesundheit vortrefflich, dass es
mir gelungen ist, Sie zur sofortigen Abreise zu überreden.

Nachdem ich Sie im sonnigen Gardone gut unterge-
bracht habe, werde ich mich wieder hierher begeben. Sie
müssen in der Einsamkeit Ihren alten schönen Seelen-
frieden wiederfinden. Und Sie finden ihn wieder. Glauben Sie mir das!

Tausend herzliche Grüße! Auf Wiedersehen!

Ihr treuergebener

Georg

Agathe an Georg

Gardone, den 15. März.

Mein lieber Freund!

Mein Brief wird Sie überraschen. Wozu Briefe, da wir hier unsre Tage gemeinsam verleben, unter einem Dache!

Ich habe die Kraft, Ihnen zu schreiben, aber nicht dazu, Ihnen Auge in Auge zu sagen: Gehen Sie! Und ich muss es Ihnen sagen. Verzeihen Sie es mir!

Wenn Sie um mich sind, habe ich keinen Mut. Dann ist es mir vielleicht auch ganz unmöglich, Sie mir fern zu wünschen. Dann stehe ich völlig im Banne Ihres geliebten Wesens. Ich bitte Sie herzlich: Verlassen Sie mich! Gehen Sie von mir! Überantworten Sie mich der Einsamkeit an diesem paradiesischen See. Anders kann ich nie wieder Herrin meiner selbst werden. Ich gerate von Neuem in Herzenswirren.

Ich möchte immer bei Ihnen sein, Ihre Stimme hören, Ihre nachdenklichen Augen sehen, Ihr heiteres Lachen genießen, mich an Ihren spöttischen Gedanken und göttlichen Einfällen erfreuen. Aber wohin führt uns das schließlich?

Die schrecklichste Verzagtheit durchzittert mich. Ich möchte leben, mit wilder Lebenslust, und zugleich auf alles verzichten, was mehr denn bloßer Traum und ziellose Sehnsucht ist.

Georg, wie habe ich Sie geliebt! Die innigste Vereinigung hatte dieses Mich-in-Ihnen-verlieren nicht steigern können. Ich war eins mit Ihnen. Sie waren der Inhalt meines Ichs. Und doch war das nur ein Traum, der nie zur Wirklichkeit werden kann, überschwänglich und grausam, der Erfüllung so nahe und doch niemals erfüllbar.

Was ist mir meine Standhaftigkeit, meine Pflichttreue, meine Keuschheit wert? So viel wie Ihre Besonnenheit, Ihre kalte Vernunft, Ihre ewige Selbstbeherrschung! Ward mir daraus auch nur ein winziges Körnchen von Glück? Mein Herz ist so trostlos leer und öd. Ich hege nur noch einen Wunsch: zu vergessen oder zu sterben. Nachts, wenn ich nicht einschlafen kann, sitze ich stundenlang am Fenster und starre in die Sternennacht hinaus. Die Ora braust, und der See lockt mich wie eine Sirene.

Gehen Sie, geliebter Freund! Solange Sie bei mir sind, kann ich nicht vergessen.

Ihre Agathe

Georg an Agathe

15. März, halb 12 Uhr.

Geliebte Freundin.

Eben wollte ich Ihnen Sophie zurückbringen. Nach herrlicher Kahnfahrt. Wir waren in Malcesine. Auf den Spuren Goethens. Da meldet mir Ihr Mädchen, Sie schliefen und kämen nicht zum Dejeuner. In meinem Zimmer habe ich dann Ihren Brief vorgefunden.

Ihre Bitte erfüllt mich mit tiefster Trauer. Aber ich verstehe und billige Ihren Entschluss. Es wird mir unbeschreiblich schwer fallen, Sie zu verlassen. Ich sehe aber ein, Sie sind noch weit von der vollkommenen Genesung entfernt. Werden Sie fern von mir wieder gesund und glücklich!

Den Nachmittag werde ich benützen, Sirmione wiederzusehen. Ich habe dort vor Jahren einen wundervollen Sonnenuntergang erlebt. Und morgen muss ich diesen schönsten aller Seen verlassen.

Gönnen Sie mir ein paar liebe Abschiedsworte?

Ich werde abends zu Tisch nicht im Hotel sein.

Agathe an Georg

Am 15. März.

Lieber Freund!

Kommen Sie, bitte, zu Tisch wie immer! Mutter würde sich über Ihr Fernbleiben wundern. Teilen Sie ihr während des Essens mit, dass Sie morgen abreisen. Einen glaubwürdigen Vorwand werden Sie leicht finden. Ich fühle mich sehr schwach. Seien Sie nachsichtig, wenn ich nicht viel sprechen werde, und vor allem zeigen Sie sich nicht betrübt, dass wir voneinander scheiden! Es ist nicht für ewig.

Mein Töchterchen liebt Sie, als seien Sie ihr Vater. Mein Gott, ich darf nicht von Ihnen lassen!

Ihre Agathe

Georg an Agathe

Mailand, 16. abends.

Liebste Agathe.

Der Abend gestern um diese Zeit am Strand im Vollmondschein, ach, unvergesslich! Der Himmel war wie aus dunkelblauem Glas, der See fast schwarz. Myriaden glitzernder Brillanten über den geringen Wellen. Drüben San Vigilios verträumte Schatten, geisterhaft die Häuserchen und die Zypressen, und hoch über dem allen der Monte Baldo, märchenhaft still, ein hellleuchtendes Schneefeld unweit seinem Gipfel. Hand in Hand mit Ihnen vor diesem Bilde, unvergesslich!

Ich bin im Geiste immer bei Ihnen. Versonnen wandle ich durch die menschenvollen Straßen und Gassen dieser fast an das Nordische gemahnenden Hauptstadt meiner geliebten Lombardei.

Eine halbe Stunde habe ich in einer der Seitenkapellen des Domes verträumt, Ihrer innig gedenkend. Morgen soll mich der schnellste Zug über die Alpen zurückbringen. Am liebsten bliebe ich in Italien, bis es droben bei uns wieder warm wird. Venedig, Florenz, Rom, Neapel, Sorrent locken mich. Aber ich hätte doch nicht die rechte Stimmung. Man darf nicht Melancholie als Reisegepäck mit in den heiteren Süden bringen. Und ich will nicht lebenslustig sein, während Sie um mich leiden.

Sie haben mir beim Scheiden versprochen, ich solle jeden Sonntag einen Brief von Ihnen bekommen. Heute in acht Tagen also den ersten! Es ist noch sehr, sehr lange bis dahin.

Georg an Agathe

Dresden, 24. März, abends.

Liebste ferne Freundin.

Heute Vormittag bin ich hier angekommen. Am Nachmittag habe ich den Rosenhof besucht. Alles in allerbester Ordnung. Krokus blühen im Garten. In Ihrem Zimmer Ihr leises Parfüm, als ob Sie da seien. Coquerro hat mit mir geschwatzt. Vor Freude hat er seinen Fressnapf bis aufs letzte Korn leergefressen. Am Kutscherhause eine Dackelattacke. In Josefs Augen ein paar Tränen, als ich ihm von Ihnen erzählte.

Und ich?

Schweigen wir davon!

Lange habe ich in der Diele gestanden, wissen Sie, wo Tizians Himmlische und irdische Liebe hängt.

Es küsst Ihnen die geliebten Hände

Ihr Georg

Agathe an Georg

Gardone, am 27.

Geliebter guter Freund!

Den Sonntagsbrief! Sie werden ihn pünktlich haben, denke ich.

Wenn ich wieder gesund werde, verdanke ich das diesem himmlischen See mit seinem Frieden, seiner Sonne, seinen frohen Farben.

Ich bin noch recht schwach. Und diese sonderbare Unruhe! Ach, mein lieber Georg, Sie mögen noch so melancholisch sein, aber weinen Sie Nacht um Nacht? Klagen Sie in Ihren Träumen? Sagen Sie sich hundertmal am Tage: Ich werde nie wieder glücklich?

Ich schließe, ich kann nicht weiter schreiben. Ich bin einer Ohnmacht nahe; so sehr strengt mich das Schreiben an.

Wir haben schlimme Nachrichten von Hermann.

Leben Sie wohl, Georg!

Ihre getreue Agathe

Georg an Agathe

Sonntags, 30. März 1913.

Geliebte Agathe.

Teuerste, Ihr Zustand beunruhigt mich stark. Ich ängstige mich um Sie. Nehmen Sie alle Kraft zusammen! Sie müssen überwinden! Wie herrlich werden die neuen Tage unsrer alten, nun vergänglich gewordenen Freundschaft sein!

Ich möchte Ihnen viel schreiben, aber es ist besser für Sie, ich begnüge mich in meiner Trübsal mit der aufrich-

tigen Versicherung, dass ich Ihrer zu allen Stunden gedenke.

Ihr immerdar ergebener

Georg

Agathe an Georg

Gardone, den 3. April.

Geliebter Freund!

Es geht mir gar nicht gut! Am meisten schwächt mich
eine entsetzliche Schlaflosigkeit. Nacht um Nacht die
gleiche Qual! Ich möchte vergessen. Eher kann ich nicht
gesunden.

Aber warum sind auch Sie traurig und trübsinnig? Sie
sollen's nicht sein! Was fehlt Ihnen zu Ihrem Glück?

Georg an Agathe

Sonntag, 6. April.

Geliebte Agathe.

Ich fühle mich allzu schuldig, um lebensfroh sein zu
dürfen. Vergraben in Einsamkeit und Schwermut, mache ich mir immer gewichtigere Vorwürfe. Ich bin nahe
daran, zu glauben, dass ich nicht recht gehandelt habe.
Was ich für hohe ritterliche Pflicht hielt, war ein Wahn-
gebilde, eine Torheit, eine Unmenschlichkeit.

Ich liebe Sie und habe nie aufgehört, Sie zu lieben. Sei-
en Sie dessen überzeugt! Nur weil ich mir einbilde, ein

Liebesbund zwischen mir und Ihnen, der Unfreien und so Bedenklichen, müsse Sie zugrunde richten, habe ich meine Liebe bekämpft und zum Schweigen, zur Lüge verurteilt. Jetzt, da ich einsehe, dass ich Sie nur noch tiefer unglücklich gemacht habe, muss ich reden. Ich liebe Sie, Agathe!

Sie sind für die zärtlichste Liebe geschaffen. Seien wir Menschen! Lieben wir uns bis in alle Tage! Wir ahnen ja beide nicht, welch wunderschöne Blumen am Wege unsrer Liebe erblühen werden.

Darf ich wiederkommen?

Ich verspreche, Sie zu heilen. Mit der Glut meiner Küsse, Geliebteste!

Ewig der Ihre,

Georg

Agathe an Georg

An Catulls Villa, am 9. April, in der Abendsonne.

Teurer Freund!

Nein!

Ich habe zu viel gegrübelt, zu viel gelitten, zu viel geweint, zu viel verloren! Ich habe zu lange in meiner ungestillten Sehnsucht gelebt. Nun ist meine Liebe schon zu erdenfern. Verstehen Sie das, zarter und zärtlichster aller Menschen? Gewiss!

Ich weiß noch, dass ich Sie unermesslich begehrt habe, aber ich erinnere mich dessen nur noch wie eines Erlebnisses in einem mir fremden früheren Leben. Oder wie eines seltsamen Traumes, der mich auf ein fernes wundersames Eiland geführt hat, das ich nie wieder erblicken werde. Der Traum ist verweht. Was hat das wirkliche Dasein mit diesem verlorenen Traume zu schaffen?

Wenn ich auf der Erde noch eine Bestimmung zu erfüllen habe, so ist es die Erziehung meiner Tochter. Ich habe nur noch einen Wunsch: Sophie einmal glücklicher zu sehen als mich. Fast alle Tage denke ich stundenlang darüber nach: Womit muss ich sie rüsten, damit sie die Vorbedingungen zum Glück hienieden in sich trägt? Ich glaube, es zu wissen. Ich muss sie im Herzen so reich machen, dass sie dem Manne, den sie einst lieben wird, kein leeres Herz entgegenbringt, aber auch keins, das nur erfüllt ist von Sehnsucht, Erwartung und großer Hoffnung, sondern ein Herz, das beim Erwachen der Liebe überströmt vor Güte, Begeisterungsfähigkeit und Verständnis. Innerlich reich sein, reicher als der Geliebte, und geben können, viel geben können, das ist weibliches Glück. Denn was ist das Höchste, das eine Frau auf dem Throne der Liebe vermag? Donner et pardonner!

Kommen Sie nicht! Es ist besser so. Ich werde in der Liebe zu meiner Sophie wieder gesund werden.

Verzeihen Sie die Bleistiftschrift! Aber im Hotel, da kann ich nicht schreiben.

Georg an Agathe

13. April.
Liebste Freundin.

Ich füge mich, Ihnen ergeben, Ihnen und Ihrem Willen. Über meinem eignen Herzen stehend, segne ich Sie. Die Befriedigung, die Ihnen aus der Liebe zu Ihrer auch mir über alles teuren kleinen Sophie quillt, möge Ihr stilles Glück werden.

Agathe an Georg

Gardone, den 16. April.

Lieber Freund!

Das Glück des Verzichts ist ein armseliges Glück. Aber es muss mir genügen. Ich will fortan zufrieden sein. Meine Liebe zu Ihnen war so groß, dass Reue oder Hass niemals in ihrem Gefolge hätten sein können. Selbst meine Enttäuschung ist rein von jedem hässlichen Gefühl. Sie ist kühl und frei. Mit dem Rüstzeug meiner Resignation wandle ich festen Schritts durch die Ebene des weiteren Lebens. Ich danke es Ihnen.

Wir sind einander nichts mehr schuldig. Ich habe Ihnen alle Schuld mit meinem Leid bezahlt.

Wir bleiben hier noch den halben Mai. Ich vermag mich vom köstlichen See nicht zu trennen.

In einem alten Bande der »Jugend« fand ich vor einiger Zeit, da Sie noch da waren, ein Gedicht »Lago di Garda«. Ich habe es mir abgeschrieben:

Lago di Garda

Lago di Garda! In mein Herz gegossen
Hat frühe Sehnsucht dieses Zauberwort.
Oft, wenn die Welt im Wintergrau zerflossen.
Verhieß es mir den neuen Frühling dort.

Da liegt er nun, der See, ein blauer Fächer,
Von Silberspitzen wunderbar umsäumt,

Die Berge weiß, die sonnenfrohen Dächer,
Zypressen, ernst und wehmutsvoll verträumt.

Die Ora singt, der nächtelang ich lausche:
Sirenensang, ich traue ihm nicht mehr!
Wo ist die Lust, der ich mein Leid vertausche?
Limonenduft, wie bist du süß und schwer ...

So fand ich nicht, was mir der Traum verspro-
chen.
Es war ein Märchenglück, das ich begehrt.
Und doch, ich segne euch, göttliche Wochen,
Lago di Garda, die du mir beschert!

Heben Sie mir die Verse auf!

Mein Bruder Hermann hat sich abermals zu einem langen Europa-Urlaub entschließen müssen. Wir erwarten
ihn in vierzehn Tagen. Er schreibt wortkarg. Wir fürchten, dies ist das Zeichen, dass es ihm wenig gut geht.

Ihre Agathe

Agathe an Georg

(Depesche)

Gardone-Riviera, 18. April.

Lieber Freund, wir erhalten soeben aus Lome die telegrafische Nachricht, dass Hermann gestern am Herzschlag verstorben ist. Unfähig, Anordnungen zu treffen, bitten wir Sie, auf das Kriegsministerium zu gehen. Unser Hermann soll in afrikanischer Erde ruhen. Es war sein Wunsch.

Ihre Agathe

Georg an Agathe

(Depesche)

Dresden, 20. April.

Ihr und Ihrer verehrungswürdigen Mutter Schmerz ist auch der meine. Wir müssen ihn vereint tragen. Ich habe Ihrem Wunsche gemäß gehandelt. Ausführlicher Brief folgt. Ewig der Ihre.

Georg

Viertes Buch

Agathe an Georg

Gardone, den 11. Mai.

Mein liebster Freund!

Hoffentlich bekommen Sie diesen Sonntagsbrief pünktlich am 13. früh.

Die Zeit fliegt dahin. Schon liegt die jüngste Vergangenheit hinter mir, als hätte sie sich vor Jahren abgespielt. Mein Herz hat allzu viel ertragen müssen. Ich komme mir vor, als sei ich eine ganz Andere geworden denn vor einem halben Jahre. Sicherlich werden auch Sie dies an mir merken. Es ist übrigens nicht zu Ihrem Nachteil. Im Gegenteil.

Der Tod meines armen Bruders hat mich von meinem Leiden befreit. Ihm danke ich meine innere Befreiung. Vor wirklichem großem Schmerze bestehen unsere kleinen Leiden nicht. Ich litt an Dingen, die mir meine Fantasie eingegeben hatte. Angesichts des unsagbaren Verlustes sind alle meine seelischen Kräfte wiedergekommen. Die Pflicht, meine fassungslose Mutter aufzurichten, sie zu trösten, ihr den entrückten einzigen geliebten Sohn zu ersetzen, diese Pflicht musste mich gänzlich erfüllen. Ich nahm mich mit festem Willen zusammen. Ich zwang mich, wieder gesund, gleichmütig und stark zu werden. Um Trösterin zu sein, muss man sich erst selbst getröstet haben. Und das habe ich fertig gebracht.

Denken Sie nun aber nicht. Sie hätten bei dieser schwer errungenen Genesung keine Rolle gespielt! Sie haben immer vor mir gestanden, gütig, klug, heiter, liebenswürdig. Wie in Ihren besten Tagen. Mein innigster Glaube an Ihre Freundschaft hat mich gestützt. Was das Leben nicht vollbrachte, hat der Tod gefügt, der Tod eines geliebten Menschen. Nichts wird fernere Freundschaft so wie dies stets von Neuem heiligen.

Ich werde Sie immer lieben, auf eine eigene Art, aus dem Bedürfnis, Sie glücklich und nie vereinsamt zu wissen. Ich werde Ihnen Mutter, Schwester und Freundin sein. Ihr Glück wird auch mich glücklich machen. Sie brauchen meine Zuneigung zu Ihrem Glücke. Ich werde sie Ihnen niemals entziehen.

Irgendein Dichter hat gesagt, der Schmerz sei der Prüfstein der Liebe.

Immer Ihre Agathe

Wir reisen am 14. zurück.

Agathe an Georg

Rosenhof, den 5. Juni.

Lieber Georg!

Wir erwarten Sie übermorgen für Nachmittag und Abend.

Eine Bitte:

Erinnern Sie sich an das Ölgemälde von ***: Herbstabend am Gestade von Sirmione? Wir haben beide lange gerade vor diesem schönen Bilde gestanden. Es liegt etwas wie Triumph über die Melancholie darin. Ein sieghaftes reiches Herbstglücksgefühl. Ich habe nun zweitausend Mark dazu bestimmt, ein Bild aus der diesjährigen Ausstellung zu kaufen. Nur habe ich mir eine Nebenbedingung gestellt. Sie haben allerhand gute Bekannte unter den vielen Malern Dresdens. Erkundigen Sie sich einmal, ob der Sirmione-Verherrlicher den Verkauf eines ausgestellten Bildes nötiger oder nicht so nötig hat denn irgendein anderer Dresdener Maler. Im letzteren Falle suchen Sie mir, bitte, den Bedürftigeren. Der Sinn der Bedingung nämlich ist der: jemandem eine stille

Hoffnung zu erfüllen. Die Welt ist so voll unerfüllbarer Wünsche.

Georg an Agathe

6. Juni.

Liebste Agathe.

Hurrah, wir haben das Herbstglück! Eben habe ich Ihnen Sirmione gekauft. Leider nur im Bilde. Abgeholt darf es erst im Oktober werden. Wenn Sie es ihm gestatten, will der Künstler sein Werk selbst überbringen und aufhängen. Er will das günstigste Plätzchen suchen. Das Geld hat er mehr denn nötig. Sie sind sein guter Engel. Also nicht nur meiner.

Ich bin morgen Nachmittag punkt 4 Uhr bei Ihnen.

Tausend Grüße!

Ihr Georg

Agathe an Georg

Rosenhof, den 8.

Liebster Freund!

Ich habe eben einen schon drei Seiten langen Brief an Sie wieder vernichtet. Wie viele, viele Male ist es Briefen an Sie so ergangen! Das ahnen Sie nicht. Nun beginne ich einen neuen Bogen. Mag mir die Stimmung vorsagen, was sie will: Sie sollen den Brief bekommen. Einen dritten werde ich nicht versuchen.

Gestern beim Gehen haben Sie gesagt: »Auf Wiedersehen am Donnerstag!« Das dauert mir zu lange. Lachen
Sie mich nur aus! Was kann ich dafür, dass ich ein so
sehnsüchtiges Herz habe und dass sich das dumme
Ding gerad an Sie gehängt hat? Das ist schlimm für uns
alle beide. Aber ich tröste mich mit Ihren Worten: Man
muss sich in alles fügen!

Sie haben mir neulich ein Bändchen von Nikolaus
Chamfort eingehändigt, als ich vor Ihren Bücherschrän-
ken stand und nach etwas Hübschem zu lesen suchte.
Warum gerade Chamfort, den bitteren Verächter der
Gesellschaft? Ach, ich weiß es wohl. Sie verstehen es
meisterlich, mir gewisse Grundgedanken Ihrer kühlen
Weltanschauung mittelbar und unmittelbar von Neuem
im Gedächtnis zu erhalten. Aber ich lese doch nur, was
ich lesen will und wie ich es lesen will! Wir Frauen lesen
immer anders als die Herren der Schöpfung.

Ihr Chamfort ist ein sehr kluger Kopf. Er weiß so manches auch über euch Männer, was den Frauen höchst
wertvoll ist zu wissen. Er weiß sogar etwas über unsere
Freundschaft zu sagen. Hören Sie: »Was der Freundschaft eines Mannes zu einer Frau so viel Reiz verleiht,
das sind die zahllosen Untergedanken, die zwischen
Männern störend und sinnlos wären, zwischen Mann
und Frau aber etwas Wundervolles sind.«

Untergedanken! Ja. Er hätte die Unterströme der Gefühlswelt nicht vergessen sollen. Gedanken bei Euch,
Gefühle bei uns. Wenn ich zurückdenke, so erinnere ich
mich der seltsamsten Unterströmungen. Was ich für Sie
gefühlt, war in den verschiedenen Zuständen weder reine Freundschaft noch reine Liebe. Und meine Furcht vor

der höchsten Leidenschaft war im Grunde nicht kleinliche Furcht. Als ich in einer wichtigen Stunde nicht imstande war, meine armselige Droschke zu verlassen, was hatte ich da eigentlich zu fürchten? Warum war meine Liebe so schwach?

Als wir gestern im Garten mit Sophie spielten, rief mir mein Töchterchen zu: »Ach, Mutter, binde Onkel Georg doch das Tuch fester! Er guckt unten durch!«

Sie wurden auf eine Bank gesetzt, und ich musste Ihnen das Tuch fester um die Augen binden. Ich versuchte es, hinter Ihrem Rücken stehend. Es war zu kurz; es wollte sich nicht machen lassen. Da schlug Sophie vor: »Halt ihm solange mit den Händen die Augen zu, bis ich mich versteckt habe!« Sie wehrten sich belustigt. Aber ich tat es. Meine Hände glitten über Ihr Haar und Ihre Stirn zu Ihren Augen herab. Sie schlössen sich unter meiner Berührung. Ich fühlte die Bewegung Ihrer Lider. Mit einem Male bogen Sie den Kopf zurück. Ich hatte den Drang, Ihre geschlossenen Lippen zu küssen, – einen Augenblick lang. Dann verließ mich dieser leise Wille. Der klare Verstand herrschte wieder über dem dunklen Gefühle.

Das war eine solche Unterströmung, die empordrängte. Ach, was sind wir Menschen für unerklärliche Geschöpfe! Nie gelangen wir zur vollen Freiheit und Einheit.

Seien Sie wahr! Was sind wir beiden? Liebende ohne Liebe.

Ihre Agathe

Georg an Agathe

10. Juni.

Liebste Freundin.

Das Leben ist eine Komödie.

Sie fühlten sich zu mir gezogen, als Ihre trauten Hände im Spiel mein Gesicht berührten! Und ich, ich war nahe daran, Sie jäh an mich zu ziehen. Der kleine Vorfall symbolisiert unsere seltsamen Beziehungen.

Hätte dieses Ereignis vor ein paar Monaten stattgefunden, wer weiß? Vielleicht hätten sich zwei dunkle Ströme gefunden. Und vielleicht hätten wir uns auch mit dem gefürchteten Nachher recht glücklich abgefunden.

Bedauern Sie es, geliebte Freundin?

Ich bedaure es unsagbar.

———————

Agathe an Georg

Den 12.

Lieber Freund!

Wenn wehmütiges Grübeln Bedauern ist, dann bedaure auch ich. Aber das ist nicht gleichbedeutend mit Zurückrufen-wollen. Lassen wir die alten Tage! Erfreuen wir uns der Unterströmungen, aber sie sollen stumm in ihrer Tiefe dahingleiten.

Einst wollte ich, meine Träume seien nicht bloß Träume, und jetzt bin ich so wunschlos geworden, dass ich selbst im wirklichen Leben oft nur Schattenbilder sehe. Aber man muss leben, muss sogar mehr oder weniger wahllos mit den Andern leben! Und wohl zu meinem Glücke lebe ich in Beziehungen zu einer Anzahl Menschen, die mir völlige Einsamkeit zur Unmöglichkeit machen. Anders wäre es nicht gut für mich. Und darum liebe ich meine Pflichten.

Wir gehen in größerem Kreise nächsten Sonntag zum Rennen nach Reick. Ich rechne auf Ihr Erscheinen. Wir wollen hinterher im Italienischen Dörfchen dinieren. Ist es Ihnen recht? Wenn Sie nicht kommen, habe ich an nichts Freude.

Ihre Agathe

Georg an Agathe

20. Juni.

Liebste Freundin.

Sie waren am Sonntag auf dem Rennplätze recht wenig nett zu Ihrem alten treuen Freunde! Ihr letztes liebes kleines Briefchen hatte mich durchaus nicht auf diese neue Haltung von Ihnen vorbereitet, umso schmerzlicher war die Tatsache. Ich gebe gern zu: Sie haben sich auf geistreiche Weise über mich lustig gemacht. Alle lachten, und ich hätte gern selbst mitgelacht. Sie wissen, ich bin nie Spielverderber! Aber ich fühlte leise heraus, dass mir Ihr Spott sagen sollte: Ich bin Dir bös!

Leugnen Sie es nicht! Ich weiß es; ich bin überzeugt davon. Sie hatten eine ganz eigentümliche Art, mich mit halbgeschlossenen Augen anzusehen, eine mir ganz ungewohnte Art zu lachen, zu schweigen, zu reden! Gestehen Sie! Ahnen Sie nicht, welch ungeheuren Schmerz Sie mir mit alledem angetan haben?

Glauben Sie mir, meine liebste Freundin, ich weiß sehr wohl, dass ich von einem gewissen Standpunkt aus ein schlechter Stratege der Liebe war, damals als ich dem Ansturme Ihres Herzens Widerstand leistete. Ich hätte besiegt Sieger sein sollen. Aber glauben Sie mir ebenso: ich liebe Sie viel zu sehr, um jenen Mangel, sei es an Sinnlichkeit, sei es an Galanterie, sei es an was es sein mag, irgendwie zu bereuen. Ich hoffte auf einen höheren Sieg. Hätte ich wirklich weniger Freund und mehr Mann sein sollen?

Beim Diner nach dem Rennen haben Sie sich mit sichtlichem Wohlgefallen Herrn von Wolfframsdorf gewidmet. Sie haben den Worten dieses mir unangenehmen Lebemannes aufmerksamt zugehört. Sagen Sie, sollte es Genugtuung, Vergeltung, Rache sein? Und wofür? Was habe ich Ihnen angetan?

Ich habe Sie den ganzen Abend beobachtet, habe in Ihren Augen gelesen, Ihren geliebten silbergrauen Augen, wenn sie mich mit leisem Spotte streiften. Zum ersten Male, seitdem wir uns kennen, sind Sie mir wie eine Sphinx vorgekommen, wie die Mona Lisa; böse, zwiespältig, rachelüstern, grausam, herzlos.

Missachten Sie es, nach einer mir verborgenen Wandlung Ihres Ichs, mit einem Male, dass ich Sie zur einzigen Heiligen meines so profanen Lebens erhoben habe? Es war der Beweis meiner höchsten Liebe. Betroffen stehe ich vor etwas in Ihnen, das ich in tiefstem Schmerze Herzlosigkeit zu nennen gezwungen bin.

Ich warne Sie vor Wolfframsdorf. Es mag kleinlich aussehen, und doch tue ich es. Er ist seit einiger Zeit Ihr Begleiter in den Ausstellungen, in der Stadt und überall. Es mag Zufall sein. Vielleicht, vielleicht auch nicht. Man fängt bereits an, davon zu reden. Man sagt, er stelle Ihnen nach.

Seien Sie vorsichtig! Ich rufe es Ihnen als Ihr bester Freund zu.

Agathe an Georg

Rosenhof, den 21.

Liebster Freund!

Hören Sie auf, mich schlecht zu behandeln! Wofür halten Sie sich mit einem Male? Herr von Wolfframsdorf ist mir völlig gleichgültig. Du mein Gott, er ist witzig, amüsant. Er zerstreut mich ein wenig. Er macht mir den Hof. Meinetwegen. Von meinem Herzen, von meiner Seele gehört ihm nichts. Es ist ihm gar nicht möglich, sich davon zu nehmen.

Sie bilden sich am Ende gar ein, ich wolle Sie eifersüchtig machen! Sie sind ein Kindskopf! Meine Ehre ist Ihre Ehre! Ich vergesse das nicht.

Komm, ich habe dir verziehen!– heißt es in irgendeiner Oper. Die Melodie durchklingt mein Herz, lieber Georg, indem ich Ihnen diese Zeilen schreibe. Wie könnte es in unserer unvergänglichen Freundschaft anders sein?

Kommen Sie heute Abend nach dem Rosenhof, Sie schlimmer Eifersüchtiger! Kommen Sie und sehen Sie nicht Dinge, die nicht da sind!

Agathe an Georg

Rosenhof, den 26.

Mein lieber Freund!

Was für ein Gesicht zogen Sie gestern, als ich Ihnen sagte: Ich liebe Sie wirklich nicht mehr!

Ganz gewiss liebe ich Sie nicht mehr! Ich gebe zu, mein Herz ist zum Sterben leer, aber ich habe mir fest vorgenommen, diese Leere mit irgendetwas zu füllen. Auch ich bin Philosophin geworden, Lebenskünstlerin nach Ihrem Stil, geliebter Meister! Auch ich sehe in der Liebe – wie Sie – eine Krankheit, und zwar eine, die ich mit allen meinen Kräften bis auf den letzten Rest überwinden will und werde.

Als Sie in mein Leben traten, war ich im Glauben, die Liebe könne mich nie versuchen. Mein Herz schlief. Ich hegte keine Sehnsucht nach Leidenschaft. Vordem hatte ich mir einmal ein Götterbild erträumt. Aber diese Träume waren verblasst, verloren gegangen, vergessen.

Da kamen Sie. Sie redeten sehr bald von Liebe. Aber zur Liebe gehören immer zwei. Als Sie sich allein auf dem Plane sahen, da verzichteten Sie. Es fiel Ihnen schwer. Gewiss. Aber im Grunde waren und sind Sie einer von denen, die das Leben längst überwunden haben. Vielleicht nicht nur das Leben der Äußerlichkeiten! Vielleicht haben Sie einmal am innersten Leben gelitten, am Leben und Lieben. Ich weiß es nicht. Es müsste gewesen sein, ehe wir uns begegneten. Sie stehen beneidenswert sicher über Ihrem Herzen. Ich habe nicht so leicht überwinden können. Und ich verstehe noch immer nicht, woher Sie die geheime große Kraft zu Ihrer starken Lebensüberlegenheit haben.

Ich habe Sie spät zu lieben begonnen. Eines Tages war alle meine Sehnsucht von einst wieder erwacht. Sie hatten viel oder wenig dazu getan, aber ich kann nicht sagen, dass meine Seele in die Irre gegangen wäre, als mein Herz sich zu Ihnen neigte. Nein, dieses grobe Unglück widerfuhr mir nicht. Sie sind seelisch genau der, den ich suchte. Aber Sie wichen mir aus. Sie verschmähten meine Sinnenliebe. Sie verschanzten sich hinter allen möglichen psychologischen Gründen, die mir samt und sonders unmännlich, pedantisch, kleinmütig erschienen, so klug und weise ich sie auch heute preisen mag. Sie hatten nicht den Mut oder den Stolz, noch jung zu sein. Sie hatten kein Vertrauen zu sich selbst. Sie dürfen mir nicht böse sein: Sie waren kein Held; aber es war ja nur Ihr verstandesmäßiges Rüstzeug, hinter dem sich Ihr tiefstes Ich mit aller seiner Gefühlsinnigkeit und Herzensgröße ängstlich verkroch.

Seitdem ich die Herrschaft über mich wieder habe, lache ich über das alles: über mich und über Sie. Nicht aus Spott. Ich kann Ihnen sagen: In jenen Tagen habe ich die dunkelsten Tiefen des Leids kennengelernt, erlebt. Ich habe schreckliche, qualvolle Stunden durchgemacht, Stunden voller Empfindungen, die mir heute unmöglich sind und unerklärlich. Ich habe Sie bis zum Wahnsinn geliebt! Ich bin toll gewesen.

Und mit einem Male ward ich eine andre. War ich vordem Ich selber? War ich, die ich jetzt so kühl und überlegsam bin, war ich wirklich jenes von Flammen durchstürmte, wankende Geschöpf? Ich war es, verwandelt durch die große Leidenschaft, die nie wieder in mich kommen wird. Große Gefühle, starke Empfindungen, wundervolle Visionen, schöne Worte, ausbrechend in einen gellenden Aufschrei, der im Sturme verhallte. Und alles ist überwunden, niedergerungen, vergessen. Vorüber! Dahin! Ich bin im tollsten Wirbel dieses Sturmes die ehrbare, reine, tugendsame Frau geblieben!

War es ein Glück, war es ein namenloses Unglück? Ich kann es nicht sagen. An meinem Willen lag die Entscheidung nicht. Aber in meiner Natur. Wir tragen alle unser Schicksal in unsern Nerven. In einer gewissen Stunde hatte ich keinen Mut.

Niemals werde ich mir anmaßen, Richterin über andre Frauen zu sein. Ich bin geneigt, den Sünderinnen gegen die sogenannte Moral zuzurufen: Arme Frauen! Aber ich werde fortan jede lieben, die man ächtet, indem ich mich daran erinnere, dass ich ebenso gelitten habe wie die Unglücklichste, dass ich ebenso toll war wie die Tollste!

Ich hatte keinen Mut in jenem Augenblicke der Entscheidung. Aber vorher, ohne Ihren unvergleichlichen Widerstand wäre es doch wohl anders gekommen. Leugnen Sie ihn nicht, lieber trefflicher Josef, und zürnen Sie Frau Potiphar nicht, dass sie Ihnen alles das so freimütig zu beichten wagt! Warum haben Sie mir damals nicht geschworen, ich sei Ihre erste wahre Liebe, die erste und letzte große Leidenschaft Ihres ganzen Lebens? Warum haben Sie mich nicht als vielerfahrener Troubadour in himmlische Träume gewiegt? Ich, ich hätte Ihnen alles in innigster Lust geglaubt, ich hätte Ihre Beteuerungen im Feuer meiner Sinne noch vergoldet. Wie ein Kind hätte auch ich an die uralten Märchen und Legenden der Liebe geglaubt. Und mein Glaube wäre so stark gewesen, dass ich glückselig geworden wäre!

Mein geliebter Freund, Sie waren nicht so stark, mir diesen Glauben zu schenken! Es wäre der wundervolle Höhepunkt meines armen Lebens geworden. Ach, bisweilen überfällt mich die schmerzlichste Traurigkeit, dass ich sagen und klagen muss:

Vorbei sind die Tage der Rosen!

Georg an Agathe

27. Juni.

Liebe Freundin.

Sie müssen mir verzeihen, wenn ich ein Störenfried bin, wenn ich eifersüchtig aussehe und wenn ich über Sie wache wie ein sorglicher, selbstsüchtiger Ehemann. Ihre Genesung schreitet so furchtbar schnell vorwärts, dass ich es nicht verstehe.

Ich kenne das Leben. Mit zweiundvierzig Jahren ist man bei meiner Entwickelung – Sie nennen mich vielerfahren! – misstrauisch geworden gegen sich selber wie gegen Andre. Höchst misstrauisch. Wolfframsdorf liebt

Sie. So wie Leute seines Schlages lieben. Er ist vorsichtig, und wenn man ihn ausforscht, gibt er verräterisch verschlossene Antworten: »Wie? Was? Frau von Uechtritz? Ich habe sie eine Ewigkeit nicht gesehen? Ist sie denn noch hier?« – Und dann komme ich zu Ihnen, und Sie sagen mir in Ihrer lieben Freimütigkeit: »Eben war Herr von Wolfframsdorf da.«

Frau Potiphar, Sie sagen, die Tage der Rosen seien vorbei! Wer weiß? Vorläufig nur Ihrer prächtigen Theorie nach. Die femme de trenteans erlebt mitunter wundersame zweite Sommer. Und die Legenden der Liebe weiß ein Wolfframsdorf vielleicht wirksamer vorzutragen als der schwärmerischste Romantiker. Sie haben selbst einmal gesagt: Die Frauen lieben im Manne immer einen imaginären Helden.

Hüten Sie sich!

Agathe an Georg

Rosenhof, den 28. Juni.

Mein lieber Georg!

Sie ärgern mich. Hüten Sie sich! Wenn Sie so fortfahren, werden Sie mich schließlich verletzen und verwunden. Es passt Ihnen offenbar nicht, dass ich nicht nach Ihrer Vorschrift langsam gesunde. Das ist unfreundschaftlich von Ihnen. Es steht Ihnen auch schlecht an. Es verträgt sich gar nicht mit Ihrem Wesen.

Mein Trost ob der überwundenen Leidenschaft zu Ihnen ist der glückliche Gedanke, dadurch ein Anrecht auf den Himmel erworben zu haben. Das ist zwar für das weitere irdische Dasein nur ein schwacher Trost, indessen, immerhin ein Trost. Haben Sie mir nicht einmal gesagt, das einzige Geheimnis der Lebenskunst läge darin, sich immer zu trösten zu wissen?

Worin besteht in Ihren Augen mein Unrecht, mein tadelhaftes Verhalten? Darin, dass ich mein farbloses Dasein durch eine Zerstreuung, durch einen harmlosen Flirt, meinetwegen eine Koketterie bunter zu machen suche? Übrigens habe ich das gar nicht einmal gesucht. Die Gelegenheit war die Verführerin. Wozu sollte ich mich dagegen wehren? Sie kennen mich doch so gut! Auch ich habe keinen großen Genuss daran. Aber ich brauche eine Zerstreuung. Ein Spielzeug. So hässlich das klingt. Was soll ich tun? Ich fürchte mich vor einsamen Grübeleien.

Soll ich ganz aufrichtig sein? Ja? Dann muss ich Ihnen gestehen, dass ich Sie doch noch immer liebe!

Das Leben der Menschen ist eine lange Kette von ewigen Widersprüchen. Bin ich nicht der beste Beweis davon? Und sind Sie nicht auch ein Beweis, Sie, der Sie mich einmal leidenschaftlich geliebt haben?

Es ist ganz unmöglich, immerdar ein einheitlicher Mensch zu bleiben. Unser Ich von heute ist nicht mehr das von gestern und noch nicht das von morgen. Gerade der höhere Mensch ist endloser Wandlung unterworfen und von der Stunde an, da er fühlt, dass seine Entwicklungskraft schwindet, stirbt sein Reiz und verblasst sein Glanz. Von da an beginnt er, zu sterben. Ich trage noch lange nicht meine letzten Farben. Und damals? Ihr Ich, das mich liebte, entschwebte in die Ferne, als mein Ich nach ihm verlangte. Die Uhren unserer Herzen gingen noch niemals im Takte.

Machen Sie mir keine Vorwürfe, dass ich mir mein Leben mit einem Male ein bisschen mondän einrichte! Ich tue es, um mich von meiner armen ziellosen Liebe abzulenken. Ich lasse mich im Marktlärm der Gesellschaft ein bisschen betäuben, um die Seufzer meines verlassenen Herzens nicht allzu sehr zu hören. Zu meiner völligen Genesung ist mir jedes Mittel gut.

Ich habe bis jetzt immer nur das Glück der Anderen gestreift und mir mein eigenes volles hohes Glück nicht oder noch nicht zu schaffen verstanden. Damit hätte ich genügend Anlass, in diesem Punkte Fatalistin zu werden. Sie sind es in allem! Soll ich weiter warten? Ach, ich will mir meinen Glauben an mich selbst doch noch wahren. Ich will aus meiner eigenen Asche von Neuem erstehen. Ich bin unterlegen und lebe wieder auf. Ich bin unvernünftig und doch vernünftig. Ich hege heiße Hoffnungen und ertrage die wehmütigste Enttäuschung. Immer und überall leide ich und will mich doch meines Lebens freuen. Mutterglück, Freundschaft, Liebe, die Künste und die Natur, das Leben und die Träume, nichts wird mir zum reinen Genuss. Ein Rest von namenloser Sehnsucht opalisiert mir jedes Gefühl. Ich habe alle Mühe angewandt, wunschlos zu werden. Schon verspüre ich wundersame Kräfte. Ahnen Sie noch nicht, welche Kämpfe meinem jetzigen beinahe wieder normalen Zustande vorangegangen sind?

Georg, passen Sie sich meinem neuen Ich endlich an! Ich will Ihnen auch dies danken. Sie brauchen nur zu wollen. Freuen Sie sich meiner vorschreitenden Genesung! Ich fühle, sie geht ihrem Ziele zu. Nehmen Sie mich, wie ich bin! Und seien Sie nicht missmutig! An manchen Tagen ist meine Seele ernst, hilflos, müde, matt vor schmerzlicher heimlicher Schwere. An solchen Tagen haben *Sie* mich geliebt. An andern Tagen aber bin ich fröhlich und guter Dinge, fest und selbstbewusst. An solchen Tagen liebe ich mich. Es gibt Tage, wo die Seele die Vorherrschaft hat und nach dem Überirdischen strebt, und Tage, wo das Körperliche, wo Sinnlichkeit und Jugend herrschen und das armselige wirkliche Leben lebenswert machen. Heute habe ich einen Tag der Lebenslust. Hätte die Seele heute die Hegemonie, dann müsste ich bitterlich weinen, dass ich so heiß geliebt habe und dass Sie mich so betrübsam wenig kennen.

Eben habe ich ein Meer von Rosen erhalten. Meine Lieblingsblumen: Malmaisons! Als sie kamen, fiel mir ein, dass sich die Herzen derer, die uns am meisten lieben, in den Sternen verlieren. Verstehen Sie mich?

Georg an Agathe

Montag, 3. Juli.

Liebste Freundin.

Gestern bei Tisch bei Ihrer Freundin waren Sie entzückend! Es gibt Tage, wo man Ihr Herz fühlt, wo es Wärme und Licht über alle ausstrahlt, die um Sie sind. Dann erobern Sie sich alle. In der Harmonie dieser Beleuchtung sehen Sie die Menschen und nehmen sie so. Aber so sind sie nicht. Trauen Sie diesen Trugbildern nicht! Es sind Ihre eigenen Geschöpfe, die Sie an sich ziehen. Nehmen Sie den Schein nicht für das Sein!

Ich kenne Wolfframsdorf sehr genau. Wir waren ja zusammen Leutnants. Er ist der glänzendste Gesellschaftsmensch, den man sich denken kann. Er ist ein guter Kamerad, ein Kavalier in allen Dingen. Nur in einem ist er mir von jeher bedenklich leichtherzig vorgekommen: in seinen Beziehungen zu den Frauen. Er war das als Junggeselle wie später als Ehemann, und er hat sich auch nicht geändert, seitdem ihn seine Frau vor zwei Jahren verlassen hat. Sie haben alle diese Stadien selbst verfolgt. Somit dürften Sie ihn eigentlich nicht verkennen.

Mehr sage ich nicht. Nur das noch, dass ich nicht eifersüchtig bin. Dieses Wort passt nicht in unsre gute Freundschaft.

Ich drücke Ihnen die Hand.

Ihr getreuester Georg

Agathe an Georg

Rosenhof, am 4. Juli.

Mein lieber Freund!

Sie sind zweifellos eifersüchtig. Das ist eine Schwäche an Ihnen, die mich sehr engherzig dünkt. Das ist also Ihre Achillesferse. Wer hätte es gedacht! In diesem Punkt gleichen Sie den alltäglichen Männern. Da ich Sie aber frei von kleinlichen Mängeln haben will, so werde ich alles aufbieten, Sie zu heilen.

Wolfframsdorf ist mir ungefährlich. Er und alle andern. Wenn mir je ein Mann gefährlich war, dann war es mein Sankt Georg. Die anderen? Ach, die Liebe von heute! Bei den genialen Männern ist Liebe entweder ein Tummelplatz ihrer Sinnenlust, während ihre Seele dem gehört, das ihre rastlose Fantasie, ihr vorausfliegender Geist beschäftigt und über den Alltag erhebt, mögen sie Künstler, Staatsmänner oder große Handelsherren sein. Oder die Liebe ist ihnen ein Spiel, und wehe den armen Opfern. Und die Liebe der Durchschnittsmännlein! Sehr viel Eitelkeit, viel Förmlichkeit, wenig Zartheit und keine Treue! Von der Jagd nach dem Reichtum gar nicht zu reden.

Ich schreibe Ihnen in meinem kleinen gelben Salon, den Sie so lieben. Das Gelb ist Ihre Lieblingsfarbe. Gelb, die Farbe der Herrscher. Eine Marschall-Niel in der blauen venezianischen Vase. Der feine Duft des Zedernholzes um mich. Über mir Corots Elfentanz, ein Geschenk von Ihnen ...

Alles um mich herum still und stumm. Der Tag geht zu Ende. Das Abendrot sickert in das Zimmer. Ein Blatt der sterbenden Rose fällt. Das einzige Geräusch. Der Tod einer Blume verursacht die einzige stumme Bewegung. Der Tod bringt Leben. Wie sonderbar! Mein Herz zittert leise. Wie köstlich sterben die Blumen!

Ihre Agathe

Agathe an Georg

Rosenhof, den 7.

Lieber Freund!

Warum erscheinen Sie nicht im Rosenhof? Ist das freundschaftlich? Ist das galant? Ist das artig?

Eveline war eben da. Sie hat mir berichtet, dass Sie gestern im Schöningschen Hause zu Tisch waren. Otto hätte den Wunsch geäußert, in seinem neuen (übrigens prächtigen) Mercedes-Wagen nach Loschwitz zu fahren, um mich zu überraschen. Sonntagsnachmittagskaffee im Rosenhofe. Ein so netter Gedanke! Aber Sie hätten dagegengesprochen. Hätten zu Haus arbeiten wollen.

Was arbeiten Sie?

Es war gegen Ihre Natur recht unliebenswürdig von Ihnen!

Tausend gute Grüße!

Ihre Agathe

Georg an Agathe

8. Juli.

Meine liebe Freundin.

Gewiss muss ich Ihnen unliebenswürdig erscheinen. Aber Sie sind selbst schuld daran. Am Sonnabend Abend wollte ich zu Ihnen zum Abendessen kommen. Ich wusste, dass Sie zu Haus waren. Wie ich nun in der Straßenbahn über die Elbbrücke fahre, da holt mich das von ihm selbst gefahrene Fuchsgespann des Herrn von Wolfframsdorf ein. Als ich dann an der Calberla-Straße ausstieg, kam es im Schritt die Straße schon wieder den

Berg herunter. Der Kutscher hielt an, um mich zu fragen, ob er mich die Straße hinauffahren dürfe.

Brav Zweiter sein? Nein! So ließ ich Sie dem Ersten und schlenderte vorüber am Rosenhof, unter den Qualen des Inferno, die Höhe hinan, über die Kügelgen-Straße hinaus, bis an die Waldung. Auf der Bank am Rande habe ich eine Stunde lang geträumt. In der Tiefe, bei den hohen Pappeln, blinkte das rote Dach Ihres Hauses ...

Abends war ich mit dem Major v. Plothow bei Grell (Sie finden dieses alte gute Refektorium gräulich; ich weiß es!) und habe mich bei einer erlesenen Forster Jesuitengarten zu trösten versucht. Wenn ich gar Alkoholiker werde, tragen Sie die Schuld daran!

Agathe an Georg

Den 9. Juli.

Lieber guter Freund!

Sie sollen nicht grollen, aber Sie dürfen auch nicht unfreundlich und unfreundschaftlich zu mir sein! Mein lieber Ritter ohne Furcht und Tadel, Sie quälen mit raffinierter Geschicklichkeit eine arme Frau! Ein Herz, das Sie ehedem verschmäht haben.

Habe ich mir je merken lassen, wenn ich vorübergehend eifersüchtig auf eine Andere war? Niemals! Gut! Tun Sie desgleichen! Reden Sie nicht mehr von Wolframsdorf! Er gehört seit vielen Jahren zu den Gästen meines Hauses. Seine Frau war eine gute Bekannte von mir. Dass sich beide nicht verstanden haben, war mir fast schmerzlich. Dann sah ich ihn lange Zeit nicht, bis er mir in La Panne wieder begegnete. Er schilderte mir seine Einsamkeit. Das hat mich gerührt. Mehr als Mitleid fühle ich nicht ihm gegenüber. Was ich an ihm schätze, das ist sein musikalischer Sinn. Er ist ein geradezu künstlerischer Pianist. Aber wozu dies rühmen? Sie kennen ihn ja viel besser als ich. Spricht nicht auch das für ihn, dass Sie mit ihm verkehren – oder verkehrt haben?

Warum sind Sie am Rosenhof vorübergegangen? Wenn Sie eingetreten wären, wie das Ihre Freundespflicht war, dann hätten Sie die Rolle des rettenden Engels gespielt. Mich vor einer geschmacklosen Szene bewahrt. Wissen Sie, man hat mir eine ziemlich deutliche Erklärung gemacht und beim Weggehen von der »Blindheit der Frauen« gejammert, die »das Glück am Wege verblühen lassen«.

So steht das Gefecht!

Liebe ist Spiel, sagen Sie. Warum wollt ihr Männer immer zuerst, dass aus Spiel Ernst werden soll? Spiel ist Grazie.

Ich fange an zu bereuen. Ich werde ihn nach und nach aus meinem Heim verbannen. Aber ich bitte Sie, lassen Sie mich dies nicht taktlos übereilt tun!

Georg an Agathe

Liebe Freundin.

Lachen Sie mich aus, verspotten Sie mich! Sie sind nicht im gewöhnlichen Sinne kokett. Das ließe Ihre Natur gar nicht zu. Aber auf Ihre Art können Sie sehr grausam sein.

Darf ich Ihnen sagen, was mich grässlich aufregt und geradezu verletzt? Die Sorglosigkeit, mit der Sie die Angelegenheit Wolfframsdorf behandeln, wenn ich mit Ihnen darüber spreche, – und die Gewichtigkeit, die Feierlichkeit, der Ernst, die er zur Schau trägt! Er hat einer galanten Freundin den Laufpass gegeben – verzeihen Sie mir, dass ich (notgedrungen!) davon spreche – und in einer Weise, die der Welt bekannt geworden ist. Ich und andere sind überzeugt, dass er alles daran setzt, um in Ihrem Dasein die erste Rolle zu spielen. Er muss Sie kompromittieren.

Wolfframsdorf behandelt mich höflich-kühl. Er ahnt alte Rechte, die ihn ärgern. Mein Gott, besitze ich sie noch? Langsam und unaufhaltsam wächst zwischen ihm und mir eine instinktive dumpfe Feindschaft. Wenngleich keiner bewusst etwas tut, was sie schüren könnte, fühlen wir sie doch beide.

Sie kennen meinen Enthusiasmus in Dingen der Freundschaft. Es lodert in mir ein ähnliches wildes Feuer, wenn Groll, Hass, Rachlust mein Herz erfüllen. Ich muss einen unbeugsamen Hunnenfürsten unter meinen Ahnen haben! Im Augenblick, wo ich Sie verloren habe, werde ich haltlos sein.

Ich küsse mit aller Inbrunst meiner Seele Ihre geliebten Hände.

Ihr Georg

Agathe an Georg

Den 11. Juli.

Mein geliebter Freund!

Sie sind ein Kind und ein Rebell!

Niemals sollen Sie mich verlieren! Niemals werde ich mein armes Herz einem Andern schenken. Glauben Sie mir das! Seit ich Sie kennengelernt, könnte ich keinem Andern gehören. Aber Sie haben mich verschmäht! Erinnern Sie sich, bitte, auch an das, was ich über Dankbarkeit und Pflicht gesagt habe! Es hat sich nicht das Geringste an den Fesseln geändert, die mich an meinen Mann ketten.

Können Sie wirklich nicht begreifen und glauben, dass mich die große überwundene Leidenschaft für immerdar flügellahm und zur Ungläubigen gemacht hat. Tag und Nacht schwebte ich auf Traumes- und Sehnsuchtsfittichen gegen eine Sonne, bis ich vor dem Ziel wieder hinab zur Erde sinken musste. Nie wieder versuche ich den Flug. Was ich mit starken Flügeln nicht erreichen konnte, soll ich das mit gebrochenen erhoffen? Ich habe keinen Mut, kein Vertrauen und keine Kraft dazu.

Ich möchte mich auf eine stille Insel retten. Weltfremd möchte ich für mich leben, in einem Traumland, weit weg von den Hässlichkeiten und Kleinlichkeiten des wirklichen Lebens, glücklich, meine kleine Tochter neben mir zu haben und – einen treuen, mich immer verstehenden Freund zu besitzen. Dieses enge Dasein wäre mir genug. Was geht mich die große Welt an? Nichts!

Aber ich gehöre mir nicht allein. Sophie wächst heran. Ich darf mich ihr zuliebe weder von der Gesellschaft entfernen, noch mich ihr entfremden. Ich muss meinen Platz darin wahren. Ich muss wenigstens ein wenig der Welt gehören.

Sie sind ein kluger, vielerfahrener Menschenkenner, und mich verstehen Sie in meinem Zusammenhange mit der Außenwelt so wenig! Gehen Sie in sich!

Trotzdem wünsche ich, dass mich mein schlechter Freund heute Nachmittag auf ein paar Stunden besucht. Ich werde für niemand anders da sein. Wir wollen uns einmal die Herzen ausschütten. Denken Sie daran, dass wir in acht Tagen nach dem Ober-Engadin reisen. Wir, das sind Agathe, Sophie, meine Schwägerin und Susanne. Nutzen Sie die kurze Frist aus, ehe wir auf viele Wochen getrennt werden! Wir wollen uns noch so oft wie nur möglich sehen.

Ihre Agathe

Georg an Agathe

Liebe Frau Agathe!

Es ist mir heute Abend unmöglich. Ich habe mich verabredet. Darf ich dafür morgen zu Tisch hinauskommen? Geben Sie dem Niklas ein großes Ja auf einem kleinen Kärtchen als Antwort!

Herzlichsten Gruß!

Ihr Georg

Agathe an Georg

Den 13. Juli.

Mein lieber Georg!

Mein heutiger Brief wird Ihnen den festesten Beweis liefern, dass ich Ihnen bis zum letzten meiner Tage die treueste und verständigste Freundin bin und bleibe. Äußerlichkeiten können Ihnen wie mir in Zukunft nichts mehr anhaben. Desto inniger werden wir unser Seelenleben einen.

Gestern um fünf Uhr rief mich Eveline an, ihr Mann hätte eine Loge im Zentraltheater genommen: die Geschwister Wiesenthal. Ein Platz sei für mich bestimmt. Ich nahm an. Sie hatten ja eben die Absage gesandt.

Wir saßen keine zehn Minuten auf unsern Plätzen, als Herr von Wolfframsdorf in unsrer Loge erschien. Er ist ja überall! Ich begrüßte ihn kühl, aber meine Freundin, die offenbar wirklich glaubt, ich goutierte meinen unverscheuchbaren Verehrer, bietet ihm einen Sitz an und bittet ihn, uns Gesellschaft zu leisten. Hauptmann von der Heyden hatte erst in letzter Minute sein Nichtkommenkönnen vermeldet; so war unglücklicherweise ein Stuhl von unsern vier frei. Gerade neben mir. Ich beginne, Ihnen zu glauben: Wolfframsdorf ist ernstlich um mich bemüht. Nun tut er mir leid. Trotz meiner unterstrichenen Kälte zögert er nicht einen Augenblick und bleibt.

Um nicht mit ihm zu plaudern, nehme ich mein Glas und mustre die Logen. Ich tue es sonst nie. Es ist mir so furchtbar gleichgültig, wer mit mir im Theater sitzt. Gestern tue ich es also aus Not. Und – wen erblicke ich?

Meinen liebsten besten Freund! Sie! Da hatten wir das: Unmöglich!

Mein lieber Georg, jetzt bin ich ganz sicher, Sie rein und wunschlos zu lieben. Mein Herz pochte wohl zuerst, als wolle es zerspringen. Ein Stich, ein Frösteln, ein Zittern. Dann empfand ich nichts mehr. Ich saß da wie gestorben.

Als meine Augen wieder klar sahen, habe ich Ihre Proszeniumloge nicht wieder aus dem Blicke gelassen, wenn ich es mir auch nicht anmerken ließ. Wolfframsdorf hatte sich wohl oder übel Evelinen gewidmet, die ihn zu meinem Glück auch nicht wieder freigab. Zu meinem Glück, sage ich, denn ich hätte ihm sonst vielleicht meinen inneren Zustand verraten.

Ich habe jede Bewegung von Ihnen beobachtet!

Sie saßen hinter Ihrer schönen Begleiterin. Wie besorgt Sie um sie waren! Sie haben ihr den Sessel so gerückt, dass sie die Bühne ganz übersehen sollte. Sie haben ihr die goldene Tasche gereicht, aus der Seitentasche Ihres Smokings heraus! In der ersten Pause kam Ihr Freund Trosky. Sichtlich war er auch gut bekannt mit ihr. Und während die beiden plauderten und lachten, musterten Sie gelangweilt den Zuschauerraum, und da entdeckten Sie – endlich – mich! Ich hatte Ihnen kürzlich von den entzückenden Tänzerinnen vorgeschwärmt. Somit wussten Sie, dass ich sie gesehen hatte. Und ebenso kennen Sie meine Gewohnheit, niemals zweimal dasselbe Programm eines Varieté zu erdulden. Ich mache mir überhaupt nichts aus dem Varieté. Es ist mir zu roh. Nur den modernen Tanz liebe ich. Das hat mich auch zu einer Ausnahme bestimmt.

Georg, bestätigen Sie mir das eine: Ich habe in meiner Haltung weder Verwunderung noch Verachtung gezeigt, ich bin kalt gegen Wolfframsdorf geblieben, nicht im geringsten kokett aus verletzter Eitelkeit oder kleinlicher Rache. Ich habe so gut wie nichts gesprochen. Mit einem Worte, ich war die korrekteste Freundin.

Von der Vorstellung habe ich nichts gesehen. Die Lichtflut der Bühne tat mir weh. Ich habe mich an tausend Dinge unsrer gemeinsamen Erlebnisse erinnert und habe gegrübelt, philosophiert, gedacht – in fieberhaftem Durcheinander. Ich war sterbenskrank. Es ist ja nun vorüber! Meine Sehnsucht, meine misshandelte und doch hoffende Sehnsucht, mich Ihnen ganz zu geben, zu seligster Lust und höchster Freude, diese scheue, unbeholfene Sehnsucht ist zu Grabe gegangen. Nun bin ich ganz geheilt und völlig genesen. Ich liebe Sie nicht mehr meinetwegen. Sie lebt nicht mehr, meine arme Sehnsucht, die ich hegte und pflegte, wenn ich Sie in meinen Träumen liebkoste. Ich habe aufgehört, die Egoistin zu sein, die ich war. Ich bin nicht mehr selbstsüchtig; ich bin ruhig, wunschlos, klug und vernünftig.

Ich mag Sie gern. Sie und alles, was in Ihnen ist, weil Sie der vornehmste und ritterlichste Freund sind. Sie sind gut, zuverlässig, klug, zärtlich, taktvoll. Ich glaube fest an Sie heute wie einst. Die Huldigung, die Sie mir dargebracht haben, indem Sie mich nicht zu einer Ihrer Geliebten gemacht haben, verstehe ich jetzt in heißer Dankbarkeit.

Ich danke Ihnen für den unglücklichen beschämten Ausdruck, den Ihr Gesicht annahm, als Sie mich erkannten. Sie waren in Angst, mir Kummer zu bereiten. War es so? Mein bester Freund, dieser Kummer gehörte zu meiner Entwicklung. Ich habe ihn überwunden.

Gewisse Naturen können nur seelisch treu bleiben. Als Ihre Frau hätte ich mich in diese Erfahrung nicht fügen können. Ich hätte Ihnen die halbe Untreue wohl niemals verziehen. Sie hätte mich Ihnen entfremdet. Und so hätten sich auch unsere Seelen verloren. Haben Sie bis in diese Ferne gesehen?

Da wir nichts denn Freunde sind, so ist nichts geschehen, was uns einander entfremden könnte. Im Gegenteil. Wir haben nun gar keine Geheimnisse voreinander. Die darf es in einer wahren Freundschaft auch nicht geben. Jetzt kenne ich Ihre letzte Schwäche. Das Herz tut mir zwar ein wenig weh, das nun erst ganz freundschaftliche Herz. Doch – genug!

Man kann alles Menschliche grotesk finden. Wolfframsdorf war über Ihr Missgeschick so erfreut, dass ich aus seinen Mienen grinsende Befriedigung herausgelesen habe. Ich war darüber empört. Er ist also im Innersten kein feinfühliger Mann. Seit dieser Entdeckung verachte ich ihn. Ich habe es ihn sofort merken lassen und einen feindseligen Blick geerntet. Verliebte Männer sind wie böse Tiere.

Soll ich Ihnen noch etwas gestehen? So töricht bin ich! Hätten Sie das gedacht? In der zweiten Pause verließen Sie Ihre Loge und gleichzeitig Wolfframsdorf die unsrige. Ich bildete mir, ich weiß nicht mehr, was Unsinniges und Sonderbares ein, und mein Herz hörte einen Moment auf, zu schlagen. Was für unselige Feinde von sich selbst sind fantastische Frauenherzen! Erst als ich Sie, nonchalant und gemächlich, wie Sie immer sind, wenn Sie sich langweilen, in Ihre Loge zurückkommen sah, wurde ich ruhig.

Sie haben sich für heute zu Tisch angesagt. Ich erwarte Sie in nervöser Ungeduld. Es ist zehn Uhr vormittags. Noch acht Stunden! Eine Ewigkeit.

Ihre schwesterliche Agathe

Agathe an Georg

Den 14. Juli.

Mein lieber Freund!

Gestern, den ganzen Abend, so feierlich verstört! Ich habe Sie auf das Zärtlichste behandelt. Ich werde nie anders mit Ihnen sein. Als ich Ihnen das alte provenzalische Abschiedslied zur Laute sang, da haben Sie bei dieser schlichten Volksweise geweint. Es war mir entgangen, weil Sie in der geöffneten Tür im roten Licht der Abendsonne und im beweglichen Widerscheine des Grüns der Bäume saßen, aber Sophie hat mir berichtet: »Onkel Georgs Augen waren voller Tränen! Woran hat er gedacht?«

War es nicht ein wundervoll harmonischer Abend? Waren wir nicht glücklich? Was für schwarzen Gedanken haben Sie nachgehangen?

Vergessen Sie nicht, dass Sie übermorgen, zum Mittwoch, bei Mutter zu Tisch gebeten sind. Ich komme halb zwei Uhr. Sie auch, bitte! Es ist Sophiens Geburtstag, und ihre Freude wäre unvollkommen, wenn Sie nicht kämen.

Ihre Agathe

Agathe an Georg

Mittwoch, den 16.

Bester geliebter Freund!

Ich bin zu Tode erschrocken. Eben lese ich in den Dresdner Nachrichten, dass gestern, am Dienstag, früh sieben Uhr, in der Heide ein Pistolenduell zwischen Herrn G.v.R. und Herrn H.o.W. stattgefunden hat und dass der erstere beim zweiten Kugelwechsel in den rechten Oberarm getroffen und kampfunfähig geworden ist.

Mein Gott, es ist nicht anders: Das sind Sie! Jetzt wird mir die Art Ihres Abschiedes neulich, Ihr Verhalten am Sonnabend usw. klar. Am liebsten wäre ich auf der Stelle zu Ihnen gefahren. Nur die Furcht, vielleicht mit Ihrer blonden Freundin zusammenzutreffen, hat mich zurückgehalten. Josef bringt Ihnen diese Zeilen. Er hat strengen Befehl von mir: Er muss *Sie persönlich* sehen und sprechen. Erlauben Sie es ihm, bitte ich Sie. Sonst bin ich nicht ruhig.

Haben Sie jemanden, der Sie pflegt? Wenn nicht, darf ich kommen und es übernehmen?

Ich bin vor Unruhe halbwirr. Mein lieber guter Georg, was haben Sie da getan! Sie, der Sie niemandem etwas zuleide tun, Sie, die Güte und Nachsicht selber! Wenn ich mir vorstelle, dass Sie hätten fallen oder für immer Krüppel bleiben können, dass Sie vielleicht Wundfieber haben und wer weiß was Schlimmes, so bin ich unfähig, klar zu denken. Ich bin in Tränen.

Lassen Sie mir schnell Nachricht zukommen!

Ihre Agathe

Georg an Agathe

Mittwochs mittags.

Beste gütigste Frau Agathe!

Ich diktiere der Krankenschwester diese Zeilen. Ihr Josef steht daneben und freut sich, dass ich höchst vergnügt bin. Das wird er Ihnen noch mündlich schildern.

Die Wunde tut verteufelt weh, aber sie ist nicht weiter gefährlich. Der Knochen ist unberührt. Der Arzt ist eben gegangen. Er hat mir versichert, in acht Tagen könne ich das Duell fortsetzen. Scherz beiseite, ich fühle mich ganz leidlich. Ein bisschen Fieber. Muss ein paar Tage liegen bleiben. Die Sache ist also im Allgemeinen gut abgelaufen.

Leben Sie wohl und sorgen Sie sich nicht ernstlich um mich! Es wird vorübergehen, wie alles vorübergeht. Ich küsse Ihnen die Hand und lasse Sophie vielmals grüßen.

Ihr Georg

Nachschrift: Mein Neffe Michael trifft heute Abend aus Bonn ein. Er wollte seine ersten Ferien als Studiosus hier bei mir verleben. Davon kann unter diesen unvorhergesehenen Umständen natürlich keine Rede mehr sein. Was soll er in einem Krankenzimmer? Er mag eine kleine Reise unternehmen. Er wird sich erlauben, Ihnen morgen Nachmittag persönlich Nachricht von mir hinauszubringen.

Agathe an Georg

Rosenhof, den 17. Juli abends.

Mein lieber Freund!

Ihr Neffe hat uns Ihre Grüße überbracht und allerlei von Ihnen und Ihrem Befinden erzählt. Auch alles, was Sie ihm über das Duell mitgeteilt haben. Ein etwas dürftiger Bericht. Vor allem weiß ich noch immer nichts über den Anlass Ihres Zwistes mit Herrn von Wolfframsdorf. Wie konnten Sie sich duellieren! Sie Mensch des zwanzigsten Jahrhunderts! Ich begreife niemals einen Zweikampf unter Männern Ihrer Art. War es denn wirklich unvermeidlich?

Ich mache mir viel Sorgen um Sie. Ihr Diener ist ein Musterstück, aber immerhin: Ein guter Diener ist noch lange kein guter Krankenpfleger. Michael hat mir erzählt, die Krankenschwester sei nur bei Tage bei Ihnen. Behalten Sie sie doch lieber dauernd da! Ich mache mir Vorwürfe, Ihre Pflege nicht sofort und ohne konventionelle dumme Bedenken übernommen zu haben. Mögen die Leute denken, was sie wollen! Heute ist Donnerstag.

Am Sonnabend werde ich Sie gegen Abend aufsuchen. Ich bin mir das ebenso wie Ihnen schuldig. Ich will Sie ein wenig aufheitern. Michael sagt, Sie seien so still.

Hat Ihnen Ihr Neffe ausgerichtet, dass wir eigentlich schon jetzt, bestimmt aber in acht Tagen in das Ober-Engadin gehen müssen. Sophiens Arzt verbleibt bei seiner Forderung eines Luftwechsels. Der Sommer sei heuer viel zu heiß für sie. Auf jeden Fall warte ich aber mit der Abreise, bis Ihr Arm soweit gediehen ist, dass jedwede Gefahr ausgeschlossen ist. Eher hätte ich keine Ruhe.

Ich habe Michael aufgefordert, sich mir und Mutter anzuschließen. Reden Sie ihm zu! Oder lieber: Befehlen Sie es ihm! Er liebt Sie so, dass er mir erklärt hat, er müsse bei Ihnen bleiben.

Wir gehen nach Silvaplana. Meine Schwägerin und Susanne nach Sankt Moritz. Vielleicht kommen Sie als Genesender nach. Machen Sie mir diese Freude!

Georg an Agathe

18. Juli.

Liebste beste Freundin!

Mit der linken Hand zu schreiben, noch dazu im Bett, das ist eine ungewohnte und ungelenkige Sache! Mein Niklas gibt Ihnen zwar Ihrem Wunsche gemäß alle Tage entweder persönlich oder telefonisch einen genauen Krankenbericht, aber mein Freundschaftsgewissen bedrückt mich in einer Hinsicht. Niklas erzählt Ihnen gewiss tausend Einzelheiten, aber in diesem Einen ist er doch zweifellos verschwiegen wie ein Grab.

Sie beklagen meine Verlassenheit. Beste Agathe, so schwer mir das Geständnis fällt: Ihr Mitleid zu missbrauchen, das bringe ich doch nicht fertig. So muss ich mich schon Ihrer Nachsicht und Ihrer Duldsamkeit anvertrauen. Aus Grauen vor Langerweile und Einsamkeit habe ich gestattet, dass mir die »blonde Magdalena« (wie Sie sie nennen) Gesellschaft leistet und mich pflegt. Seit gestern. Beklagen Sie mich also nicht als einen Verlassenen!

Ich hätte mich gern von Ihren geliebten weißen Händen pflegen lassen. Aber es ist tausendmal klüger so. Das Warum erzähle ich Ihnen später. Aus einem Grunde reut mich freilich die Gastfreundschaft, die ich ihr gewähre. Nun kann ich mir Ihre Besuche nicht erbitten. Das ist sehr schmerzlich für mich. Schmerzlich und – wiederum klug!

Michael habe ich wegkomplimentiert. Was soll er am langweiligen Lager eines Kranken? Zufällig hat ihn einer seiner Studiengenossen auf ein paar Tage zu sich eingeladen, ein junger Herr von Brühl, nach Seifersdorf, dem bekannten Besitztum dieser Familie.

Leben Sie wohl, gütigste Freundin! Ich drücke Ihnen innigst die Hand.

Ihr Georg

Agathe an Georg

Rosenhof, den 20. Juli.

Lieber Georg!

Mein armes Herz hat sich ein letztes Mal zusammengekrampft. Das war die Sterbestunde meiner irdischen Liebe. Seien Sie aber nicht betrübt, dass Sie mir dieses letzte Leid angetan haben. Ich traure ja selbst nicht um diese Liebe. Lassen wir sie ruhen. Friede ihrem Angedenken!

Da Sie in acht Tagen, den Arm in der Binde, wieder ausgehen dürfen, wie ich zu meiner größten Freude höre, so werden wir uns also vor unsrer Abreise sehen, die nunmehr auf Dienstag den 29. festgesetzt ist. Wie freue ich mich darauf! Ich möchte die Reise ja gern noch weiter hinausschieben. Indessen, es ist unmöglich. Der Hauslehrer ist bis zum 10. September beurlaubt. Den kommenden Winter soll Sophie tüchtig lernen, damit sie zu Ostern in der Quarta des Mädchengymnasiums Aufnahme findet. Sie ist, wie Sie wissen, im Juli zwölf Jahre alt geworden. Ich möchte, sie soll sich im Gebirge recht ordentlich erholen. Mit einem Worte, wir müssen fort.

Michael, mit dem ich gestern gegen Abend ein Viertelstündchen durch den Fernsprecher geplaudert habe, begleitet uns. Das wird sehr nett. Er hatte Geldbedenken. Sein Vater halte ihn sehr knapp. Ich habe ihm versichert, dass Sie für eine genügende Reisekasse bereits gesorgt hätten.

Gestern, bei meiner Schwägerin, habe ich Herrn von Szanto getroffen. Durch Susannens Ungeschicklichkeit kam die Rede bei Tisch auf das unselige Duell. Die Gesellschaft hat sich allerlei Vermutungen und Märchen gebildet. Widerlich, diese banale Klatschsucht! Man behauptete also auch gestern, der Anlass des Wortwechsels zwischen Ihnen und Wolfframsdorf (also doch damals im Theater!) sei die Tatsache, dass Sie ihm die Freundin abtrünnig gemacht hätten. Da warf die superkluge Susanne mit einem sonderbaren Blick auf mich ein: Aber Kinder, seit wann schießt man sich wegen so etwas!

Meine Schwägerin brachte das Gespräch gewaltsam auf ein anderes Thema. Mir war es ganz heiß geworden. Georg, warum sind Sie in dieser Angelegenheit so gar nicht offen zu mir, Ihrer vielgepriesenen *besten* Freundin? Das Wörtchen »klug«, das zweimal in Ihrem letzten Briefe wiederkehrt, verstärkt meinen Argwohn. Mein Gott, ich bin am Ende gar die Veranlassung dieses Zweikampfes. Hat sich Wolfframsdorf damals eine Bemerkung über mich erlaubt? Sie haben ihn sehr scharf zurückgewiesen. Szanto ist Zeuge des Vorganges gewesen. Ich wage ihn jedoch ohne Ihre Erlaubnis nicht auszufragen. Ich bitte Sie, klären Sie mich auf! Es ist Ihre Freundespflicht. Ich fühle mich schuldig. Hat sich eine harmlose kleine Koketterie so grausam gerächt? Ich zittre, wenn ich an diese mögliche Erklärung der Dinge denke.

Georg an Agathe

24. Juli.
Liebste gütige Freundin!

Sie fordern die Wahrheit! In diesem Falle ist es von mir beinahe unritterlich und prahlerisch, Ihrem Verlangen zu willfahren. Theoretisch ist Offenheit gerechtfertigt, ja, aber es fällt mir unsagbar schwer, sie in der Praxis zu betätigen. Eine Bedingung: Erwähnen wir die Angelegenheit dann niemals wieder! Die Medisance hat Sie und mich in der letzten Zeit – wie soll ich das möglichst humorvoll in Worte fassen? – na, sagen wir: in einen Topf geworfen. Sie wie ich, wir kümmern uns um die bösen Zungen nicht. Trotzdem, die Sache ärgerte mich um Ihretwillen. Um dem Gerede die Spitze abzubrechen, ließ ich mich häufig in lebemännischer Gesellschaft sehen. Sie verstehen! Absichtlich. Dass Sie mich dabei ertappen sollten, das wollte ich natürlich nicht. Dass es geschah, machte mich an jenem Abend sehr nervös. Wolfframsdorf war das Opfer meiner Nervosität. Er erlaubte sich eine respektslose Bemerkung.

Ich bin eigentlich ein Duellgegner. Zumal, nachdem ich der Gesellschaft den Beweis gegeben habe, dass Feigheit nicht der Grund meiner Verachtung des Zweikampfes ist, werde ich mir kein Blatt mehr vor den Mund nehmen, wo es gilt, Duelle zu verspotten. Trotzdem gibt es Fälle, in denen ein Duell unter den heutigen Verhältnissen nur schwer, vielleicht gar nicht zu vermeiden ist. Die braven Europäer sind große Kinder. Und die sie regieren, erfreuen sich der Narretei. Was nützen alle Vorschläge zur Abschaffung dieser traditionellen Farce, wenn sie nicht von allerhöchster Stelle kommen?

Zurück zu uns! Der Klatsch ist der Meinung, der Anlass zu dem Duell sei die blonde Magdalena. Ich habe diese alberne Legende aus klugen Gründen nicht dementiert. Ihre schöne Nichte war scharfsichtiger als die Masse. Das hat mich außerordentlich gefreut.

Ich werde meine Beziehungen zu dem blonden Wesen sehr bald wieder abbrechen. Der Mohr hat seine Schuldigkeit getan! Übrigens ist auch sie im Wahne, ich hätte mein edles Blut für sie verspritzt. Aus Eitelkeit oder Dankbarkeit – wer kennt das Menschenherz? – pflegt sie mich wirklich mit Hingabe und großer Sorgfalt. Zum Dank habe ich ihr vier Wochen Aix-les-Bains versprochen. Der Ort liegt ganz entzückend. Unweit Genf. Ich habe schon einmal amüsante Tage dort verlebt. Sobald ich reisefähig bin, verschwinden wir hier von der Bildfläche. Der Arzt hat mir den Ort zur Nachkur empfohlen.

Verzeihen Sie mir großmütig die Berührung von Dingen, die Ihnen hässlich erscheinen. Jetzt werden Sie aber alles klar sehen. So soll es immer zwischen uns sein.

Hat meine linke Hand nicht prächtig schreiben gelernt?

Leben Sie wohl! Ich küsse Ihnen die lieben Hände.

Agathe an Georg

Am 24. abends.

Mein geliebter Freund!

Ich hatte die Wahrheit vom ersten Moment an im Gefühl! Ich möchte Sie schelten, dass Ihre Treue zu mir allzu weit gegangen ist, aber ich vermag es nicht. Eins sage ich Ihnen aber, vielmehr schwöre ich Ihnen feierlich, dass mein Verhalten zur großen Welt nie je Anlass geben wird, dass Sie ein zweites Mal Ihr Leben für mich einsetzen müssen. Wie soll ich Ihnen das erste Mal vergelten?

Ich drücke Ihnen innigst die Hände.

Immer Ihre Agathe

Agathe an Georg

Rosenhof, den 28. Juli.

Mein lieber Freund!

Ihr Diener vermeldet mir eben, dass Sie morgen noch nicht ausgehen dürfen. Erst in ein paar Tagen. Das ist für uns alle beide sehr betrüblich. Da Sie mir aber versichern lassen, von irgendwelcher Gefahr könne keine Rede mehr sein, so soll es bei der Abreise am 29. bleiben.

Ich nehme Abschied von Ihnen. Niklas bringt Ihnen mit den gelben Rosen ein paar Bücher, Altes und Neues, die ich für Sie besorgt habe. Vertreiben Sie sich einsame Stunden damit! Leben Sie wohl! Vergessen Sie mich nicht!

Niklas hat versprochen, mir alle Tage über Ihr Befinden zu depeschieren. Hoffentlich geht es auch bald wieder mit dem Schreiben.

Agathe an Georg

Siloavlana, den 3. August.

Mein lieber Freund!

Ich sitze mit Sophie auf einer blütenbestickten Matte am Julier. Drunten der stille grüne See. Rechts, blendend weiß, der Piz della Margna. Gegenüber die Wasserfälle und der Piz Corvatsch. Links, in der Ferne, wie ein buntes Bildchen in dunkelgrünem Rahmen, Sankt Moritz. Nah betrachte ich es nicht gern. Diese Riesenbaukästen dünken mich in dieser großen Natur allzu geschmacklos.

Sie kennen dies alles. Sie haben mir früher lebhaft davon erzählt. Ich wollte, Sie wären mit da und zeigten mir Ihre Lieblingsplätze.

Silvaplana klingt wie ein Märchenname. Und es liegt auch märchenschön. Ich bin bezaubert. Eine wunderbarere Landschaft kann es nicht geben. Der Gedanke, wieder von hinnen zu müssen, macht mich schon im Voraus schwermütig.

Gestern lag der See da, smaragden, spiegelglatt, ganz verschlafen. Heute ist er erregt. Weiße Kämme glitzern auf und nieder. Durch die Wellen leuchtet die Sonne. Das nimmt ihm jede bestimmbare Farbe. Aber auch in dieser Wandlung entzückt er mich.

Allemal, wenn ich einen versonnenen Weg, einen träumenden Winkel im Walde, einen jubelnden Ausblick entdecke, frage ich, ob Sie auch einmal da gewesen seien. Wenn ich solche Blicke in dies Zauberland tue, möchte ich immer, dass Sie es ebenso gesehen hätten. Und dann wünsche ich mir. Sie wären da, um Ihnen zu sagen, was sich doch nicht schreiben lässt.

Wenn ich es versuche, komme ich mir oft merkwürdig unbeholfen vor. Und warum? Weil ich Ihnen bereits im

Augenblicke des Genusses, in der Einbildung, alles das erzählt habe, was ich Ihnen hinterher zum zweiten Male im Briefe sagen möchte und dann nicht im Entferntesten vermag. Denn der Nachhall ist nicht mehr der Inhalt der schönen Stunde. Das schafft in mir einen fast schmerzlichen Zwiespalt. Ach, und ich möchte doch zu jeder Minute harmonisch sein, nicht nur in den Stunden auf den Höhen der Stimmung. Harmonisch wie die Landschaft um mich herum. Die Natur ist immer vollkommen. Wir nur tragen Unvollkommenheit hinein, wir, die ruhelosen, unvollkommenen, problematischen Menschen.

Ich habe Blumen gepflückt. Die Alpenflora entzückt mich. Ich liebe die Blumen, die hier wachsen, über alles. Die Alpenblumen duften auf so eigene, ganz sonderbare Weise. Am stärksten die purpurrote leuchtende Männertreue. Sie wächst übrigens nur auf den höchsten Höhen, die Männertreue.

Heute habe ich noch keine Nachricht von Niklas. Von Ihnen selbst überhaupt noch keine, seit wir hier sind.

Michael ist nach Sankt Moritz gegangen, Susanne abzuholen. Sie glauben nicht, wie sehr ich ihn in mein Herz eingeschlossen habe. Er ist ein prächtiger junger Mensch.

Schreiben Sie mir!

Georg an Agathe

Dresden, 4. August.
Liebste ferne Freundin.

Mein Arm ist so gut wie geheilt. Seit gestern ist jede Gefahr beseitigt. Kurz, ehe Sie abreisten, war eine Verschlimmerung eingetreten. Fieber und so weiter. Wir haben es Ihnen verheimlicht. Wie gern wäre ich vor Ihrem Weggange hinausgeeilt zu Ihnen, Lebewohl zu sagen!

Es ist sehr unbequem, mit der linken Hand schreiben zu müssen. Seien Sie mir also nicht bös, dass ich so wenig schreibe. Übermorgen gehe ich endlich wieder aus, den Arm natürlich in der Binde. Ich freue mich sonderbarerweise gar nicht mehr darauf. Ich bin trübsinnig. Vielleicht durch die lange Zeit der Stubenluft.

Seien Sie gegrüßt. Sie, Sophie, Michael, Susanne, alle!

Zärtlichst gesinnt bin ich

der Ihre,

Georg

Agathe an Georg

Silvaplana, den 6. August.

Mein lieber guter Freund!

Ich habe es nicht gefühlt, dass Sie kränker waren, als Sie zugaben! Ich habe geglaubt, was man mir sagte. Keine bange Ahnung hat mich gehindert, froh und guter Laune abzureisen. Und nun geht es Ihnen offenbar gar nicht gut. Ich habe große Lust, an Ihren Arzt zu schreiben. Mag er denken, was er will! Er ist ein so vernünftiger Mensch. Gewiss findet er meine Anfrage durchaus natürlich und recht. Ich möchte nur nicht, dass mein kranker Freund Anlass hätte, auf mich bös zu sein.

Sie sind melancholisch. Wenn jener Satz wahr wäre, dass die Seele, die viel gelitten, Heilkraft über andre Seelen besitzen soll, dann müsste ich Sie heilen können. Aber sagen Sie mir: von welchem Übel? Das Wort »trübsinnig« brennt mir geradezu in die Augen, wenn ich Ihren letzten Brief wieder in die Hände nehme. Es ist ein verzweiflungsvolles Gefühl für mich, dass Sie mir so fern sind, und dass ich nichts für Sie tun kann.

Ich war heute vor dem Dejeuner auf dem Muottas Muraigl. Ich habe über die weißen Gipfel hinweg nach Norden ausgeschaut in die blaue Ferne – nach Ihnen. Ich mache mir große Vorwürfe. Es lag vielleicht in meiner Hand, ein gewisses Ereignis zu verhindern. Sie werden das nie zugeben, aber ich komme über diesen Gedanken nicht hinweg.

Jegliche Gesellschaft widert mich an. Die Menschen unsrer Gesellschaft, sind sie nicht fast alle Drohnen? Innerlich arm und klein, äußerlich elegant und anmaßend, alles in allem unfruchtbar und unnütz? Die sportliebenden Drohnen sind mir die allergrässlichsten. Welche Armseligkeit, einer Betätigung Wert beizumessen, in der der Dümmste und Albernste Meister sein kann! Ich nehme nur den Sport aus, der unter Todesgefahren die Naturgewalten besiegt.

Susanne wird von zwei Dandies der Hof gemacht, schicken hübschen Jungen, die nichts im Kopfe haben als Tennis, Segeln, Golf usw. Im Geiste vergleiche ich Sie mit diesen kleinen Helden der Gesellschaft. Sie haben sich im Sinne der Männer der Renaissance erzogen. Wo gibt es aber unter der jüngsten Generation junge Leute, die ebenso ihren Vollblüter zu meistern wissen, wie ihre eigenen Ideen über irgendein seltenes Buch; die Schönheit einer Landschaft, die Reize einer fernen Kultur verliebt vorzutragen?

Wenn Sie wieder gesund sind, schenken Sie mir etwas, um was ich Sie herzinnig bitte! Die Nachricht, dass Sie sich einer bestimmten Beschäftigung mit Eifer widmen. Lassen Sie Ihre reichen Gaben nicht im Brachland verderben. Verachten Sie mit mir die Drohnen, indem Sie keine sind! Lieben Sie mich darin! Dann wird Sie keine Melancholie mehr heimsuchen!

Ihre getreueste Agathe

Agathe an Georg

Silvaplana, den 7. August.

Liebster Freund!

Alle Morgen erfreut mich der immer besser lautende telegrafische Krankenbericht. Sie gehen heute zum ersten Male wieder aus. Meinen herzlichsten Glückwunsch!

Aus Ihrer heutigen Depesche lese ich etwas wie weltmännische Resignation. Was haben Sie? Beichten Sie! Will die Magdalena Sie nicht nach Aix-les-Bains begleiten? Ich würde es bedauern. Sie sollen nicht einsam sein. Oder hat sich sonst ein Rosenblatt über den jetzt doch moosweichen Pfad Ihres Erdenganges gelegt? Erzählen Sie! Ich werde Sie trösten.

Graf Szanto ist gestern hier eingetroffen. Er will von uns Abschied nehmen. Man hat ihn nach Wien versetzt. Er ist betrübt, sein angenehmes Leben an der Dresdner Gesandtschaft beendet zu sehen. Arbeit hatte er dort so gut wie nicht.

Eben treten Susanne und ihr Anbeter in das Schreibzimmer, wo ich sitze und dies schreibe. Beide strahlen vor Lebenslust und Jugendmut. Das Abschiednehmen des Ungarn wird darin auslaufen, dass er uns Susanne entführt. Ich meine natürlich: nach allen Regeln der Konvenienz. Die beiden passen vortrefflich zueinander. Zwei wohlerzogene, leichtlebige Menschen ohne geistige Tiefen. Zwei gute Durchschnittsgeschöpfe. Als solche jagen sie keinem besonderen hohen Ideale nach. Und so werden sie auch mit dem Alltagsglücke zufrieden sein.

Georg an Agathe

Dresden, 10. August.

Meine liebe Freundin.

Sie haben richtig geraten. Aix-les-Bains ist vom Programm gestrichen. Magdalena hat mich verlassen. Ich bin herzlos froh darüber. Mit meiner Trübsal hat dieses Zwischenspiel nichts zu schaffen.

Szanto hat mir, ehe er nach Sankt Moritz eilte, seinen Abschiedsbesuch gemacht. Also: Er und Susanne! Ich wünsche den beiden von Herzen Glück.

Ich bin heute ein schlechter Briefschreiber. Ich möchte Ihnen so gern etwas recht Liebes und Herzliches sagen.

Aber ich fürchte überschwänglich zu werden und Ihnen dann unnatürlich zu erscheinen oder gar sentimental. Nichts ist mir schrecklicher als Rührseligkeit. Begnügen Sie sich darum, bitte ich Sie, mit der wortkargen, aber innigen Versicherung, dass ich Ihrer zärtlichst gedenke.

Mein Arm ist völlig wiederhergestellt.

Agathe an Georg

Silvaplana, den 12. August.

Mein lieber Georg!

Immer noch Trübsal, Melancholie! Ich will sie Ihnen verjagen. Kommen Sie flugs her! Ich werde Ihnen im bequemsten Fremdenhof, den es hier gibt, das allerbeste Zimmer mieten mit dem schönsten Blick auf den köstlichen Piz della Margna.

Susanne und der Ungar sind nunmehr förmlich Verlobte. Er ist gestern als erklärter Sieger nach Wien abgereist. Die beiden werden noch im Herbst heiraten. Das große Rad des Lebens hat die Lose zweier Menschen zusammengebracht. Glück oder Unglück? Was harrt ihrer? Wer weiß es? Niemand, auch nicht der erfahrenste Seelen- und Schicksalskenner, hätte den Mut, ihnen zu sagen: Ihr jagt einer Illusion nach, die sich unmöglich erfüllen kann. Seid bescheiden in Euern Erwartungen! Je weniger man erhofft, desto wertvoller ist einem das Wenige, das man findet!

Was hätte es für einen Sinn, ihnen zuzurufen: Liebe ist Illusion? Man könnte ihnen doch keine andre Freude als

Ersatz bieten. Susanne ist durchaus ein Weltkind. Eitel und selbstzufrieden. Äußerliche Triumphe sind ihr der höchste Genuss. Allein der Grafentitel vor ihrem künftigen Namen und die neunzackige Krone darüber bereiten ihr ein kindisches Vergnügen.

Wie ganz anders ist meine Sophie geartet! Mir bangt um ihr Schicksal. Sie bedarf einmal eines Herzens-Aristokraten. Er kann meinetwegen Meyer oder Schulze heißen. Nur muss er ein voller Mensch sein. Sie ist schon zwölf Jahre alt, und so ist der Tag nicht mehr allzufern, wo ich sie einem Unbekannten hingeben muss. Wie vieler Liebe und Sorglichkeit bedarf es für mich, um die Vertraute ihres scheuen Herzens und ihrer geheimsten Gedanken bis dahin zu bleiben! Ich will ihre Freundin, nicht nur ihre Erzieherin sein. Vielleicht gibt es irgendwo einen jungen Mann, dem eine glückliche Mutter Herz und Seele rein bewahrt hat. Vielleicht fügt es ein guter Engel, dass wir ihn finden. Ich will dann gern alles Leid vergessen und vergeben, das mir zugeteilt war.

Ein törichter Traum: Ich wünschte. Sie wären zwanzig Jahre alt. Sie, dessen Gefühlsart und Geistesgaben, Vorzüge und Fehler ich so genau kenne wie meine eigenen. Lachen Sie mich nicht aus. Liebster! Es ist mir sehr ernst zumute.

Ewig Ihre Agathe

Georg an Agathe

Paris, 14. August.
Geliebte Freundin,

Ihr Wunsch, mich einer ernsten einzigen Tätigkeit zuzuführen, hat sich schneller erfüllt, als wir je denken konnten. Das Schicksal geht oft wunderliche Wege.

Mein leichtsinniger Bruder hat seinem Leben am 12. August ein Ende gesetzt. Einzelheiten darüber werde ich Ihnen später erzählen. Die Tat ist hier in Paris geschehen, und niemand außer mir und Ihnen soll je erfahren, dass es kein Unfall war, sondern Verzweiflung und Lebensüberdruss.

Ich bin allein hierhergekommen, um ihn, fern von unserm Erbbegräbnis, hier zu bestatten. Einen Verwandtenkreis haben wir nicht.

Michael, Eberhards einziger Sohn, der letzte derer von Rockau, ist von mir noch nicht in Kenntnis gesetzt. Ich bitte Sie, nehmen Sie mir freundschaftlich dieses traurige Amt ab. Ihn hierher zu rufen, halte ich für unnötig. Trösten Sie ihn! Ich weiß nicht, ob er an seinem Vater hängt. Der Tote hat sich nie um ihn gekümmert. In den letzten Jahren haben sich beide kaum gesehen. Mein Bruder war ein Ahasver, der nirgends Ruhe und Rast fand, immer den seltensten Genüssen nachjagend. Sein unseliger Stern fügte es, dass er nach großen Enttäuschungen ein rein materieller Genussmensch geworden ist. Ich bin einen andern Weg gegangen. Habe ich darum aber das geringste Recht, meinen armen Bruder zu verdammen? Nein.

Michael ist nun mein Sohn. Sein Vater hat ihm nichts als tolle Schulden hinterlassen. Ich werde alle meine Kräfte einsetzen, die wirren Geldverhältnisse zu ordnen und wieder gesund zu machen. Da ich nicht heiraten werde, ist Michael mein Erbe. Rockau wird fortan von mir bewirtschaftet werden. Einen tüchtigen Inspektor haben wir ja zum Glück; er konnte sich bisher nur nicht recht entfalten, weil mein Bruder nichts von ihm verlangte als immer wieder Geld.

Agathe an Georg

Silvaplana, den 16. August.

Mein geliebtester Freund!

Die plötzliche Wendung Ihres Schicksals, das mir am Herzen liegt, hat mich erschüttert, zugleich aber mit freudigster Zuversicht erfüllt. Sie sind nun nicht mehr unnütz in der Welt. Bester, Sie waren es ja längst nicht mehr, von jener Stunde an, da Sie meinen Lebenspfad betraten. Ich lebte, aber es war doch nur ein Scheinleben. Wie viel ist seitdem geschehen! Sie haben mich zu einer zufriedenen, mit ihrem Leben aufrichtig und vollkommen ausgesöhnten Frau gemacht. Die Dankbarkeit eines Mitmenschen in so hohem Maße errungen zu haben, wie Sie die meine, ist das nicht etwas? Viel sogar, sehr viel? Von nun an werden Sie für Ihren Michael leben und kämpfen. Das wird Ihr volles Glück sein.

Wenn Sie einer Hilfe in materieller Hinsicht bedürfen, um Ihrem Schützling das Gut seiner Vorfahren zu erhalten, dann erwarte ich, dass Sie sich nicht an fremde Leute wenden, sondern immer zuerst an Ihre Freundin, die Ihrem Michael die Mutter ersetzen möchte. Ich gehöre nicht zu den engherzigen Egoisten, die eine Freundschaft durch Geldangelegenheiten gefährdet sehen. Im

Gegenteil. Also keine falsche Scham in diesem Punkte! Ich gehöre Ihnen mit allem, was ich besitze, und ich werde allezeit eine Glücksempfindung erleben, wenn ich Ihnen irgendwie nützlich sein darf. Und wenn Sie einmal die letzten Bedenken nicht überwinden können, dann sagen Sie sich einfach, dass Sie es für Ihren Neffen tun müssen.

Michael gleicht Ihnen in vielen Dingen. Auch er ist Idealist und Romantiker, und da er noch in der ersten Jugend steht und frisch und unverdorben ist, noch nicht von Erfahrungen und Enttäuschungen heimgesucht, so ist er ein prächtiger junger Mann. Das Leben hat ihm nur erst Schönes zu schenken begonnen. Reichen Sie mir Ihre väterliche Hand: Wir wollen miteinander das Mögliche tun, um ihm alle seine Illusionen zu erhalten. Er will Gelehrter werden, also das, was Sie hatten werden sollen!

Er und Sophie sind schnell ein Herz und eine Seele geworden. Sie bringt ihm alle Tage selbst gesuchte schöne Alpenblumen, Enzian und Männertreue und Herbstzeitlosen. Um sich dankbar zu erweisen, zerbricht er sich den Kopf, wie er ihr allerhand kleine Dienste erweisen könne. Seine noch unbeholfene Galanterie ist so recht die des werdenden Gelehrten. Ich glaube, er wird einmal ein Muster von Gründlichkeit. Somit ist er gar nicht nach seinem unglücklichen Vater geartet. Mit einem Worte, er hat unser aller Herzen gewonnen.

Georg an Agathe

Rockau, 20. August.

Beste Freundin und Schwester,

ich bin nicht mehr in Unruhe und Sorge, dass sich unser Herzensband je wieder lockern könnte. Diese Zuversicht verleiht mir Selbstachtung und den unbeschreiblich heiteren Mut, die Mühe und Arbeit eines verantwortungsreichen Lebens auf mich zu nehmen. Ich empfinde meine Pflichten wie eine süße leichte Last. Gefalle ich Ihnen in dieser Verjüngung? Ich fühle sie selber wie ein spätes, kaum noch erhofftes Glück: das echte reife Herbstglück.

Sie, Mutter meinem Michael! Schöneres konnten Sie mir nicht verheißen. Soll ich Ihnen gestehen, welcher Wunsch mich beim Lesen Ihrer zärtlichen Worte ergriffen hat? Sophie und Michael Hand in Hand durch ihr ganzes Leben schreiten zu sehen.

Das ist natürlich nichts als ein heimlicher Wunsch. Niemals würde ich durch eine Aussprache in den Lebensgang unsere geliebten Sohnes einzugreifen wagen. Aber eine leise Ahnung flüstert mir die Erfüllung dieses letzten meiner Wünsche zu. Ihre Sophie wird Ihr Ebenbild, und in Michael ist der junge Georg wieder erstanden, so wie er vor zweiundzwanzig Jahren in die Welt ging. Was sich Ihnen im Leben nicht erfüllt hat, und was es mir nicht gehalten – das soll es diesen beiden jungen Menschen gewähren!

Was sagen Sie dazu, Geliebteste?

Agathe an Georg

Silvaplana, den 22. August.

Liebster Freund!

Was ich dazu sage? Wollte es Gott so fügen! Es würden nicht nur zwei Menschen glücklich, sondern vier Herzen! Ich bin tiefbewegt über diese Aussicht in die Zukunft. Ich zittere für dieses ferne Glück.

Wir wollen aber auch uns beide nicht vergessen. Gebärden wir uns nicht wie zwei ganz alte Menschenkinder: Sie mit Ihren zweiundvierzig und ich mit meinen dreiunddreißig Jahren? Ich habe lächeln müssen, als ich mir das eben vergegenwärtigte. Beinahe schon Großmutter und Großvater! Können wir den Winter des Lebens so gar nicht erwarten? Sie beginnen den arbeitsreichen und damit vielleicht den wichtigsten Teil Ihres Daseins und ich, – ich fühle mich alles andre denn alt. Ich habe mich selber wiedergefunden, und ich schaue genau so tatenlustig auf das Kommende wie Sie! Dieses stolze Selbstbewusstsein danke ich Ihnen. Wie verworren war der Gang meiner inneren Erstarkung! Unsre Briefe enthalten die Urkunden hierüber, den Kriegstagebericht.

Das erweckt einen Wunsch in mir: Ich möchte alle meine Briefe an Sie einmal hintereinander lesen und über diesen Zeugen bestandener Kämpfe träumen und sinnen. Senden Sie mir das Kästchen! Sie bekommen es wieder.

Georg an Agathe

26. August.

Meine liebste Agathe,

ja, Kämpfen, ehrlichen wackeren Herzenkämpfen ist in diesen Briefen ein Denkmal gesetzt. Den Frieden, der ihnen gefolgt, soll uns kein Feind je wieder entreißen. Die wunderlichste Freundschaft hat uns beide geläutert. Wir gehören einander auf immerdar an, untrennbar und unersetzlich, in einem erlesenen Glücke, im Glücke der seltsamsten Liebesleute!

www.ingramcontent.com/pod-product-compliance
Lightning Source LLC
Chambersburg PA
CBHW021811110726
47902CB00006B/1736